La Reine des Faë de Minuit

Livre Un

Livre Deux

Livre Trois

Livre Quatre

La Reine des Éléments

Livre Un

Livre Deux

Livre Trois

La Reine des Faë de Minuit

Livre Trois

Auteure à succès USA Today

Lexi C. Foss

Copyright

Ceci est une œuvre de fiction. Les noms, personnages, lieux, et événements sont soit le fruit de l'imagination de l'auteur, soit utilisés de manière fictive, et toute ressemblance avec des personnes réelles, vivantes ou non, des établissements commerciaux, des événements ou des lieux serait purement fortuite.

La Reine des Faë de Minuit : Livre trois

Traduction française : Sophie Salaün

Révision : Jean-Marc Ligny

Conception de la couverture : Claire Holt, Luminescence Covers

Publié par : Ninja Newt Publishing, LLC

Édition numérique

eBook ISBN : 978-1-68530-009-8

Print ISBN: 978-1-68530-011-1

Réalisé avec Vellum

Je fis la grimace en y réfléchissant.

– En général, je suis nue dans nos rêves.

– Nous essayons de ne pas dévier du but de celui-ci, expliqua Zeph.

– Oh. (Je me raclai la gorge.) Eh bien, vous êtes tous… (J'agitai une main en direction de leurs torses nus, et m'éclaircis à nouveau la gorge.) Désolée. Quel est le but de tout ça, alors ?

Kols se mit à rire.

– Je crois qu'elle va bien, Zeph.

– Viens par ici, jolie fée, me demanda mon compagnon Guerrier, en tendant le bras.

En temps normal, j'aurais rechigné, mais cette fois-ci, j'avais vraiment envie de lui obéir. Donc je me précipitai vers le lit et grimpai sur lui pour lui voler une étreinte dont j'avais terriblement besoin. Même si je n'arrivais pas à me rappeler pourquoi. Quand je le touchai, mes yeux s'emplirent de larmes.

J'enfouis mon visage au creux de son cou, inspirant son odeur familière, frémissant contre lui.

– Je n'ai pas du tout l'impression qu'elle va bien, affirma Zeph, qui serra les bras autour de moi dans une étreinte puissante et chaleureuse.

En sécurité, me dis-je. *Je me sens en sécurité ici.*

Au milieu de mes compagnons.

Sauf que rien de tout ça n'était réel. Ce n'était que dans mon imagination, et mon cœur se serrait d'un sentiment accru de perte.

– Je ne sais pas ce qui cloche chez moi, avouai-je en déglutissant avec difficulté. Je… Je… me sens… Je me sens tellement triste.

– Il a jeté un sort à son esprit, murmura Shade. Je vois les fils de sa magie enroulés dans ses pensées.

– Il ? répétai-je. Qui ça, il ?

– Zakkai, répondit Zeph. (Il posa les mains sur mes joues et me regarda droit dans les yeux.) Il t'a emmenée dans un paradigme.

La Reine des Faë de Minuit

Livre Trois

Représailles.
Réforme.
Deux aspects d'une révolution, qui se disputent mon allégeance.
Eh bien, je refuse de choisir un camp.

Je suis une Faë Terrestre royale liée à quatre Faë de Minuit. Mes pouvoirs augmentent de jour en jour et je suis lassée de n'être qu'un pion dans une guerre que je ne comprends pas. Désormais, je connais tous les joueurs et les enjeux, et je suis prête à entamer mon ascension.

Plus de ruses.
Plus de mensonges.
Plus de secrets mortels.

Mon nom est Aflora.
Votre future reine des Faë de Minuit.
Et c'en est fini pour moi de vos jeux.

Bienvenue dans ce nouveau règne, les gars.
C'est moi qui fais les règles, ici.
Et je ne m'inclinerai pas.

Prologue

Je ne suis pas un homme mauvais. Bien entendu, je ne suis pas non plus un homme bon. Je fais ce qu'il faut pour survivre, y compris des choix peu recommandables.

Comme de mordre Aflora.

Certes, je n'avais que dix ans à l'époque. Je ne comprenais pas vraiment pourquoi mon père tenait à ce que je m'accouple avec elle, et j'avais toujours cru qu'une fois le moment venu, nous romprions simplement nos liens. Sauf qu'avec sa chanson, elle m'a appelé. Et m'a ensuite entraîné dans un rêve.

J'ai eu du mal à la reconnaître : la magnifique femme

devant moi n'avait rien de commun avec la petite Faë Terrestre de mon enfance. Ce sont ses yeux qui l'ont trahie.

Des orbes d'un bleu céruléen, qui brûlaient de *ma* magie.

Bon sang, quelle vision stupéfiante !

J'en avais eu le souffle coupé, incapable de parler. Ce dont je me souviens ensuite, c'est de sa langue qui faisait la conversation à notre place, son corps nu plaqué contre le mien dans un baiser sensuel que je ne voulais surtout pas repousser.

Oui, j'aurais sûrement dû lui dire la vérité. Mais je lui ai donné des indices. Je lui ai même dit que je n'étais pas seulement le fruit de son imagination. Malgré tout, elle avait choisi de se laisser aller à ce fantasme, alors qui étais-je pour l'en empêcher?

Elle avait envie de jouir, alors je l'ai fait jouir. Encore et encore.

À l'origine, ce n'était pas mon intention en renouant des liens avec ma compagne depuis longtemps perdue de vue; mais il n'était pas question pour moi de me refuser à une femme nue et en manque d'affection dans mon lit. Comme ses autres compagnons ne s'occupaient pas correctement d'elle, j'avais géré le problème avec ma bouche, mes mains, sans jamais exiger qu'elle me rende la pareille. J'étais généreux à ce point.

Mais à présent que je l'allonge sur mon lit, je me demande si je n'aurais pas dû tenter une approche différente.

Plusieurs occasions se sont présentées à moi pour gérer tout ça d'une manière complètement différente. Par exemple, cette fois où j'ai rencontré une Faë du Destin trop bavarde dans un café du Royaume humain.

Aflora était là, ses jolis cheveux bleu nuit retombant en

vagues affriolantes dans son dos. Elle attendait l'arrivée de son rendez-vous.

À ce moment-là, j'avais prévu de l'emmener.

Mais à la place, je l'avais envoyée vers Shade.

Il croit que je ne suis pas au courant de ses petites manigances avec le temps. Tout comme il est persuadé qu'il va pouvoir changer le destin en jouant avec ma compagne.

Mais il ne comprend pas comment marche la vengeance.

Alors il va falloir que je lui apprenne à nouveau. Tout comme je le lui apprendrai, à elle.

Je soupire, glissant mes doigts dans ses cheveux doux. Il va lui falloir un entraînement intensif pour le combat qui s'annonce, et plutôt que de la préparer convenablement, j'ai passé tout notre temps ensemble à la satisfaire au lit.

– Je vais bientôt rectifier ça, petite étoile, lui promets-je en me penchant pour déposer un baiser sur son front.

Elle va bientôt se réveiller. À ce moment-là, nous parlerons.

Je n'ai rien à cacher.

Pas de remords.

Pas vraiment de regrets.

Tout ce que j'ai fait, c'est au bénéfice de l'espèce des Faë de Minuit. Bientôt, elle en prendra conscience, et elle se joindra à moi en tant que reine.

Mon père n'aimera pas ça. Il ne veut qu'un lien temporaire, une manière de la protéger le temps qu'elle soit en âge et capable d'aider à notre cause.

Mais je n'aime pas cette idée de rompre le destin qui nous lie.

Elle m'appartient.

Ma jolie petite étoile.

Autrefois, nous étions meilleurs amis, et nous le redeviendrons.

– Tu verras, lui dis-je doucement, en effleurant de mes doigts sa gorge élégante. (Elle est de nouveau nue, et ses formes sont l'image même de la perfection au milieu de mes draps noirs.) J'ai hâte que tu te réveilles, petite étoile. Nous allons tellement nous amuser ensemble.

Mais pour le moment, je vais lui prêter un peignoir.

Je ne suis pas naturellement gentil, mais pour elle, je vais faire un effort.

Dans une certaine mesure, en tout cas.

Soupirant à nouveau, je la laisse sur le lit et me rends sur le balcon, l'esprit tourné vers le futur qui nous attend, et ce que cette guerre exigera de nous.

Des sacrifices, évidemment.

Du sang, aussi.

Peut-être même la mort.

Nous le saurons rapidement. Dès que ma petite étoile se réveillera. Ensuite, notre voyage ensemble… *recommencera.*

– Comment ça, *elle a disparu* ? voulut savoir mon père, plantant ses yeux dorés sur un Shade impénitent.

Une question semblable tournait en boucle dans ma tête alors que je restais assis à la table du Conseil. *Où l'as-tu emmenée?* avais-je envie de lui demander. Mais bien entendu, je ne pouvais pas le faire. Il fallait que je feigne la nonchalance, et prétende que rien de tout cela ne m'affectait.

Ni le petit manège d'Emelyn en cours de Magie Guerrière.

Ni qu'Aflora ait ensuite disparu dans une sorte de paradigme avec ma future ex-fiancée.

Ni des conséquences de la destruction de ce paradigme par une horde de Guerriers, ni de la disparition d'Aflora accompagnée de Shade.

Je ne pouvais pas communiquer avec elle, parce que nous n'avions pas atteint ce niveau de connexion.

Je ne pouvais pas parler à Zeph parce que la magie l'avait assommé.

Et je ne pouvais pas poser de questions à Shade parce que nous étions encerclés par les membres du Conseil.

Il me fallut toute ma volonté pour ne pas réagir.

– Commence par le début, exigea mon père, son ton ne laissant place à aucune discussion.

Shade posa son regard glacial sur moi.

– Votre Altesse ? commença-t-il, et ces deux mots dégoulinaient de son habituel dédain.

Je n'aurais su dire à ce ton s'il jouait un rôle ou s'il était sincère. Les événements de ce soir étaient en grande partie de ma faute, ce que j'avais expliqué à haute voix en relatant la situation au Conseil.

Je leur avais expliqué l'attaque d'Emelyn au Feu de Guerre, et que sa colère était due à l'imminence du Gala du Sang. Et vraiment… c'était quoi ce bordel ? Tu parles d'une réaction excessive. Certes, j'avais l'intention d'évoquer le sujet de notre présence avec mon père depuis des semaines, mais j'avais été quelque peu occupé ces derniers temps.

Évidemment, Emelyn n'était pas au courant. Parce que si elle l'avait été, nous aurions eu un problème bien plus important à gérer, étant donné que j'étais son fiancé, mais que je m'étais accouplé avec Aflora.

Je me raclai la gorge et enchaînai avec les conséquences du combat, expliquant comment Emelyn et Aflora avaient été aspirées dans un paradigme. Le cœur en avait été localisé dans la MorteForêt, et c'était à ce moment que les Guerriers avaient débarqués, car nous suivions le même brin de magie. Ensuite l'enfer s'était déchaîné, et Aflora avait disparu.

Parce que Shade l'a enveloppée d'ombres et qu'ils ont disparu, ajoutai-je intérieurement. *Et qu'il ne m'a pas dit ce qui s'était passé ensuite, parce que c'est Shade et qu'il ne croit pas en la communication positive.* Un problème que je corrigerais dès que ce Conseil serait ajourné.

Mon père insista, son regard passant de Shade à moi :

– Et comment a-t-elle disparu ?

Je haussai un sourcil en direction du Mortel. C'était à lui de s'expliquer, je n'avais aucune idée de ce qu'il avait fait d'elle.

– Ne me regarde pas, me dit cet enfoiré. Moi aussi je l'ai vue s'évaporer sous mes yeux.

C'est vrai, faillis-je répondre, mais je ravalai ma remarque. S'il ne voulait pas que le Conseil sache qu'il l'avait embarquée quelque part, alors je garderais son secret.

– Alors, où est-elle maintenant ? s'enquit Tadmir, dont les sourcils blancs remontaient haut vers ses cheveux tout aussi blancs. Tu ne la sens pas avec ton lien ?

– Elle m'a exclu, répondit Shade, et son ton décontracté se fit plus dur, laissant transparaître son agacement. (En matière de talents d'acteurs, les Mortels étaient l'élite.) Je ne la ressens plus du tout.

– Comment diable a-t-elle réussi à te bloquer ? répliqua sèchement Aswad.

Le roi des Mortels n'était pas connu pour sa patience, ni pour sa gentillesse envers son fils. Je ne m'en étais jamais soucié jusqu'ici, mais sa manière de s'adresser à Shade aujourd'hui me hérissait le poil, pour des raisons que je ne m'expliquais pas.

Enfin, pas tout à fait.

Nous étions essentiellement liés à travers Aflora, il faisait partie intégrante de notre quatuor.

Alors, être sur la défensive en ce qui le concernait

devait faire partie intégrante de notre nouvelle relation, mais il ne fallait pas que le Conseil le ressente. Il était de notoriété publique que Shade et moi nous détestions, conséquence directe de nos droits de naissance.

– Je lui poserai la question quand je la retrouverai, répondit Shade en serrant les dents, avant de s'adosser de nouveau au mur, reprenant l'attitude insouciante qui le caractérisait.

Je lui enviais cette capacité à paraître imperturbable.

Parce qu'intérieurement, j'agonisais. Je sentais que quelque chose n'allait pas, mais j'étais impuissant à rechercher d'où venait mon malaise. Ma seule envie, c'était de dire à ce Conseil, celui-là même qui m'avait caché la vérité sur les Dilemmes pendant près de vingt-cinq ans, d'aller se faire voir. Mais au lieu de cela, je restai calme et posé, et attendis qu'ils rendent leur verdict.

Ce qui leur prit deux heures.

À la fin de la discussion, j'avais envie de tuer tout le monde.

Ils avaient totalement ignoré l'attitude d'Emelyn, pour se concentrer uniquement sur Aflora.

– De toute évidence, la Faë Terrestre était complice.

– Je suis d'accord. Il faut que nous la retrouvions. C'est elle la clé qui fera tomber la résistance.

– Nous pourrions utiliser la magie pour renforcer le lien qu'elle a avec Shadow…

Au bout d'un moment, leurs paroles se mélangèrent, mais au final, ils prévoyaient de se servir de Shade pour la traquer à travers leur lien, afin qu'il leur fasse un rapport dès qu'il l'aurait localisée. Alors les Guerriers la mettraient en détention avant de la tuer pour s'être enfuie, à moins qu'ils ne se servent d'elle comme d'un appât et ne l'éliminent plus tard.

Dans tous les cas, ils prévoyaient de la détruire.

Ma compagne.

Ma belle et douce Aflora, qui n'avait rien fait pour mériter leur cruauté. Dès le début, ce Conseil l'avait piégée en ordonnant à Shade de la mordre. Tout ça parce qu'ils voulaient l'utiliser comme appât.

Et à présent qu'elle avait été enlevée, ils sautaient sur l'occasion de prétendre qu'elle aidait les Dilemmes dans leur quête de résurrection. Le Conseil proclama qu'il n'y avait qu'une seule issue logique : la rechercher et la détruire.

Je tentai de faire valoir que cela déclencherait des conflits politiques avec les Faë Élémentaires. Je remarquai également qu'elle n'avait jamais fait montre de la moindre intention de soutenir les Dilemmes, et qu'elle pouvait avoir été kidnappée ou emmenée contre son gré.

Le Conseil et le cercle des Anciens Faë de Minuit n'en tinrent pas compte. Alors mon grand-père, qui occupait le siège habituel de Lima pour cette réunion, affirma que les Faë Élémentaires ne poseraient pas de problème. Sa remarque désinvolte me rappela que c'était là le Conseil qui avait tué les parents d'Aflora et avait dissimulé ce fait pendant quinze ans. Ils se fichaient de la politique des Faë. Tout ceci n'était qu'un numéro destiné à placer Aflora au centre d'un piège.

Mon sang bouillonnait, et les lignes d'un noir d'encre sur mes bras remuaient, mécontentes.

C'était *ça* mon avenir, le Conseil que j'étais voué à diriger.

Et je me rendis compte en quittant la pièce que je les détestais tous, y compris mon père, qui m'appela sur le seuil.

Je faillis ne pas l'écouter.

Mais Shade me donna un coup de coude qui me fit me retourner, et je fis face à Malik Nacht, le Roi Élite. Mon père. L'homme qui dirigeait le Conseil des Faë de Minuit. L'homme que j'avais idolâtré toute ma vie. J'avais passé des années à tenter de gagner ses faveurs et le rendre fier de moi.

Et pour quoi?

Pour diriger un conseil de meurtriers.

Cette soudaine lucidité embrouilla mes pensées, noircit mon humeur et fit tourbillonner la source en moi, qui anticipait mon désir accru de représailles.

Mon père fronça les sourcils, comme s'il le sentait.

– Est-ce que tu vas bien ?

Non, bordel, je ne vais pas bien, songeai-je.

– Ça va, répondis-je à la place. C'est juste cette situation qui m'agace.

Mon père ricana.

– N'est-ce pas notre cas à tous ?

– Tu peux bien être irrité, ajouta mon grand-père d'un ton sévèrement accusateur. Aflora est ton épreuve d'ascension, il me semble ?

– Oui, acquiesçai-je, serrant les poings contre mes flancs.

Il vint se poster à côté de mon père. La ressemblance entre les deux hommes était frappante, leurs traits intemporels semblables aux miens.

Des cheveux auburn.

Des iris dorés.

Une ossature royale.

Nous avions l'air de frères, sauf qu'il y avait dans les iris de mon grand-père une lueur ancienne qui ne se retrouvait que partiellement dans ceux de mon père et faisait totalement défaut dans les miens.

– Constantine, dit mon père, se référant toujours à

mon grand-père par son nom dans des situations formelles comme celle-ci.

Comme il ne s'agissait que de ma quatrième rencontre avec le patriarche du côté de mon père, j'étais sûrement supposé adopter la même attitude.

Cet homme était plus un héritage qu'une famille.

Je n'étais même pas sûr de savoir où il vivait. Tous les Anciens se retiraient dans leurs propres quadrants au sein des royaumes, certains choisissant de se divertir avec les humains plutôt qu'avec leur propre espèce.

D'autres plongeaient dans un profond sommeil durant d'innombrables années, voire des siècles.

L'immortalité apportait son lot d'avantages et d'inconvénients.

– Je crois qu'il va nous falloir une conversation plus poussée sur ce qu'il advient lorsque l'on échoue à son ascension, enchaîna Constantine, relevant un sourcil, me défiant de le contredire.

– Je n'ai pas encore échoué, répondis-je sur le même ton hautain. En ce moment je n'ai pas de temps à perdre à mener une conversation hypothétique. J'ai une Faë Terrestre à retrouver. Donc, si vous voulez bien m'excuser…

Je n'attendis pas leur réponse.

J'ignorai également mon père quand il fit une tentative.

Au lieu de cela, je franchis un portail, Shade à mes côtés.

Il entra notre destination : l'Académie des Faë de Minuit.

Quelques secondes plus tard, les grilles apparurent sous nos yeux, devant le bâtiment de style gothique de l'Académie, et Shade me fit face.

– Zakkai détient Aflora, annonça-t-il avant même que je puisse lui poser la question de sa localisation.

Durant tout ce temps, j'étais parti du principe qu'il l'avait simplement cachée au sein de l'une de ses infâmes ombres.

– Qui est Zakkai, bordel ? lui demandai-je.

– Son compagnon Dilemme.

Je suis nue.

En temps normal, cette pensée ne m'aurait pas dérangée : les Faë Terrestres se promènent souvent sans vêtements.

Mais ces draps soyeux qui me caressaient la peau ne m'appartenaient pas. Pas plus que cet arôme subtil d'océan qui chatouillait mes narines.

Zakkai.

Je reconnaissais son essence partout autour de moi, je percevais ses pouvoirs de Dilemme qui picotaient les poils de mes bras dans le but de séduire ma magie pour qu'elle vienne jouer, et je sentais son goût familier sur ma langue. Pendant un mois, j'avais cru qu'il était le fruit de mon imagination. Pourtant, il m'avait laissé des indices me prouvant le contraire, que j'avais choisi d'ignorer, dont je m'étais moquée.

À présent, je ne riais plus.

– Je sais que tu es réveillée, petite étoile.

Sa voix chaleureuse me parvint dans une bouffée d'air, accompagnée d'une autre odeur alléchante : celle de la maison. Ma mère avait coutume de décorer notre maison avec des fragrances du Royaume Aquatique. C'était un de ses plaisirs secrets, qui, selon elle, s'accordait bien avec nos parfums de terre.

Zakkai était parvenu à capturer ce parfum, qui se dégageait autour de lui comme une sorte de cape sensuelle. À moins que ce ne soit son odeur naturelle.

– Aflora, murmura-t-il, d'un ton moqueur. Ai-je besoin de te rejoindre sous ces draps pour te réveiller avec ma langue ? Parce que je serais ravi de te rendre ce service, comme dans tous nos rêves.

Beurk. Mes joues s'enflammèrent à ces souvenirs, ceux des moments où je m'étais totalement laissée aller, persuadée qu'il n'était pas réel. Ces choses que je lui avais fait faire…

Je frissonnai.

Il rit, comme s'il avait entendu mes pensées. Et c'était peut-être le cas, étant donné qu'il prétendait être mon compagnon.

La chaleur de son corps me submergea quand il s'assit à côté de moi sur le lit. Il n'était pas assez près pour me toucher, mais suffisamment pour que je le sente.

Cette familiarité me troublait, tout comme la sensation de ses draps soyeux qui glissaient le long de mes jambes lorsque je m'éloignai de lui. Il n'essaya pas de m'en empêcher ; il s'installa contre la tête de lit, et croisa ses longues jambes à hauteur de ses chevilles nues. Je scrutai ses pieds un moment avant de remonter le long de son pantalon de pyjama, vers son ventre dénudé.

Parce qu'évidemment, il avait choisi de rester torse nu.

Comme dans chacun de mes rêves.

Son corps sculpté à la perfection ne laissait aucun doute sur la raison pour laquelle j'étais persuadée de l'avoir créé de toutes pièces. Il était bien trop divin pour être réel, avec ses longues mèches blanches et ses yeux bleu argenté.

– Si tu continues à me regarder de cette manière, Aflora, je vais prendre ça pour une invitation et l'accepter.

Bon sang, sa voix était aussi douce et veloutée que le reste de sa personne.

Cet homme était le sexe personnifié.

Et à en juger par le sourire qui courbait ses lèvres pleines, il le savait pertinemment.

– Ce n'est pas une invitation, marmonnai-je en me blottissant davantage dans ses draps soyeux.

Je vis une paire de fossettes apparaître sur ses joues parfaites.

Ouais, il avait forcément un sourire de tueur en plus. Parce que… pourquoi pas ?

C'était peut-être vraiment un Incube du royaume des Faë de l'Enfer. Mais non, puisque j'avais aperçu une lueur céruléenne au fond de son regard insondable.

Je me rappelai qu'il m'avait pris ma baguette, et me renfrognai. *Non, il a dit que c'était la sienne.*

Mon cœur manqua un battement à ce souvenir, et à celui de l'attitude distante de Shade, qui m'avait remise à Zakkai comme si je n'étais rien pour lui.

Pourquoi ? lui murmurai-je. *Pourquoi as-tu fait ça ?*

Il ne répondit pas. Je ne m'attendais pas à ce qu'il le fasse. Je sentais le blocage sur notre lien ; c'était lui qui l'avait mis en place avant de me remettre à Zakkai.

Zeph ? Je tentai l'autre fil qui me reliait à mon autre compagnon, le Guerrier. Les extrémités de notre lien étaient effilochées, et son silence assourdissant.

Shade avait mis en place une sorte de blocage mental pour m'isoler d'eux.

Il m'avait prévenu que je le détesterais.

Il avait raison.

Je lui avais fait confiance, l'avais aimé, m'étais *accouplée* à lui, et lui me remerciait en me livrant à l'ennemi.

Il y a forcément une raison, songeai-je. *Il tient à moi. Je sais que c'est le cas.* Je l'avais senti dans notre lien, je l'avais vu dans ses pensées. Peut-être que Zakkai l'avait contraint ? Mais pourquoi Shade bloquerait-il mes liens d'accouplement ?

Je crispai la mâchoire en envisageant ses différentes intentions possibles. Puis je me concentrai sur l'homme à côté de moi, qui possédait sûrement toutes les réponses à mes questions.

– Pourquoi suis-je ici ? l'interrogeai-je en me redressant, serrant le drap contre ma poitrine. Pourquoi ne m'as-tu pas dit qui tu étais ? Et comment se fait-il que tu sois mon compagnon? Dans mes rêves, jamais tu ne m'as mordue.

Et je ne pensais pas non plus qu'un Faë de Minuit soit capable de revendiquer quelqu'un de cette manière.

Si c'était le cas, ce serait dangereux.

Faë, mais de qui me moquais-je ? Les Faë de Minuit étaient le danger incarné.

La puissance mortelle de l'homme à côté de moi émanait en vagues tourbillonnant autour de lui. Je goûtais son essence dans l'air, la ressentais au plus profond de mon âme. Il incarnait la source d'une manière semblable à celle de Kols. Dans mon esprit, je la caressai avec mes brins de magie noire, curieuse et méfiante à la fois.

En réponse, il retroussa les lèvres, et son énergie s'intensifia comme si elle acceptait mon contact.

– C'est fascinant, n'est-ce pas ? (Sa voix grave déferla sur moi, comme une vague caressante.) Nos dons ont plus ou moins grandi ensemble au fil des ans, créant ainsi un lien éternel. Je pense que même si je devais le rompre aujourd'hui, tu conserverais mes capacités de Dilemme.

– Des ans ? répétai-je.

– Mmmh, murmura-t-il évasivement.

Tout comme il répondait à tout le reste.

– Pourquoi suis-je ici ? demandai-je encore.

– Pour quelle raison penses-tu être ici ? rétorqua-t-il.

Je resserrai le poing dans le drap que je tenais contre ma poitrine.

– Nous sommes âmes sœurs.

– Oui, acquiesça-t-il.

– Comment se fait-il ?

Il haussa un sourcil blanc.

– Désormais, tu connais sûrement le processus d'accouplement ? Je veux dire, tu as récemment noué un lien avec un Guerrier, n'est-ce pas ? Et Shade ?

– Tu es toujours aussi insupportable ? (*Répondre à chacune de mes questions par une autre. Nom d'une fée, à ce rythme-là, on n'arrivera à rien !*) Je crois que je t'appréciais plus quand je te pensais imaginaire.

– C'est parce que tu aimais ma langue entre tes cuisses, Aflora. (Il inclina la tête.) Est-ce qu'un orgasme te calmerait ?

Un grognement s'échappa d'entre mes lèvres.

– Où sont mes vêtements ?

Parce que je ne pouvais décemment pas continuer cette conversation en étant nue dans son lit.

Il désigna d'un mouvement de la tête un peignoir en soie qui s'était mêlé aux draps.

– Tu peux porter ça.

– Oui, mais non, je vais mettre mes vêtements plutôt.

J'étais incapable de me souvenir si je les avais portés ici ou perdus dans la MorteForêt. J'espérais vraiment que c'était la seconde option, parce que sinon, cela voulait dire qu'il m'avait déshabillée. Et je n'avais vraiment pas envie de penser à ça en ce moment.

Certes, c'était un Faë beau comme un dieu à la peau pâle.

Et apparemment, c'était mon âme sœur.

Mais cela ne signifiait pas que j'avais envie de me retrouver nue avec lui.

Même si sa langue faisait des merveilles et qu'il était très doué de ses mains.

Je me raclai la gorge.

– Vêtements.

– Non, répondit-il. Tu as de la chance que je t'aie donné un peignoir, Aflora. Ne pousse pas.

– *Pardon ?* Je haussai brusquement les sourcils. Alors, laisse-moi résumer. Tu m'as violée en rêve, puis…

– Je t'ai violée en rêve ? répéta-t-il, son expression imitant la mienne tandis qu'il lâchait un rire incrédule. *Tu* m'as donné des ordres, ma belle. Pas l'inverse. Je suis venu à toi pour parler, mais tu m'as demandé de ne rien dire et de te sauter avec ma bouche à la place. En tant qu'âme sœur, je t'ai obéi. J'ai du mal à considérer ça comme un viol.

– Je croyais que tu étais le fruit de mon imagination !

– Et plus d'une fois, je t'ai dit d'envisager que j'étais réel, rétorqua-t-il. Nous pouvons nous disputer à ce sujet toute la journée, ou tu peux accepter ce qui est arrivé, et nous passons à la phase de réconciliation. À toi de voir.

– Comment pourrais-je être d'accord avec quoi que ce

soit alors que tu ne me dis même pas pour quelle raison je suis là ? (Je ne pus m'empêcher de crier, à bout de patience.) Comment peux-tu être réel ? Comment pourrais-tu être mon compagnon ? Arrête de t'exprimer par énigmes, et dis-moi quelque chose d'utile !

– Et si tu cessais de poser des questions ridicules et que tu cherchais dans ton esprit les réponses qui s'y trouvent ? suggéra-t-il d'un ton sans émotion.

Mon esprit ? Il voulait que je fouille dans mon esprit pour y trouver des réponses ? Ouais, bien sûr. Je vais faire une introspection.

Les braises céruléennes s'allumèrent en moi et ma magie s'anima par anticipation. J'avais passé les derniers mois à essayer de noyer le pouvoir, de le tempérer et le contrôler, mais à présent je l'appelais.

Viens jouer, le pressai-je, fermant les yeux tandis que les brins de magie tourbillonnaient dans mes pensées, scintillants d'électricité, grésillant dans l'air autour de nous.

Zakkai dit quelque chose que j'ignorai.

Il m'avait demandé de fouiller mon esprit. C'était ce que je faisais. Et maintenant, il allait faire face aux conséquences de sa suggestion.

Je pouvais peut-être l'assommer et *m'enfuir*.

Je n'avais aucune idée de l'endroit où je me trouvais, mais il y avait sûrement un portail à proximité. Ou je pouvais peut-être découvrir comment recréer de l'ombre, ou ce que j'avais fait avec Emelyn, quoi que ce fût.

Alors que Shade m'avait exclue de son esprit, je sentais toujours son essence qui me réchauffait le sang. Zeph était là, lui aussi. Même Kols.

Et aussi… *Zakkai*.

Sa présence était la plus forte, peut-être parce qu'il était assis à côté de moi. Mais je soupçonnais qu'il y avait quelque chose de plus profond là-dessous. Notre lien était *ancien.* J'en ressentais les racines dans ma jeunesse, et cette magie était unie à ma connexion à la source terrestre.

Il parla de nouveau.

Et je l'ignorai encore, bien trop occupée à suivre les racines, à en chercher le début, et une manière de le détruire.

Non, pas le détruire.

Lui faire du mal.

Les Faë Terrestres n'étaient pas violents. Nous créions la vie.

Son espèce tuait.

C'était la raison pour laquelle jamais je ne serais une véritable Faë de Minuit, et peu importait avec qui je m'accouplais, ou quels pouvoirs je possédais. Mon esprit était purement celui d'une Faë Élémentaire. Qu'il ait sa source en moi me semblait étrange et malsain, elle avait fait de moi une abomination contre ma volonté, et je ne savais toujours pas comment c'était arrivé. Parce qu'il refusait de me le dire.

Je grognai de nouveau, ma colère grandissant de seconde en seconde.

Cet homme jouait avec mon esprit sans ma permission.

À un moment, il m'avait même *liée* à lui.

À présent, il refusait de s'en expliquer, m'enlevait, me déshabillait, et m'offrait un simple peignoir pour me vêtir.

Et il voulait que je m'amuse à chercher des réponses dans mon esprit.

J'y trouvai plutôt la source de ma magie, la focalisai en un point unique concentré sur lui. Il ne voulait pas s'expliquer, et j'en avais ma claque de jouer à ce petit jeu.

J'ouvris les yeux et le vis toujours assis à côté de moi, l'air amusé.

Je détestais ce sourire et ces fossettes. Je détestais le

plissement de ses yeux bleu argenté. Je méprisais même sa présence et le rire qui secouait sa poitrine.

Il trouvait ça drôle ?

Alors j'allais lui donner une bonne raison de rire.

Des flammes jaillirent du bout de mes doigts, que je dirigeai vers son torse ciselé.

Simplement, au lieu d'être brûlé, il les absorba, et son sourire passa d'amusé à quelque chose de totalement différent. D'*incandescent.* Ses yeux s'embrasèrent grâce à la puissance que je venais de libérer sur lui. Puis il ouvrit sa main.

Je tentai d'esquiver, mais il était trop rapide pour moi et la sphère d'électricité tourbillonnante m'atteignit en pleine poitrine, m'entourant d'une toile d'énergie intense. J'en eus le souffle coupé, mon cœur s'arrêta, et un soupir m'échappa.

– Trouve comment te libérer, Aflora, me répondit-il, et le lit remua quand il glissa hors des draps pour se mettre debout. Quand tu auras terminé, viens me voir, et nous parlerons.

Un rire sans joie monta dans ma poitrine figée. *Parle,* répétai-je dans ma tête. *Tu ne fais que lancer des énigmes !*

Essaie de les résoudre, petite étoile, répliqua-t-il, sa voix semblable à chocolat liquide dans mon esprit. *Commence par les liens qui t'entravent la poitrine avant de mourir étouffée.*

Zakkai !

Rien.

Rien que le baiser d'une brise océanique sur mes sens, et le doux *clic* d'une porte qui se referme.

Il m'avait laissée me débrouiller pour démêler son filet magique sans baguette ni mode d'emploi.

Et des taches envahissaient déjà mon champ de vision à cause du manque d'air dans mes poumons.

Zakkai !

Concentre-toi sur les liens, Aflora. Ensuite, quand tu auras terminé, retrouve-moi.

Je te retrouverai et je te tuerai, lui promis-je.

J'ai hâte de te voir essayer.

Aflora s'évanouit au moment où je verrouillais la porte de ma chambre ; ses dernières pensées tournant autour des innombrables manières dont elle comptait me faire souffrir. Je retroussai les lèvres en prévision.

En tant que Faë Terrestre, tout en elle était tourné vers la vie, l'amour et la paix.

Mais mon sang de Dilemme lui avait procuré un côté mortel que j'avais l'intention d'exploiter.

À un moment, elle promettait de ne jamais tuer d'être vivant. L'instant d'après, elle faisait le vœu de se venger et tout dévaster. Elle voulait me voir mort. Mais je changerai sa manière de penser en quelque chose de plus utile.

Cela faisait partie de sa formation.

Tout comme cette toile que j'avais tissée autour d'elle.

Elle allait finir par trouver comment en venir à bout, et je serai là à l'attendre. Son essence vitale était liée à la mienne, tirant sur mon énergie pour la ressusciter. Je laissai faire, sachant qu'elle aurait besoin d'un peu d'air pour démarrer le processus.

Mon sourire s'élargit quand j'entendis son rugissement dans ma tête.

Je me refusai à lui répondre pour le moment : je l'écoutais réfléchir à ce qu'elle devait faire. J'étais fasciné par son esprit et ses pensées tortueuses, si semblables aux miennes. Elle ne savait pas à quel point nous nous ressemblions; seulement moi, j'avais accepté mon destin, et ma vie future, tandis qu'elle cherchait toujours les siens.

Très vite, le chemin se dévoilerait.

Elle finit par s'apaiser, sa propension à résoudre des problèmes remonta à la surface. D'une manière experte, elle se mit à dérouler la magie dont je l'avais enveloppée.

Elle était magnifique et futée. Les résolutions que j'avais prises vacillèrent, et ma démarche n'était pas plus assurée quand je regagnai les pièces principales.

Mon père voulait avoir des nouvelles.

Moi, tout ce dont j'avais envie, c'était de regagner ma chambre, m'adosser au mur et observer cette femme superbe jouer avec sa magie entre mes draps.

Malheureusement, je n'avais d'autre choix que de faire une apparition avant qu'il ne vienne me chercher dans mes quartiers.

Je claquai des doigts et lançai un sort pour appeler ma baguette. Elle m'ignora. Ce maudit objet avait sa propre conscience, et pour le moment, elle semblait avoir une préférence pour Aflora. Parfait. Elle pouvait continuer à se servir de mon conducteur au cours de sa formation. De toute manière, elle en avait plus besoin que moi.

Je murmurai une incantation et changeai de tenue,

optant pour une tenue plus adaptée à une réunion avec les autres. C'était une manière paresseuse de procéder, mais aussi nécessaire. Car si j'étais resté un instant de plus dans cette chambre, j'aurais perdu toute envie d'en ressortir.

À bien des égards, Aflora était un régal pour les yeux, et cela ne se limitait pas à son physique attirant. Elle avait un don admirable pour les arts des ténèbres, sûrement parce que nous étions liés depuis quinze ans.

Je pensais ce que je lui avais dit plus tôt : voir comment son essence s'était liée à la mienne était proprement fascinant. Elle ressemblait presque à une Dilemme. Sauf que je sentais aussi sa magie terrestre. Tout comme son élément se promenait dans mes veines, projetant sur moi un souffle de sa vitalité et sa bonté.

Cette connexion avait toujours été là, même lors de notre séparation. Mais les enchantements lancés par mon père l'avaient bien émoussé. Ensuite, elle avait brisé le sort avec sa chanson ; j'en étais presque tombé à la renverse.

Pour nous protéger tous les deux, j'avais aussitôt érigé des murs, mais ça ne m'avait pas empêché de venir jouer dans ses rêves.

– Kai, dit mon père qui entrait dans le couloir, plissant les yeux en me voyant immobile. Il y a un souci ?

– Non. Je suis juste en train d'observer Aflora lutter contre mes liens, répondis-je, faisant de mon mieux pour garder un ton neutre, sans émotion.

– Tes liens ? releva-t-il. Tu étais censé discuter avec elle et l'amener ici pour qu'elle rencontre les autres. Ce n'était pourtant pas compliqué.

Je faillis lui rire au nez. Il gardait le souvenir de la petite fleur impressionnable de mon enfance, et ne savait pas quelle personne formidable était devenue Aflora.

– Il lui fallait une énigme pour se préparer

correctement. Une fois qu'elle l'aura résolue, je ferai les présentations.

Mon père contracta la mâchoire.

– Ce n'est pas ce sur quoi nous nous étions mis d'accord.

– J'ai la situation sous contrôle.

Je prononçai ces paroles d'un ton sans équivoque, pour lui rappeler mon rang au sein de la résistance. Il avait beau être plus âgé, et mon père, c'était moi l'Architecte de la source.

Durant un long moment, il me dévisagea, sa puissance faisant briller ses yeux bleu argenté identiques aux miens. Mais son pouvoir n'égalait pas le mien. Mon ascension avait eu lieu un peu plus d'un mois auparavant, et j'avais pris sa place en tant que roi des Dilemmes. En dépit de son âge et son expérience, il ne faisait pas le poids face à moi.

– Comment va-t-elle vraiment ? s'enquit-il doucement, une pointe d'inquiétude dans la voix. Est-ce que vous avez parlé de ses parents ?

– Non. Au lieu de ça, elle a cherché à me tuer avec un mélange très intéressant de Feu de Guerre, répondis-je. Mais je tenterai d'aborder ce sujet au cours de notre prochaine conversation.

– Un Feu de Guerre ? répéta-t-il, haussant ses sourcils blond cendré. Elle n'a pas compris que tu es son compagnon ?

– Si, elle le sait. À mon avis, c'est sa version personnelle des préliminaires.

Ce qui était un pur mensonge. Je l'avais harcelée pour la pousser à jouer avec moi. Et je n'avais pas été déçu.

– Nous y travaillons.

Je voulais dire par là qu'elle faisait de son mieux pour se débarrasser de ma toile, ce qui lui fournirait au passage toutes les réponses dont elle avait si désespérément besoin.

– Elle est en sécurité, papa, ajoutai-je en voyant l'inquiétude croître sur son visage. C'est tout ce qui compte.

Il garda le silence un moment, avant de hocher la tête.

– Nous avons officiellement remboursé la dette que nous avions envers ses parents.

– Je ne suis pas certain qu'ils seraient du même avis, lui répondis-je. Tu as laissé le Conseil se servir d'elle comme d'un appât.

C'était un sujet délicat entre nous. Quand j'avais voulu l'emmener au café plusieurs mois auparavant, il m'avait convaincu de laisser Shade la mordre.

– Il fallait que Constantine sorte de sa retraite, répliqua-t-il.

Cette affirmation, il l'avait déjà faite à plusieurs reprises au cours des derniers mois.

– Et tu voulais garder le contrôle sur Shade, ajoutai-je. Oui, je sais. Tout ce que je dis, c'est que je ne pense pas que ses parents auraient apprécié que leur fille soit un pion.

– Le Conseil avait prévu de se servir d'elle, que nous soyons d'accord ou non. Nous avons simplement pu tirer profit de cette situation critique. (Il haussa les épaules.) Ses parents comprendraient. En acceptant cet accouplement temporaire, ils ont validé ce destin.

– Quinze ans, ce n'est pas temporaire, répondis-je, n'aimant pas ce terme.

Il me gratifia d'une tape sur l'épaule.

– Quand tu auras mon âge, tu changeras d'avis, Kai. Tu verras.

Je me forçai à sourire.

– Bien sûr.

Il était encore persuadé que j'avais l'intention de rompre notre lien d'accouplement. J'avais toujours prévu de le faire. Même au moment où je l'avais vue dans le café, mon but avait été de briser notre lien.

Mais grâce à cette chanson que nous lui avions apprise des années plus tôt, elle avait rompu l'enchantement.

Et je l'avais rejointe au cours d'un rêve.

Quand nos regards s'étaient croisés, j'avais eu cette impression de contempler ma propre âme, de trouver mon autre moitié. Ma meilleure amie d'enfance était devenue une femme magnifique, avec des désirs sexuels que je ne pouvais que satisfaire.

C'était dingue : à la voir de cette manière, j'avais eu l'impression que c'était ma première fois. J'avais déjà sauté des femmes, pour la plupart humaines et lors d'un nourrissage. Le charme qui pesait sur notre lien l'avait réduite à une douleur sourde, que jamais je n'avais souhaité garder.

Et elle avait tout fait voler en éclat avec un gémissement guttural et une voix qui était une véritable invitation au sexe.

Depuis, je n'avais pas pu regarder d'autres femmes, pourtant nous n'avions fait que des préliminaires dans nos rêves. Dans mon esprit régnait un bordel sans nom, que j'ignorais comment résoudre.

En fait, j'avais quelques idées. La plupart nécessitaient de passer quelques nuits entre les draps. Mais d'instinct, je savais que jamais ça ne suffirait. Aflora avait quelque chose de tellement enivrant. Notre histoire ne faisait qu'accentuer cette sensation, me laissant complètement perplexe au sujet de notre avenir.

Que pensera-t-elle quand elle apprendra la vérité ? me demandai-je alors que je surveillais ses progrès à travers nos liens.

Tranquillement, elle continuait de démêler les cordes enchantées qui entouraient sa poitrine. Bientôt, elle parviendrait à celles de son esprit, et c'était là que ça deviendrait vraiment amusant.

Mon cœur manqua un battement tant j'avais hâte.

– Allons débriefer les autres, proposa mon père, me tirant de mes pensées. Ensuite Dakota pourra nous raconter ce que Zen a dit dans la clairière.

Zen. Je grinçai des dents à l'évocation de ce nom. Cette femme exaspérante continuait d'interférer dans mes plans ; ses talents de voyance étaient une nuisance que je souhaitais éliminer.

C'était pourquoi nous avions gardé Shade en laisse. C'était son petit-fils, ils étaient donc liés par le sang. Ce qui impliquait qu'à présent Aflora avait accès à la puissance de toute cette lignée, m'autorisant par là même à jouer, moi aussi.

Je n'avais pas encore exploré nos liens. Mais j'en avais bien l'intention, sitôt qu'Aflora participerait de son plein gré. Sinon je risquais de la blesser. Et je ne suivrais cette voie que si elle m'y contraignait.

En attendant, j'allais la séduire à ma manière : avec des casse-têtes magiques.

Elle refusait de l'avouer, mais à présent, elle était intriguée par cette toile contre laquelle elle luttait. Je sentais l'excitation palpiter en elle à mesure qu'elle défaisait les fils.

Ma petite étoile aimait les défis. Et elle venait de croiser le plus grand d'entre eux. *Moi.*

– Bon sang, mais qu'est-ce qui s'est passé ? me demanda mon jumeau quand je franchis le seuil de notre suite. Où est Aflora ? ajouta Tray en me voyant arriver seul.

– C'est une sacrée bonne question, répliquai-je sèchement.

Shade avait disparu dans un nuage de fumée après avoir lâché cette bombe au sujet du compagnon Dilemme d'Aflora.

Il n'avait ni développé, ni expliqué. Juste *pouf !* Disparu.

Abruti, grondai-je intérieurement, furieux après le Mortel. Je prévoyais de lui arranger le portrait la prochaine fois que je le croiserai. Ou peut-être de le tuer. Parce que *merde, quoi !*

J'arrachai la cape de mon cou et la jetai sur le canapé.

– Où est Zeph ?

Il devrait être réveillé maintenant. Bon sang, il n'aurait même pas dû s'évanouir.

J'aurais dû me douter que Shade mijotait quelque chose.

Il avait disparu avec Aflora et Zeph s'était effondré quelques secondes plus tard, ce qui m'avait distrait et je n'avais pas suivi Shade. Non pas que j'en étais capable. Son inclination pour les ombres était une magie que bien peu de notre espèce étaient capables de reproduire, même ceux comme moi liés directement à la source.

– On l'a installé dans ton lit, m'informa Tray qui me suivit vers ma chambre. Parle-moi, Kols.

Je jetai un œil par-dessus mon épaule à Ella qui restait silencieuse derrière lui, et secouai la tête. Sans le vouloir, j'avais déjà mêlé mon frère à tout ça. Il était hors de question que je mette sa vie à elle aussi en danger.

– Elle sait déjà tout, Kols. (Tray croisa les bras.) Et j'ai jeté un sort sur la suite pour mettre hors service d'éventuels dispositifs d'écoute. Vas-y, parle.

– Nous devrions commencer par réveiller Zeph, suggéra une voix sèche une seconde avant qu'apparaisse Shade dans le couloir.

– *Toi !*

Je me jetai sur lui, mais me heurtai au mur quand il s'éclipsa dans une ombre derrière moi.

– Calme-toi, me dit-il d'un ton ennuyé.

– Que je me calme ? répétai-je en me tournant vers lui. Tu te fous de moi ? Tu balances une bombe au sujet d'un compagnon Dilemme, tu disparais, et tu espères que je garde mon calme ?

J'avais envie de le tuer. L'énergie me picota le bout des doigts tandis que j'envisageais mes différentes options.

D'abord, il fallait qu'il arrête de disparaître, merde.

À ce moment-là, je pourrais le forcer à me donner des réponses.

Parce que ce petit jeu d'explications en pièces détachées ? Ouais, non, hors de question de continuer à jouer à ça.

Shade haussa les sourcils à peine une demi-seconde avant que je ne lui balance un éclair de puissance en pleine poitrine, l'empêchant de bouger, réfléchir ou respirer.

Mais ce petit mouvement de sourcils m'indiquait qu'il l'avait *vu* venir. Ce qui ne faisait que renforcer mon intuition qu'il avait des dons de voyance. Encore quelque chose que je voulais…

Une secousse irradia dans mon sang, me précipitant à genoux au moment où Shade répliquait, bien plus vite qu'il n'aurait dû en être capable. *Merde !*

Je tirai sur la source, préparant une nouvelle attaque alors qu'il se retrouvait *une nouvelle fois* derrière moi.

Il n'aurait pas dû pouvoir faire ça.

Il aurait dû être assommé, le cul par terre, au moins pour quelques…

– Très bien. On va le faire à ta façon, me dit-il dans l'oreille.

Puis il enfonça les dents dans mon cou, et je jurai, surpris.

J'étais incapable de bouger, pris au piège du sort qu'il m'avait jeté.

Sir Kristoff débarqua en trombe dans la suite, déployant de l'énergie tout autour de lui, invoquant la magie ancienne à laquelle seule son espèce pouvait accéder. Shade s'effondra au sol à côté de moi, gémissant sous le coup du supplice que venait juste de lui infliger ma gargouille. Puis Tray emprisonna le Mortel sous un filet de pouvoir qu'Ella améliora grâce à un autre sort.

Je me recroquevillai, laissant les séquelles de l'attaque

de Shade s'estomper lentement et succombai au choc de la réalité.

Il m'avait *mordu.*

Cet enfoiré nous avait liés, merde !

Mes lèvres s'entrouvrirent, prêtes à balancer la flopée d'insultes que j'avais sur le bout de la langue, quand un Faë du Paradoxe apparut, tenant une brillante épée violette.

– Encore ? s'enquit-il, l'air ennuyé.

– N-non, s'étouffa Shade dont le corps convulsait près de moi.

Je plissai les yeux.

– Merde, mais qui…

– *Toi !*

Sir Kristoff projeta une autre vague d'énergie sombre de gargouille que le Faë du Paradoxe bloqua à l'aide de son épée.

– Ça suffit, dit-il en bâillant, avant de s'appuyer contre le mur. Sérieusement, ça commence à devenir lassant.

Le rire de Shade tourna à la toux, et il grimaça sous l'effet du pouvoir qui le maintenait au sol.

Je me touchai le cou, me demandant si ce n'était pas juste un cauchemar. Mais non. Je saignais. Et les lèvres de Shade étaient maculées de mon sang.

– Putain, mais t'as perdu la tête ? m'écriai-je. Tu nous as *liés.*

– Ouais, répondit Shade d'une voix rauque. *Je t'en prie.*

J'en restai bouche bée, puis me relevai, chancelant. J'avais les muscles endoloris, comme si j'avais été heurté par un train de marchandises.

– Laisse-le se relever, demandai-je à Tray. Je ne veux pas qu'il soit diminué quand je le tuerai.

Le Faë du Paradoxe gronda.

– Encore ?

– Non, répondit Shade.

– Encore quoi ? demandai-je, estomaqué de sa présence. Et bon sang, mais qui es-tu ?

– Kyros, répondit-il, inclinant sa tête sombre vers moi.

– Qu'est-ce que tu fais là ?

– Est-ce que tu poses toujours les mêmes questions ? rétorqua-t-il.

– Les mêmes questions ?

– Ouais, apparemment, répondit Kyros.

Il s'écarta du mur pour lisser sa veste en cuir. On voyait un bout de tatouage dépasser dessous.

– J'attends des explications, intervint Tray, croisant les bras sur son pull.

Ella s'accrocha à son bras, tandis que ses cheveux blonds s'enroulaient dans les vrilles magiques dégagées par mon frère.

– Libère Shade de ta magie, et il pourra réessayer, demanda Kyros.

Je le fixai en plissant les yeux, avant de me tourner de nouveau vers mon frère.

– Fais ce qu'il dit.

Car je commençais à comprendre ce qui se passait.

Kyros et Shade avaient joué avec le temps, et c'était en effet un jeu très dangereux. Aucun d'entre nous ne savait combien de fois ils avaient vécu ce moment, et n'avait pas non plus idée de ce qui s'était passé avant. Ils pouvaient tout aussi bien avoir fait un bond en arrière dans le temps jusqu'à cette seconde, depuis un moment situé des jours, des mois, ou même des années dans le futur.

Je contractai la mâchoire.

Même si j'avais envie d'assassiner Shade, une partie de moi admettait qu'il faisait ses idioties pour une bonne raison.

C'était peut-être pour ça aussi qu'il m'avait mordu, pour m'apporter une lueur de compréhension sur ses motivations. Pourtant, à ce stade, je ne comprenais toujours pas grand-chose. En fait, il était plus lié à moi que moi à lui.

Alors que je prenais conscience de cet état de fait, je plissai les yeux.

Il mijotait quelque chose.

Et de toute évidence, il avait aussi envie de mourir, car je doutais fort que le Conseil lui ait demandé de me mordre.

À contrecœur, Tray relâcha son sort, laissant Shade entamer son processus de guérison. Sir Kristof se tenait à côté de mon pied gauche, brandissant sa minuscule épée de pierre comme une baguette.

Les gargouilles étaient des êtres petits, mais puissants, et leurs pouvoirs magiques durables. D'où l'état de faiblesse de Shade qui demeurait à terre. Le sort de Tray n'avait fait que prolonger sa douleur, l'empêchant de guérir. Mais c'était le sort de Sir Kristof qui avait assommé le Mortel.

Kyros bâilla de nouveau puis se réadossa au mur, sauf que cette fois, il ferma les yeux, comme s'il faisait la sieste.

Je comprenais l'amitié qui liait ces deux abrutis.

Sir Kristoff grogna comme s'il approuvait, sauf qu'il n'était pas vraiment capable de lire dans les pensées.

Quant à Shade, il était sûrement capable d'entendre mes pensées les plus fortes. C'était un don rare, souvent la conséquence de certains liens. Et comme il avait quelques capacités uniques, je n'aurais pas été surpris que cela en fasse partie. Aflora n'en avait jamais parlé, mais moi, je n'avais jamais posé la question.

Malheureusement, j'étais incapable de l'entendre.

Ce qui, dans cette situation, ne faisait qu'ajouter l'insulte à ma souffrance.

– Qui est Zakkai, bordel ? exigeai-je de savoir.

– Un Dilemme, toussa Le Mortel toujours à terre, toujours blessé.

– Oui, ça tu l'as déjà dit.

– Alors peut-être que tu devrais cesser de répéter les questions ? suggéra Kyros en ouvrant les yeux. Est-ce que vous voulez réveiller Zeph maintenant ?

Je tressaillis, surpris de ce changement de sujet abrupt.

– Qu'est-ce que tu lui as fait ?

– Pourquoi aurais-je fait quoi que ce soit ? répliqua-t-il.

– Je n'en sais rien. Je ne sais même pas pourquoi tu es là.

– Mmmh, en fait, je crois que si, murmura-t-il.

D'accord. Je n'allais pas continuer sur ce terrain avec lui, parce qu'il me donnait des envies de creuser un trou de magie noire en lui.

– Shade.

Le Mortel grogna en guise de réponse. Ses membres tremblaient toujours sous le coup des restes de magie de la gargouille. Je l'aurais bien plaint, mais je ne pouvais pas. En fait, j'appréciais de le voir en proie à la douleur. Il le méritait.

– Réveillez Zeph, demanda Tray, sans s'adresser à quelqu'un en particulier. Bon sang, si l'un de vous est capable de le réveiller, alors qu'il le fasse.

– Comment ? demandai-je. Je ne sais même pas pourquoi il dort toujours.

Shade fit tourner son doigt selon un motif en zigzag, ses lèvres marmonnant une incantation, tandis que la magie bourdonnait dans l'air. Je ne compris pas le sort car il n'articulait pas les mots.

Kyros inclina la tête de côté, avant d'acquiescer d'un air satisfait.

La porte de ma chambre s'ouvrit à la volée sur un

Zeph fou de rage, qui stoppa net dans le couloir. Il darda aussitôt son regard sur Shade.

– *C'est quoi. Ce. Bordel?* s'écria-t-il en se ruant sur le Mortel déjà blessé.

Amusé, je croisai les bras en voyant mon Gardien déployer une vague de magie défensive sur cet homme à terre, qui grogna de douleur.

– Encore ? lui demanda Kyros.

– Non ! hurla Shade.

Kyros soupira.

– Très bien.

Je posai la main sur l'épaule de mon Gardien, pour mettre fin à son attaque sur le Mortel.

– Zeph, lui dis-je doucement. Il faut que Shade puisse parler.

– Parler ? répéta-t-il. Putain, je vais le tuer.

– D'accord. Une fois qu'il se sera expliqué, lui proposai-je. À ce moment-là, tu seras libre de lui faire tout ce que tu voudras.

– Je ne te le conseillerais pas, intervint Kyros.

Zeph se tourna vers lui.

– Bon sang, mais qui es-tu ?

– On se répète encore, soupira le Faë du Paradoxe, calant sa tête sur le mur derrière lui.

– Alors il faudrait peut-être que tu cesses de jouer avec le temps, lui dis-je en croisant les doigts. Combien de fois ai-je vécu cet instant ?

Il afficha un léger sourire.

– *Voilà* une question intéressante.

– Et ça, ce n'est pas une réponse, répliquai-je.

– Non, effectivement, approuva-t-il. Je crois que cette fois, ils pourraient t'écouter, Shade.

Le Mortel bafouilla son acquiescement avant de cracher du sang par terre. Zeph lui avait lancé un sort qui revenait à lui balancer quelques sévères coups de pied dans les zones les plus douloureuses du torse. D'expérience, je savais que ça faisait un mal de chien. Et en général, Zeph retenait ses coups quand il s'entraînait avec moi.

Avec Shade, ça n'avait pas été le cas.

– Bordel, mais qu'est-ce qui se passe ? interrogea mon Gardien. Où est Aflora ? Pourquoi je ne la ressens pas ?

– Tu ne la ressens pas ? (Je me redressai.) Pas du tout ?

Il se tut, ses yeux verts brillant pendant qu'il se concentrait.

– Non. Je la sens. Mais il y a… un blocage. Et je sens qu'elle lutte. (Il s'abaissa au ras du sol pour empoigner Shade par la chemise.) Commence à parler bordel, sinon je jure devant les Faë que je vais…

– Me détruire, conclut Shade d'une voix rauque. *Je sais.*

Kyros sourit.

– Sérieusement, Shadow. Tu es en train de souffrir le martyre pour une chose que toi et moi savons inéluctable.

– Va te faire voir, lui cracha Shade.

– Ce n'est pas mon genre, répliqua Kyros.

– Laissons-lui une seconde pour respirer, dis-je en posant de nouveau la main sur l'épaule de Zeph. Je veux entendre ce que Shade a à nous dire.

Mon intuition tournait à plein régime, et j'avais une nette impression de déjà-vu.

J'avais déjà vécu ce moment.

C'était prévisible, compte tenu de la présence de Kyros, mais ça allait plus loin que ça. Je *sentais* à quel point cette situation était familière.

Comme la fois où Aflora m'avait menacé de rompre nos liens. Sir Kristoff s'était emporté au sujet d'un Faë avec une épée. J'avais ignoré son commentaire, mettant ça sur le compte de quelque chose que Shade lui aurait fait ce jour-là.

Mais pas du tout.

– Ça fait un moment que tu fous le bordel dans nos vies, dis-je au Faë du Paradoxe.

– Ah oui ? rétorqua-t-il, tandis que ses yeux brillaient de lucidité.

– Tu étais là le jour où Aflora a menacé de mettre fin à nos liens d'accouplement.

Il m'observa un long moment, avant de tourner les yeux vers Shade.

– Je me suis trompé. Tu as eu raison de le mordre.

– Elle a réussi, n'est-ce pas ? ajoutai-je. (Mon cœur s'emballa à cette révélation.) Elle a rompu nos liens.

– Elle a fait bien plus que ça, murmura Shade, dont la voix rauque diminuait à chaque mot. (Il lutta pour s'asseoir, puis se traîna vers le mur où il s'appuya, réfrénant une grimace.) Bien joué, Kristoff.

Il salua ma gargouille d'un majeur dressé, avant de laisser retomber ses mains sur ses genoux en soupirant.

Je me laissai glisser le long du mur à mon tour pour m'asseoir en face de lui. Zeph se joignit à moi. Il gardait une attitude prudente mais une expression soigneusement neutre.

– Quand t'a-t-il mordu ? voulut-il savoir.

– Juste avant que tu te réveilles, l'informai-je en gardant les yeux rivés sur le Mortel.

– Vous êtes liés ?

Il ne semblait pas blessé, plutôt inquiet. Et à juste titre. En étant lié à Shade, il n'y avait plus aucune chance que je puisse accomplir mon ascension.

Certes, je n'en étais plus capable non plus dès lors que j'étais accouplé à Aflora.

Et pour être honnête, je n'étais plus vraiment sûr que c'était ce que je voulais après tout ce que j'avais appris au cours des dernières semaines.

– Au premier niveau, dit Shade tranquillement. Pour lui donner la lucidité nécessaire.

– Sauf que je ne peux pas lire dans tes pensées.

– Non, mais tu peux deviner mes intentions, objecta-t-il, ses yeux glacés laissant entrevoir un épuisement que je n'avais pas encore remarqué chez lui.

Je n'aime pas ça, songeai-je, mal à l'aise à cause de cette fameuse lucidité provoquée par sa morsure.

– Je n'aime pas ça non plus, marmonna-t-il, me confirmant qu'il entendait mes pensées.

Ou peut-être était-ce visible sur mes traits. Mais comme c'était Shade, je penchais pour la première solution.

Tray se racla la gorge, me rappelant qu'il se tenait toujours au bout du couloir avec Ella à ses côtés.

– Alors, où est Aflora ?

– Actuellement ? (Shade leva les yeux vers mon frère.) Elle se trouve dans un paradigme, à combattre un sort que l'Architecte de la Source a tissé dans son esprit.

Des étoiles scintillaient au-dessus de ma tête, chacune reliée à un fil invisible que je sentais plus qu'autre chose.

Je les scrutais à la recherche d'un schéma ou d'une cause à cette folie. Zakkai m'avait enfermée dans cette toile énigmatique, son pouvoir était impressionnant et d'une beauté époustouflante. Je n'avais qu'une envie, me rouler dans son essence et l'absorber de tout mon être.

Mais je refoulai cette inclination.

Il m'avait placée ici dans un but bien précis, que j'avais l'intention de découvrir.

J'étais parvenue à me débarrasser des cordes invisibles qui entravaient ma poitrine, me permettant de respirer. Et j'avais failli tomber dans le piège de croire que c'était tout. C'est alors que le scintillement avait démarré. Il était subtil, mais puissant. Il voulait que je résolve ce mystère. Je soupçonnais que l'ignorer n'aurait fait qu'aggraver mon état.

Je restai donc immobile, respirant calmement, envisageant toutes les options.

Certaines étoiles étaient plus brillantes que les autres. Cela me paraissait trop évident, alors je me concentrai sur les orbes ternes, qui dégageaient une sensation de chaleur, leurs liens invisibles irradiant une énergie qui me faisait dresser les poils sur les bras.

Je me mordis les lèvres. *Laquelle ?* Je me concentrai sur l'étoile la plus lumineuse et la touchai doucement. Une décharge me parcourut la colonne, et je sursautai sur le lit.

Pas celle-ci, conclus-je, avant de passer à la suivante, qui me fit le même effet.

Je grognai.

Zakkai allait payer pour cette folie. Il avait posé des mines dans mon esprit ! Quel genre de monstre faisait une chose pareille ? Et à sa compagne, en plus.

Non pas que j'avais la moindre intention de rester liée à lui.

Non, je trouverais un moyen de m'en défaire. Dès que je serais sortie de ce labyrinthe mental.

Chaque étoile possédait sa propre signature thermique, qui en appelait à la magie noire en moi. *La magie de Zakkai.* C'était lui la source de mes compétences de Dilemme. Mais comment était-ce possible ? Quand nous étions-nous liés ? Et pourquoi n'en avais-je aucun souvenir ?

J'étais partie sur l'idée que mes parents m'avaient menti sur ma naissance, que j'étais une abomination en quelque sorte. Cependant, c'était son pouvoir qui coulait dans mes veines. Il était si profondément enraciné, au même titre que mon affinité avec la terre.

Ce qui n'avait aucun sens.

Je sentais également le pouvoir de Shade, mais son origine était plus récente. Idem pour le Guerrier Zeph.

Mais l'essence de Zakkai semblait tressée avec la mienne, comme si nos vies étaient reliées par un seul fil.

Quand l'une des étoiles brilla plus fort un bref instant, je plissai les yeux, comme si elle m'invitait à suivre ce cheminement de pensée.

Ce pouvait être un piège.

Ou peut-être un indice.

Dans ma tête, je la touchai et me préparai au choc électrique, mais je fus attirée dans une image très réelle de ma chambre d'enfant, où je vivais avant la disparition de mes parents.

Par tous les faë… ?

– Aflora ? m'appela une jeune voix masculine qui me fit pivoter vers la porte.

Je croisai un regard bleu argenté, au milieu du visage de ce garçon aux longs cheveux blancs noués en queue de cheval.

– Tu te caches ? me demanda-t-il.

Je fronçai les sourcils.

– Zakkai ?

Il plissa le front.

– Est-ce que j'ai des ennuis ?

– Euh, oui ?

Il avait posé des mines dans mon esprit… et m'avait renvoyée dans le passé ?

– C'est à cause de la morsure ? (Il esquissa une moue de côté.) Je t'ai déjà dit que je n'ai pas envie de le faire. Mais papa a dit que je le devais. C'est le meilleur moyen de te protéger au cas où il arriverait quelque chose.

– Je ne comprends pas.

Il soupira et entra dans ma chambre en traînant des

pieds. Ses mouvements étaient maladroits, sûrement parce qu'il faisait semblant d'être un enfant.

Sauf qu'au moment où il passa devant le miroir, j'aperçus mon propre reflet et hoquetai devant mon apparence juvénile. *Par toutes les Faë !* Il m'avait aussi transformée en enfant !

– J'ai quel âge ?

– Hein ? (Il me regarda en se grattant la tête.) Sept ans ?

J'écarquillai les yeux.

– Quoi ?

C'était l'année de la mort de mes parents. Avait-il l'intention de me torturer en me la faisant revivre avec cette version de lui-même enfant à mes côtés ?

– Écoute, je sais. Ça craint vraiment. Mais papa dit que c'est seulement temporaire. Et je te protégerai, Flora. Je le fais toujours.

Il me jeta un sourire de gamin, avec des fossettes aux joues, et je fus prise d'un fou rire. Je n'avais aucune envie de me laisser aller, mais apparemment, cela amusait le corps que j'occupais.

Son sourire s'élargit en entendant mon rire. *Qu'est-ce qui m'arrive ? Et pourquoi m'appelle-t-il Flora ?*

– Tu vois, je savais que tu n'étais pas vraiment fâchée, plaisanta-t-il. Tu as envie d'aller jouer dehors avec les fleurs avant le dîner ?

Le jardin de ma mère.

Mon regard passa de la porte au miroir à nouveau, pour finir sur Zakkai.

Nous étions dans une sorte de boucle de souvenirs. Sauf qu'en étant là, il l'avait modifiée. J'avais envie de le détester pour cette raison, mais ça faisait très longtemps que je n'avais pas rêvé des fleurs de ma mère aux doux parfums.

J'avais bien le droit à quelques minutes de plaisir, non ? C'était mon esprit, donc mes règles.

Je hochai la tête.

– Oui.

Son sourire s'étira jusqu'à ses oreilles, et il me guida en sautillant dans les couloirs de mon ancienne maison. Mes parents discutaient dans la cuisine et baissèrent le ton quand nous arrivâmes. Un homme, le portrait de Zakkai plus âgé, était avec eux, et son visage ne reflétait aucune émotion.

– Aflora, dit ma mère en fronçant les sourcils quand elle vit ma robe. Ce n'est pas la tenue que je t'ai préparée ce matin.

Je fus frappée par ses paroles, alors qu'un souvenir se déroulait dans mon esprit. Elle m'avait déjà dit cette phrase avant… mais quand ?

– Carmella, murmura mon père. Ce soir, elle peut porter ce qu'elle veut.

Ma mère le dévisagea avant de soupirer.

– Oui, oui, d'accord.

– On va jouer dehors avec les fleurs, leur annonça fièrement Zakkai.

Son père, ou du moins, je supposais que son sosie plus vieux était son père, gronda.

– Kai, tu n'es pas un Faë Terrestre.

– Je sais, mais Flora, oui. Et elle aime les fleurs. (Il m'adressa un sourire rayonnant.) Et les étoiles.

Pourquoi tout ceci me semblait si familier ? Je n'avais jamais vécu cet instant, pourtant je savais déjà ce que ma mère allait dire. Et comme je m'y attendais, elle déclara :

– Nous n'avons pas le temps de jouer dans le jardin ce soir. Nous en avons déjà parlé.

La lumière au fond des yeux de Zakkai parut s'assombrir.

– Je me disais juste que… peut-être… on pourrait jouer d'abord.

– Nous ne sommes pas ici pour jouer, Kai, répliqua son père, dont le ton sévère me fit sursauter.

– Du calme, Laki, murmura mon père, qui s'approcha de moi et posa une main sur ma tête. Ce ne sont que des enfants.

– Qui sont sur le point de se lier comme des adultes, ajouta ma mère à mi-voix.

– De manière temporaire, la corrigea Laki. Il la protégera jusqu'à sa majorité, après quoi il inversera le lien. Je lui apprendrai comment faire.

Je fronçai les sourcils.

– Nous lier ?

Je savais de quoi ils parlaient, mais j'avais du mal à accepter cette version des événements.

– Oui, ma chérie. Pour pouvoir te garder en sécurité, Zakkai va se lier à toi, m'expliqua mon père d'une voix douce. Ce n'est qu'une mesure de sécurité, au cas où il nous arriverait quelque chose à ta mère ou à moi.

– Pourquoi est-ce qu'il vous arriverait quelque chose ?

Les mots sortirent de ma bouche sans que je puisse les retenir, mon esprit retombant dans mon moi de sept ans et répétant la question que je me souvenais avoir posée ce jour-là.

– Parce que la vie est pleine d'imprévus, répondit mon père, avant de poser un baiser sur ma tempe. Ce n'est qu'une manière pour nous de te protéger encore plus.

– Mais vous me protégez déjà, soulignai-je de ma voix d'enfant. Et Kai aussi.

Kai ? songeai-je en répétant ce surnom. *Pourquoi est-ce que je l'ai appelé comme ça ?* Parce que dans mon souvenir, c'était comme ça.

Ou alors, tout cela n'était-il qu'un mensonge ? Une autre épreuve tordue ?

– Je te protégerai toujours, approuva fièrement Zakkai. Mais ce truc, ça va, genre, nous lier encore plus. De cette manière, je sentirai si tu es en danger.

Laki approuva d'un signe de tête.

– Exact. Et même s'il se trouve dans un autre royaume, il pourra te venir en aide.

Oui, je savais tout ça. Maman et papa me l'avaient expliqué la semaine dernière.

Je fronçai les sourcils. *La semaine dernière ?* Je secouai la tête. Cette expérience commençait à me paraître un peu trop réelle, comme si j'avais de nouveau sept ans.

Tout se mit au ralenti autour de moi, mes parents se figèrent sur place alors que mon père prenait la parole. Laki se figea aussi, le visage inexpressif, mais Zakkai se contenta de me sourire, affichant fièrement ses fossettes.

– Je ne comprends pas ce qui se passe.

– C'est un sort de mémoire, Flora. (Ses yeux brillèrent quand il m'appela de nouveau par mon surnom.) C'est pour que tu puisses te souvenir.

– Me souvenir de quoi ?

– De moi, me répondit-il alors que la scène se dissolvait autour de moi, pour se fondre dans celle d'étoiles bien réelles et de nous deux allongés sur le dos dehors sa main dans la mienne. Je n'ai pas envie de partir, me dit-il, les yeux rivés sur le ciel au-dessus de nous. Mais papa dit que j'y suis obligé.

– Je n'ai pas non plus envie que tu partes, lui répondis-je.

Ma voix enfantine me paraissait familière, mais pas ma phrase. Je n'avais même pas pensé à prononcer ces mots ; ils s'étaient échappés de ma bouche de leur plein gré.

– Il dit aussi qu'il faut que tu m'oublies, ajouta-t-il, l'air renfrogné. Je n'en ai pas envie.

– Alors, ne le fais pas.

– Mais je dois te protéger, Flora. (Il me serra la main.) Tu es ma meilleure amie, et c'est ce que font les meilleurs amis.

– Maman et papa me protégeront. (Ma bouche continuait de remuer sans permission, et elle prononçait des mots avant même que je puisse réagir.) Je ne veux pas t'oublier, Kai.

Il soupira.

– Je sais. Mais un jour, je ferai en sorte que tu te souviennes.

– Quand ?

– Je ne sais pas. Papa me dit que ça peut prendre du temps. Nous devons partir nous cacher dans un nouveau royaume.

À la grimace qui déforma ses lèvres, je sus ce qu'il en pensait.

– Un nouveau royaume ? répétai-je.

– Ouais.

– Alors tu me quittes ?

– J'y suis obligé, Flora. Les méchants Faë sont bien trop proches. (Finalement, il se tourna vers moi, les yeux embués de larmes.) Je n'ai pas envie de partir, mais papa dit que c'est le seul moyen d'être en sécurité.

– Et moi ? m'enquis-je d'une petite voix.

Il s'approcha, et posa la main à plat sur mon cœur.

– Je serai toujours là, Flora. À cause de notre lien.

Je sentis la pulsation de la connexion en retour, qui nous liait l'un à l'autre comme une seule âme. Ça picotait, me réchauffait la peau.

– Tu es mon meilleur ami, Kai.

– Je sais, murmura-t-il. Et toi aussi, Flora. Je suis désolé de savoir que tu ne te souviendras pas de moi.

– Je suis désolée aussi, répondis-je d'une voix douce. (Sa tristesse tissait du noir dans notre lien. Elle m'enveloppa comme un voile de désespoir, et son regard se troubla tandis que la magie jaillissait entre nous.) Qu'est-ce que tu… ?

– Il faut que je le fasse, dit-il. (Je le vis déglutir avec difficulté tandis qu'une énergie qui m'était étrangère ondulait sur ma peau.) Papa m'a annoncé que nous devions partir ce soir.

– Mais tu n'as pas… ?

Mes mots restèrent en suspens : j'avais oublié ce que je voulais dire. Cette sensation étrange se glissa en moi comme un serpent, perturbant ma volonté comme mon esprit. Je ne distinguais plus la réalité de la fiction, ou le souvenir de la supercherie.

Est-ce que tout cela faisait partie de la manipulation de mon esprit ?

Zakkai, me souvins-je, et je repensai aux lumières scintillantes, ainsi qu'au filet de puissance qu'il avait jeté sur moi.

C'est alors qu'une image de lui gamin me revint : il avait les yeux embués de larmes tandis que son père le tenait par les épaules, lui intimant d'être un homme et d'en finir. Zakkai secoua la tête, il refusait de perdre sa seule amie. Il répétait en boucle qu'il ne pouvait pas le faire, qu'il ne pouvait pas me contraindre à oublier.

Tout devint blanc.

Puis noir.

Et j'ouvris les yeux sur sa chambre, une fois encore.

Des draps de soie me caressaient la peau, et le parfum de l'océan taquinait mes sens.

Je fus envahie de souvenirs de soirées d'été avec Zakkai,

à jouer sous les étoiles. À faire pousser des fleurs pour qu'il les cueille. À construire des châteaux avec de petites pierres. À nous poursuivre mutuellement, au cours de parties de chat interminables. Des jeux magiques, où la terre se mêlait aux aptitudes des Dilemmes.

Notre dernière nuit se déroula dans ma tête. Celle où il m'avait mordue à trois reprises, avant de me jeter un sort d'oubli. Il avait mis des blocages en place, pour que je ne le sente pas; mais lui pouvait me sentir… ainsi que la douleur qui avait suivi.

Zakkai avait refusé de terminer, mais son père l'y avait contraint. Le petit garçon s'était effondré à terre, hurlant. Jamais je n'avais été témoin d'une telle souffrance.

Mes parents s'étaient inquiétés, mais Laki s'était montré catégorique : son fils allait bien.

– Réécrire la magie pour se couper d'elle et l'obliger à oublier demande une discipline de fer et un talent hors pair. C'est douloureux. Mais la souffrance le fera grandir. (Il tendit la main à Zakkai.) Allons-y.

Le petit garçon m'avait regardée, le cœur brisé, le visage trempé de larmes.

Et il avait disparu.

Ce souvenir m'étreignit douloureusement la poitrine, et mon esprit était partagé, ne sachant que croire. *Est-ce que c'est vrai ?* l'interrogeai-je par le biais de notre lien nouvellement reconstruit. *Est-ce que tu viens de me montrer la réalité ?*

Viens me rejoindre, et tu le découvriras par toi-même, me taquina-t-il dans mon esprit. *Ton peignoir est toujours sur le lit.*

Je sentis Aflora se dégager de la toile mentale élaborée par Zakkai ; de nouveau, son esprit était libre. Sa confusion se changea en colère noire alors qu'elle intégrait tout ce qu'il venait de lui révéler ; sa nature têtue prenait le pas tandis qu'elle refusait de croire à sa version revisitée des événements passés.

En temps normal, cela m'aurait amusé et j'aurais souri, mais je ne pouvais pas. Pas alors que Zeph et Kols étaient là, assis en face de moi, arborant les mêmes expressions énervées.

– Cette information nous aurait été utile il y a deux mois de ça, Shadow, balança Zeph sèchement.

Je contractai la mâchoire.

– Si je t'avais parlé de Zakkai à ce moment-là, l'avenir aurait changé.

Deux mois plus tôt, Kols et Zeph n'avaient pas encore accepté Aflora comme leur compagne. Il leur avait fallu du temps pour apprendre à la connaître, se rendre compte qu'elle ne représentait pas une menace (du moins, pas pour eux) et tomber amoureux d'elle. S'ils n'en étaient pas passés par là, ce destin n'aurait pas pu se dérouler. Et l'alternative n'avait rien de réjouissant. Je le savais parce que je l'avais vécu à sept maudites reprises.

– Alors comme ça, elle tire sa magie Dilemme de son lien avec l'Architecte de la source, *Zakkai*, et pas de ses parents, résuma Kols. Ce qui signifie qu'elle est la véritable héritière de la source terrestre.

– Oui, répondis-je, rassemblant toute la patience dont j'étais capable pour venir à bout de cette conversation.

Sa gargouille m'avait fait un sale coup, m'affaiblissant beaucoup plus qu'à l'ordinaire. Je n'étais pas encore tout à fait remis. Si Zeph et Kols décidaient de se battre contre moi maintenant, le combat était perdu d'avance. Surtout avec Tray et Ella de leur côté.

Ensuite, il faudrait que je recommence cette conversation. *Encore.*

Et je n'en avais absolument pas envie.

Nous avions déjà vécu tant de fois cette situation.

Kyros s'adossa au mur du couloir, attendant que je lui donne le signal pour entamer une nouvelle boucle. Mais celle-ci se déroulait mieux que les précédentes, surtout parce que j'avais changé la donne en mordant Kols. Lui accorder une connexion à mon âme semblait apaiser quelque peu sa magie. Peut-être sentait-il ce qui allait se passer, comment nos vies seraient à jamais chamboulées.

Ou peut-être avait-il assez de perspicacité pour se retenir.

Dans tous les cas, j'étais ravi d'avoir ce sursis, parce qu'il me fallait du temps pour guérir. J'avais déjà du mal à bloquer Aflora de mon esprit quand j'étais au plus haut de mes capacités. Devoir le faire en possession de la moitié de mes moyens ne faisait que m'épuiser plus encore.

– Mais au cours des quinze dernières années, leurs magies se sont entremêlées, poursuivit Kols. Ce qui fait d'elle une abomination.

– Oui aussi, acquiesçai-je. Et c'est une chose pour laquelle tu l'aurais tuée il y a deux mois de ça.

Il inclina le menton en signe d'acquiescement.

– C'est vrai.

– Et tu ne le ferais plus aujourd'hui, insistai-je. C'est pourquoi je ne pouvais pas t'en parler avant.

– Je comprends, répéta-t-il d'un ton sec. Mais ça ne veut pas dire que ça me convient.

Je grognai. Il trouvait ça dur pour lui? Il n'avait qu'à essayer de vivre ces différentes réalités, et répéter en boucle le moindre moment.

Kyros sourit, comme s'il lisait dans mes pensées. Parce que oui, il m'avait rejoint dans cet enfer. Il avait des motivations personnelles, mais nous partagions le même but.

– D'accord, et maintenant ? insista Zeph. Où est-elle ? Comment allons-nous la ramener ?

– Nous ne la ramenons pas, lui répondis-je. C'est à elle de faire un choix.

– De faire un choix ? répéta-t-il. Entre nous et Zakkai ?

Je ne savais pas trop que répondre à ça. Il le formulait d'une manière trop simpliste. Le véritable choix qu'elle avait à faire était bien plus profond qu'un simple dilemme. Le chemin qu'elle prendrait impacterait le paysage de l'espèce des Faë de Minuit, et probablement celui de tous les autres Faë.

– Shade, aboya Zeph. Quel est ce choix ?

Kols posa la main sur la cuisse de Zeph.

– Accorde-lui un moment.

Je cillai, un instant étonné par le ton compréhensif de l'Élite. En général, il était le premier à foncer tête baissée à la suite du Guerrier dans sa quête d'informations, et ils se liguaient contre moi. Et ce n'était pas grave, car j'étais capable de le gérer. Mais je ne m'attendais pas à ce côté plus doux de Kols.

Si j'avais su qu'il suffisait d'une morsure pour le calmer, je l'aurais fait depuis longtemps. Pourtant, s'il savait pour quelle raison je l'avais mordu réellement, il serait bien moins content. Mais cette conversation devrait attendre. Elle aurait lieu très bientôt, si la vision de ma grand-mère venait à se réaliser.

– *Jouer avec le temps a des conséquences, Shadow. Je crois que tu vivras l'une de ces destinées.*

– *Qu'est-ce que j'ai fait pour mériter ça ?* lui avais-je demandé, parce que pour une fois, je décidais de dire ce que je ressentais plutôt de que prétendre que ça ne m'atteignait pas.

– *C'est le poids du destin,* avait-elle répondu. *Tu es le plus fort d'entre nous, Shadow. C'est pourquoi ton destin est le plus dur.*

J'entendais ses mots résonner encore dans ma tête, me faisant grimacer.

Nous verrons, songeai-je.

– Shade, me pressa Kols, arquant un sourcil auburn. Comment allons-nous récupérer Aflora ?

– Est-ce que vous avez envisagé la possibilité qu'elle soit plus en sécurité avec Zakkai ? intervint Tray d'un ton calme et réfléchi. Qu'allez-vous faire si vous la retrouvez ? Vous enfuir ? Parce que le Conseil ne te laissera pas la garder, Kols.

– Tu crois qu'elle est plus en sécurité avec le Dilemme qui veut déclencher une guerre ? s'exclama Zeph, avec une sombre ironie. Bien sûr. Ça me semble la solution la plus sécuritaire.

– Il ne lui fera pas de mal, lui dis-je calmement. Sinon, je ne la lui aurais pas laissée.

– Nous reparlerons plus tard, rétorqua Zeph dont les yeux verts étincelaient de puissance. Quant à la question de la laisser avec lui, la réponse est non.

– Où la garderais-tu ? insista Tray. Dans le royaume des humains ?

– Nous pourrions la ramener chez les Faë Élémentaires, proposa Kols.

– Dans ce même royaume où les Anciens ont éliminé ses parents impunément ? répliqua Tray, haussant un sourcil sombre. Il faudrait peut-être nous consacrer d'abord à rendre cet endroit sûr pour elle quand elle reviendra.

L'idée avait beau être admirable, je savais qu'elle échouerait.

Toutes les alternatives menaient à la guerre.

Il n'y avait pas d'autre issue.

Mais je ne pouvais pas le leur dire. Si je leur donnais trop d'informations, cela pourrait potentiellement créer des destins alternatifs, et nous avions déjà suffisamment de choses à gérer pour occuper plusieurs vies. Ce qui n'était pas peu dire pour des immortels, qui avaient l'éternité devant eux.

Tout le monde se tut, pendant qu'ils intégraient ce que venait de dire Tray.

Puis Zeph se racla la gorge.

– Je ne peux pas la laisser avec Zakkai. Ça va à l'encontre de tous mes instincts. (Il me dévisagea.) Tu le ressens forcément aussi.

– Effectivement. Tous les jours.

Ce blocage n'était pas une nouveauté pour moi. J'avais

de nouveau érigé le mur entre nous dès le début, pour essayer d'exclure Zakkai de mon esprit.

– Mais si tu abaisses le bouclier que j'ai mis en place, alors Zakkai pourra accéder à tes pensées. Et c'est un être puissant, Zeph. Tu n'auras aucune chance contre lui.

– J'essaie toujours de comprendre comment il a pu s'élever sans que nous le ressentions, dit Kols, renfrogné. Tu prétends qu'il est l'Architecte de la source. Ne devrais-je pas ressentir quelque chose, en tant qu'héritier de la source ?

– Tu le sens, soupirai-je. Et tous autant que nous sommes, nous avons ressenti son ascension. En fait, nous y avons contribué.

Zeph et Kols me dévisagèrent.

Je leur rendis leurs regards.

Puis les yeux de Kols se mirent à flamboyer à mesure que son esprit faisait le rapprochement.

– La MorteForêt.

J'inclinai le menton pour lui confirmer qu'il était sur la bonne piste.

– Quoi ? demanda Zeph, son regard oscillant entre nous deux. La MorteForêt ? Quand ça ?

– La nuit où Aflora a implosé, dit Kols. Quand j'ai perdu tout contrôle dans sa chambre après notre première fois.

– Tu as simplement eu une réaction excessive par rapport au lien, déclara Zeph.

C'est le moins qu'on puisse dire, songeai-je en levant les yeux au ciel.

– Cette nuit-là, j'ai ressenti une énorme poussée de puissance, mais j'ai cru à ce moment qu'elle était causée par ce lien que nous venions de nouer. (Kols cilla de ses yeux dorés en me regardant.) Mais ce n'était absolument pas ça, n'est-ce pas? Tu es en train de me dire que c'est la nuit où Zakkai a fait son ascension.

Je haussai une épaule.

– Ç'aurait pu être une combinaison de plusieurs événements. Le destin aime à jouer ce genre de tours. Mais ce besoin qu'elle a eu d'expulser autant d'énergie, c'était le résultat de la montée en puissance de Zakkai.

– Mon père a éprouvé la même chose, murmura Kols.

– Tu crois qu'il connaît la vérité ? lui demanda Tray, changeant de position à côté d'Ella.

Elle était restée anormalement calme près de lui, et ses yeux s'écarquillaient à mesure que grandissait son inquiétude. L'importance de la conversation qui se déroulait devant elle avait relégué au second plan sa personnalité fougueuse.

– C'est possible, répondit Kols. Il sait que les Dilemmes sont toujours en vie. Il est donc au courant que j'ai essayé de dissimuler quelque chose en prétendant m'être battu en duel contre Shadow.

– Je pense qu'il en sait beaucoup plus que tu ne le crois, lançai-je, parfaitement conscient de ce dont Malik était au courant et qu'il cachait à son fils.

Mais ce n'était pas à moi d'engager cette conversation.

Je vis briller les yeux de Kols.

– Qu'est-ce que ça veut dire ?

– Ça veut dire que tu devrais discuter avec lui, lui suggérai-je.

Je fis rouler mon cou tandis qu'un nouveau frisson me secouait. *Maudite gargouille.*

– Et que sommes-nous censés faire au sujet d'Aflora ? lança Zeph. Je refuse de la laisser avec Zakkai. Tu prétends qu'il ne lui fera aucun mal, mais on ne peut pas se fier à ta parole.

– Jamais je ne t'ai menti. Je t'ai simplement caché

quelques détails. Ou beaucoup. Et pourtant… Jamais je ne mettrai Aflora en danger.

Il haussa les sourcils avant d'éclater d'un rire sans joie.

– Ouais, je te crois. Elle s'est fait emprisonner à deux reprises par ta seule faute, pour ensuite disparaître dans un paradigme, où je suis incapable de prendre contact avec elle. Ces trois cas sont des exemples criants de ta manière de ne pas lui faire de mal, n'est-ce pas ?

Je serrai les dents.

– Elle va bien.

– Je le croirai quand je la verrai.

– Alors je vais t'emmener la voir, m'exclamai-je en écartant les mains. C'est ça qu'il te faut ? Parce qu'il me laissera entrer dans le paradigme. Je veux dire, toi, il te tuera peut-être, étant donné que tu es lié à Kols et qu'il veut réduire en cendres toute la famille Nacht. Mais pas de problème, allons-y. Maintenant, peut-être ?

J'en avais tellement assez de ces inepties au sujet de la confiance, les mensonges et la duperie. Je n'avais pas endossé ce rôle de mon propre chef. C'est lui qui m'avait choisi. Le destin avait décidé de faire de moi son esclave et de chambouler mon monde. J'avais passé des *années* entières à protéger tout le monde. Et pour quoi ? Pour me faire attaquer par une maudite gargouille et souffrir sous le coup d'un sort jeté par un Élite ?

Merde alors.

J'avais juste envie d'une foutue sieste.

Non, j'avais envie de serrer ma compagne dans mes bras.

Oh, mais c'est vrai, elle me détestait à présent. *Une fois de plus.*

Il fallait mettre un terme à ce foutu cercle vicieux.

– Tu sais comment la localiser ? demanda Kols doucement.

– Bien sûr que oui, balançai-je d'un ton sec, fatigué de cet échange.

Kyros fronça les sourcils, surpris du ton que j'employais.

Je l'ignorai.

– Est-ce que tu pourrais faire en sorte que Zeph voie Aflora ? insista Kols. Sans se faire tuer par Zakkai, bien sûr ? Si ce que tu prétends est vrai et qu'il tient à Aflora, alors peut-être serait-il ouvert à une rencontre, pour discuter de la manière dont nous pourrions arranger les choses entre nous.

À ces paroles, Kyros resta bouche bée.

Tout comme moi.

Parce que *jamais* Kols n'avait fait une telle suggestion. Il avait toujours voulu foncer dans le tas, avec toute sa puissance d'Élite, pour tout détruire.

Mais à présent… Il voulait discuter? Et chercher une potentielle solution diplomatique ? Impossible que ce soit uniquement à cause de ma morsure. Ç'avait peut-être à voir avec Aflora, ou parce que les membres du Conseil avaient partagé leurs connaissances au sujet des Dilemmes. C'était un changement inédit dans cette version des événements, comme tout ce qui s'était écoulé avant.

Toute cette version du temps était différente des autres.

Une lueur d'espoir naquit en moi : j'avais peut-être enfin réussi.

Je l'espérais de tout mon cœur, parce qu'il n'y avait plus de retour en arrière possible à présent, pas sans renoncer à tout ce que j'avais appris au cours du processus.

– Je peux essayer d'en parler à Zakkai, répondis-je lentement.

Dans le passé, ça n'aurait pas été faisable, étant donné que je l'avais trahi de toutes les manières possibles. Mais cette fois, nous avions travaillé ensemble, du moins en apparence. J'avais toujours en tête l'idée de le trahir à la fin.

À moins que…

Non. Je ne pouvais pas envisager les choses de cette manière. Pas après tout ce que j'avais vu.

Zakkai représentait un danger pour nous tous. Tout comme Aflora, si elle choisissait de le rejoindre.

Peu importait sa décision, c'était l'enfer qui nous attendait.

– Je veux lui parler aussi, déclara Zeph. Je n'ai pas peur de lui.

– Tu devrais pourtant, intervint Kyros en s'écartant du mur. Parce qu'il me flanque les jetons. (Il posa son regard sombre sur moi.) On est d'accord ?

Je hochai la tête.

– Pour l'instant.

– Excellent.

Il caressa le manche de son épée et s'évapora.

J'envisageais de faire de même, mais un regard de Kols me fit rester dans le couloir.

– Il faut que l'on discute de l'avenir de notre relation, me dit-il.

Je fronçai les sourcils, me pinçai la jambe. Je me disais que j'avais peut-être sombré dans un état de rêverie après la petite attaque de la gargouille. Car ce n'était pas le Kols que je connaissais. Je n'aurais peut-être pas dû renvoyer Kyros.

– Je sais que tu dissimules encore des choses, enchaîna-t-il. Et je vais passer là-dessus. Mais il faut que l'on travaille en équipe, pas l'un contre l'autre.

Je fronçai les sourcils et mon regard oscilla entre lui et Zeph.

Comme le Guerrier acquiesçait, je compris que c'était

forcément un rêve. Parce qu'il était tout bonnement impossible que ces deux-là décident de travailler *avec* moi.

– Pour commencer, tu vas prendre contact avec Zakkai, et organiser un rendez-vous, me dit Zeph, ses yeux verts rivés sur moi. Je veux être présenté à l'infâme Architecte de la source.

Kols hocha la tête.

– Moi aussi.

– Je ne me suis peut-être pas montré assez clair, Kolstov, mais Zakkai veut ta peau. (Je fis en sorte de bien articuler chaque mot, pour qu'il n'y ait aucune erreur d'interprétation possible.) Il veut tuer Tray et Ella, et tous ceux qui ont le moindre rapport avec la famille Nacht. Est-ce que tu comprends ?

– Alors Aflora est en danger, intervint Tray. Parce qu'elle est accouplée à Kols.

– Pas totalement, répondis-je. Et Zakkai peut l'aider à rompre ce lien, et ça lui sera encore plus facile si Kols est près de lui.

– Elle ne le laissera pas supprimer notre lien. (Kols paraissait bien trop confiant.) Et même si elle le faisait, je la mordrais à nouveau.

– Pour ça, il faudrait que tu sois encore vivant, soulignai-je en secouant la tête. Tu es en train de me demander de t'aider à te suicider. (Et c'était pour empêcher ça que je l'avais mordu.) Certes, je ne t'apprécie pas, mais je ne vais pas t'aider à mourir.

– Le simple fait que tu lui parles ne peut pas me tuer, si ? répliqua Kols.

Non, mais moi je pourrais en mourir, et puis quoi ? songeai-je, épuisé de cette conversation et des nombreuses autres que nous avions eues auparavant.

Certes, les autres avaient toutes pris un tour violent sur

la fin, alors cet arrêt temporaire de la douleur pour discuter de manière civilisée me convenait.

Sauf que, dans cette version de l'histoire, apparemment Kols avait envie de mourir.

Parce que je l'avais mordu ? Était-ce le catalyseur de cette folie ? Ou avais-je enfin trouvé la bonne séquence d'événements ?

Je secouai la tête, frappé d'un atroce mal de crâne provoqué par toute cette gymnastique mentale.

– J'ai besoin de faire une sieste avant de parler à Zakkai.

– D'accord, approuva Kols.

Je le scrutai.

– Sérieusement, tout ça, ça m'inquiète, lui dis-je en agitant une main dans sa direction, sans savoir comment décrire son comportement.

Ses lèvres frémirent.

– Tout ça *quoi* ?

Je fis un nouveau geste dans sa direction ; merde j'étais incapable de le décrire.

Résultat, il se mit à rire, et Zeph leva les yeux au ciel.

– Est-ce qu'il vous faut une chambre à tous les deux ? s'enquit le Guerrier d'un ton sec.

– Non. Le lit d'Aflora m'ira très bien, marmonnai-je.

Je m'éclipsai dans sa chambre avant que l'un ou l'autre puisse m'en dissuader. Son parfum de fleurs me frappa en pleine poitrine, comme un aiguillon dans mon esprit, tandis que je luttai contre mon envie de la contacter de nouveau. Pour lui présenter mes excuses pour ce que j'avais fait. Pour m'assurer qu'elle allait bien.

Mais je la ressentais à travers les liens, et elle bouillait d'une rage intense et bien réelle.

Fais-lui vivre l'enfer, petite rose, murmurai-je devant la porte mentale qui nous séparait. *Écorche-le vivant.*

Parce que Zakkai le méritait, et bien pire encore.

Je le détestais plus que je ne me détestais moi-même.

Du moins, j'en avais envie.

Pour être honnête, je le comprenais aussi. C'était pour ça qu'au cours des précédentes versions de notre histoire, j'avais pris son parti. Et c'était aussi la raison pour laquelle je me laissai envahir d'une minuscule lueur d'espoir à présent.

Peut-être que cette fois, nous y parviendrions.

Ou peut-être… Peut-être que c'était la dernière version, celle qui marquerait notre fin à tous.

Zakkai refusait de me fournir des vêtements ? Très bien. J'allais m'en fabriquer à l'aide de la baguette qu'il avait laissée sur son chevet.

Ma baguette, songeai-je avec un sourire. Je sentais le pouvoir bouillonner en moi, elle reconnaissait ma magie. Elle lui avait peut-être appartenu à un moment, mais à présent elle était à moi.

– Alors qu'est-ce que je vais mettre ? me demandai-je en me tapotant la lèvre.

Je murmurai une incantation en agitant le conduit, tout en m'observant dans le miroir. Un pantalon et une chemise me paraissaient trop ordinaires. Mmmh, une robe, c'était trop formel. Non, il me fallait une tenue rebelle, et *badass.*

Des bottes aux genoux, *oui.*

Que je décidai de porter avec une jupe.

– Mmmh.

Je jetai un autre sort, et optai pour un tissu à carreaux avec du vert foncé comme couleur principale. J'y ajoutai un chemisier blanc, puis fis apparaître une cape par magie, avec un fermoir à trois têtes de serpents.

Zeph serait tellement fier. J'avais l'air d'une Guerrière.

Je me tapotai le menton. *Quoi d'autre ?* J'ajoutai un collier ras de cou avec des nuances de soie rouge mêlée à des brins noirs. Kols apprécierait la touche Élite.

Et pour terminer, je me créai un bracelet avec des fils violets pour ressembler à Shade. J'étais fâchée après lui, mais jamais il ne m'avait dissimulé ses intentions sournoises. Il avait même pris la peine de me prévenir que je le détesterais, et je sentais qu'il en était profondément blessé. Alors quoiqu'il ait été en train de mijoter, il y avait un but caché ; simplement je ne savais pas de quoi il s'agissait pour le moment.

Il ne me manquait qu'une touche de céruléen. Pas question. Je refusais d'en ajouter. Si Zakkai attendait de moi que je porte ses couleurs, alors il devait faire mieux que me fournir un simple peignoir.

Je passai une main dans mes cheveux bleu-noir, vérifiai ma tenue dans le miroir et fourrai ma baguette dans la poche de ma cape.

Où es-tu ? demandai-je à mon compagnon Dilemme.

Il me fit une réponse évasive : *Trouve-moi.*

Je plissai les yeux. *Tu as vraiment envie que je te fasse mal, n'est-ce pas?*

L'entendre glousser n'atténua pas ma colère, loin de là. Bien au contraire, il ne fit que l'attiser. Je n'appréciais pas ses petits jeux d'esprit ni les souvenirs qu'il avait mis dans ma tête. Ils n'étaient pas réels. C'était impossible. Pourtant, je ne voyais aucune trace de magie autour d'eux. C'était comme s'il les avait simplement dévoilés, pas déposés là, et c'était d'autant plus troublant.

Qu'y avait-il d'autre dans ma mémoire que j'ignorais ?

Je frissonnai et me concentrai plutôt pour trouver Zakkai.

Ce n'était pas difficile. Il m'avait quasiment laissé une piste de magie céruléenne à suivre. Je la sentais plus que je la voyais, cette signature d'énergie qui m'était familière, et que mes sens pouvaient toucher.

Je parcourus le couloir de pierre, remarquai les lampes à la lumière magique, le long des murs rocheux, et dépassai quelques portes closes.

Il y avait deux Faë de Minuit postées en sentinelles au bout de mon chemin, et l'un d'eux m'ouvrit la dernière porte qui donnait sur un autre couloir, bordé de fenêtres sur un côté. Je jetai un coup d'œil au-dehors, vis la nature et les arbres déployés en dessous. Nous devions être au troisième étage d'une sorte de château. Je plissai les yeux devant le lever du soleil au-dessus d'une chaîne de montagnes au loin.

Ce paysage n'avait rien en commun avec les cogneurs brûlants de l'Académie. Pas de lames de charbon, de pierres noires comme des corbeaux, ni de moucherons de feu. Juste une prairie parsemée de jolies fleurs, des arbres vigoureux, une montagne verte.

Ce n'est pas le moment de faire du jardinage, Aflora, me taquina Zakkai dans mes pensées, me rappelant ce souvenir qu'il avait dénaturé.

Reste en dehors de ma tête.

J'ai bien peur de ne pas pouvoir faire ça, ma douce étoile. Après tout, tu es ma compagne.

Pour l'instant, rétorquai-je. *Nous allons rompre le lien, du moins si l'on en croit le faux souvenir que tu m'as mis en tête.*

Qui a dit qu'il était faux ?

Moi je le dis, répondis-je en suivant la trace de son essence le long du couloir.

Elle me conduisit à un troisième couloir de pierre, ponctué de plusieurs portes.

Quelques Faë de Minuit qui traînaient là s'arrêtèrent pour me fixer, les yeux écarquillés.

Je les ignorai, gardant la tête haute, ma cape flottant dans mon sillage. Inutile de me faire des amis. Je n'avais pas l'intention de m'éterniser ici.

Le couloir s'achevait sur une double porte close, dont les bords irradiaient l'énergie de Zakkai. J'envoyai un souffle de magie en plein milieu pour l'ouvrir, puis franchis le seuil avec la ferme intention de retrouver l'homme qui jouait avec mon esprit.

Or je découvris une pièce remplie de Faë de Minuit, qui s'interrompirent en plein repas pour observer, bouche bée, mon entrée en fanfare.

En arrière-plan, des fenêtres donnaient sur la montagne, et leurs tables étaient espacées de manière régulière, comme dans une cafeteria. Zakkai se trouvait à l'avant de la salle.

Il était assis à côté de Laki, si c'était vraiment son nom, et d'autres faë. Tous me dévisagèrent tandis que j'approchais, et les discussions se réduisirent à des chuchotis.

Je les ignorai tous, focalisée sur mon *compagnon.* Il s'était changé, et portait à présent une chemise et une cravate, les cheveux lâches sur ses larges épaules.

L'incarnation du péché.

Il avait même un verre de vin rouge, sûrement agrémenté de sang, pour parfaire son image de vampire. Il but à petites gorgées, tout en me scrutant d'un air appréciateur de ses yeux bleu argenté. Puis il reposa son verre, tandis que la brune assise à côté de lui se pencha pour lui murmurer à l'oreille. Sans le moindre doute, c'était un geste intime, qu'elle renforça en glissant la main sous la table, sûrement pour la poser sur sa cuisse.

Je scrutai ses traits familiers, en fronçant les sourcils.

Dakota, me rappelai-je. Elle avait parlé de moi comme d'une reine.

Et d'après ce que son langage corporel trahissait, elle était très amicale avec *mon roi*. Mon cœur s'emballa à cette idée, et je plissai les yeux.

Elle était forcément au courant que Zakkai était mon compagnon.

Sauf qu'il avait l'intention de détruire notre lien, alors elle n'en avait peut-être rien à faire.

Et je n'aurais pas dû me tracasser à ce sujet non plus.

Malgré tout, une partie de moi ressentait le besoin de me précipiter là-bas et de retirer sa main de la jambe de Zakkai. C'était une pulsion ridicule, étant donné que je ne voulais même pas de lui comme compagnon.

J'en avais déjà trois ; pas besoin d'un quatrième. Ce n'était que temporaire. S'il voulait créer des fleurs avec cette Élite aux cheveux noirs, libre à lui. Dans tous les cas, j'avais juste envie de le tuer.

Tu es venue pour jouer ? me demanda-t-il en pensée, penchant la tête sur le côté. À l'opposé de Dakota, remarquai-je.

Voilà qui est intéressant, me dis-je, sans répondre à sa question.

Elle se redressa, lèvres pincées, et posa son regard noir sur moi.

– C'est gentil de te joindre enfin à nous, me dit-elle en retirant sa main de la cuisse de Zakkai, pour la poser sur le dossier de sa chaise.

Elle avait une attitude possessive avec lui.

Il parut ne pas remarquer ou s'en soucier, sûrement parce qu'elle devait le toucher régulièrement, et me sourit.

– Je vois que tu as opté pour une tenue de l'Académie. Est-ce que ça sous-entend que tu veux un cours ?

Le bourdonnement des conversations flottait derrière moi, et une pincée d'excitation envahit l'air.

– Aux dernières nouvelles, les cours avec toi ne figuraient pas dans mon emploi du temps. Je crois que je vais m'en tenir à celui que m'a fourni Kols.

Son sourire s'élargit.

– Oh, mais j'ai tant de choses à t'apprendre, affirma-t-il, et sa voix était comme une caresse pécheresse, pleine de sous-entendus.

– Kai, l'avertit son père d'un ton prudent.

– Un instant, répondit-il, les yeux brillants de malice. Je fais plaisir à notre reine.

– Je ne suis pas votre reine. (Je croisai les bras.) Vous n'êtes pas des Faë Élémentaires.

– Non, effectivement, convint-il. Mais toi, tu es assurément *ma* reine.

Il repoussa sa chaise et la main de Dakota sans cérémonie. Elle retira rapidement son bras en esquissant une moue agacée, avant d'afficher une expression neutre.

– Kai, tenta de nouveau son père, mais Zakkai contournait déjà la table.

– Tu as eu du mal à dormir, Aflora ? me demanda-t-il en avançant vers moi. C'est la raison de ton humeur actuelle ?

– Du mal à dormir ? (Je ricanai à cette idée.) C'est comme ça que tu appelles ça ?

Il sourit et s'arrêta devant moi, repoussa une mèche de mes cheveux derrière mon oreille.

Ma douce étoile, tu viens de m'insulter en débarquant ici en portant des vêtements représentant tous tes compagnons, sauf moi. Il prit ma joue en coupe. *Si tu t'agenouilles devant moi, je te pardonnerai.* Il prononça ces mots doucement dans ma tête, mais sa promesse était forte.

Nous étions sur son territoire, pas le mien.

Il était plus sage de montrer un peu de respect.

Mon problème, c'était que je n'en avais plus.

– Jamais je ne m'agenouillerai devant toi.

J'énonçai clairement chaque mot, pour que tout le monde les entende. J'aurais peut-être dû lui faire une réponse mentale, mais je n'avais rien à cacher. Et je pensais chacun de mes mots.

– Je ne m'incline devant personne.

Des hoquets de stupeur accueillirent l'audace de mes paroles.

Mais je vis une lueur amusée scintiller au fond du regard de Zakkai.

– Je peux t'obliger à t'agenouiller.

– Tu peux toujours essayer, rétorquai-je.

La foule se mit à chuchoter plus fort, et Laki poussa un gros soupir depuis l'avant de la salle.

À l'évidence, mes réponses le dérangeaient. Eh bien, qu'il avale un cogneur brûlant. Et Zakkai pouvait en faire autant, d'ailleurs.

– Contente-toi de briser notre lien, et je m'en vais, le prévins-je.

– Est-ce que tu as amené ma baguette ? me demanda-t-il, ignorant ce que je venais de dire.

– Non, mais j'ai apporté la *mienne.*

Ses lèvres frémirent.

– Bien. Tu vas en avoir besoin. (Il se mit à rouler ses manches de chemise jusqu'aux coudes, son regard planté dans le mien.) Je vais t'accorder le premier sort de notre duel. Je suis un gentleman.

– Un duel ? Je ne vais pas me battre en duel avec toi.

– Oh que si, petite étoile. Tu m'as lancé un défi et je l'accepte. Alors nous allons nous battre en duel.

– Je ne t'ai pas défié.

– Considère ça comme ta première leçon, Aflora. Quand tu annonces à ton roi que tu refuses de t'incliner devant lui après l'avoir insulté en débarquant comme tu l'as fait, avec la tenue que tu portes, ça a tout d'un défi. (Il fit craquer son cou quand il eut terminé de remonter ses manches.) Agenouille-toi, ou lance ton premier sort.

– Tu n'es pas mon roi.

Ce n'était sûrement pas la meilleure chose à faire que de le provoquer, mais mon instinct de survie ne semblait plus répondre.

– Je suis l'Architecte de la source. Ce qui fait de moi ton roi.

Si j'avais été en mesure de l'admirer, je l'aurais fait, vu la patience dont il faisait preuve.

– Un titre n'impose pas le respect, répliquai-je sur le même ton. Ce sont les actes qui le font.

Il haussa un sourcil.

– Ce qui veut dire ?

– Tu as mené une attaque sur une académie remplie d'étudiants, et un village de Faë de Minuit innocents. C'est le genre d'actes devant lesquels jamais je ne m'inclinerai. *Sans parler de mes souvenirs altérés*, ajoutai-je en pensées, en plissant les yeux. *Je ne suis pas une fleur délicate que tu peux manipuler avec ta magie de Dilemme.*

Le silence accueillit mes paroles ; la pièce semblait s'être figée autour de moi.

Zakkai me dévisagea un long moment, la puissance bouillonnant au fond de ses yeux bleu argenté.

– Le respect est une valeur importante ici, Aflora. Et tu sembles en manquer. (Il recula d'un pas ; grâce aux cours de magie Guerrière de Zeph, je reconnus sa posture.)

Leçon numéro deux, ma chérie. On pose des questions avant de balancer des accusations. Sinon, c'est insultant. À présent, lance ton premier sort.

– Poser des questions, répétai-je en éclatant d'un rire sans joie. Je t'ai posé un certain nombre de questions, *Kai*. Mais ta manière d'y répondre laisse vraiment à désirer.

– Tout comme ton attitude présente, rétorqua-t-il, tandis que des flammes céruléennes dansaient au bout de ses doigts. *Je ne peux tolérer que ton attitude reste sans réponse, Aflora. Tu es en train de m'insulter devant notre peuple.*

Ton peuple, répondis-je sèchement.

Notre peuple, répéta-t-il. *Tu es l'une des nôtres.*

Je suis une Faë Terrestre. Membre de la famille royale.

– Je ne m'inclinerai pas. *Tu n'es pas mon roi.*

Sa mâchoire se contracta.

– Évacuez les tables.

Les faë se précipitèrent à son ordre, raclant les pieds de chaises sur le sol. Tous se déplacèrent vers la paroi de verre, les yeux rivés sur le match qui allait avoir lieu au centre de la pièce. Par magie, les tables se plièrent les unes sur les autres en une pile bien nette, nous laissant largement de la place.

– Tu fais preuve d'une telle assurance, Aflora. Je voulais simplement savoir de quoi tu étais capable, mais à présent, j'ai bien l'intention de te montrer ce que moi je sais faire. (Il reprit sa posture défensive.) Tu as cinq secondes pour lancer un sort, avant que je ne le fasse.

Merde, elle était magnifique.

J'avais envie d'empoigner ses cheveux et de l'embrasser, puis de la mordre pour la punir de sa désobéissance. Les gens savaient qu'il ne valait mieux pas me défier, du coup ça ne m'arrivait jamais. Mais Aflora se tenait devant moi dans toute sa splendeur royale, me défiant de réagir.

– Quatre secondes, annonçai-je, faisant le compte à rebours de mon avertissement.

Elle plissa ses beaux yeux et son énergie flamboya. Je sentis dans l'air tous ses compagnons, et la force addictive de son droit de naissance élémentaire. C'était un mélange puissant et enivrant qui me donnait envie de la dévorer.

Mais à la place, je comptai :

– Trois secondes.

Elle m'avait insulté un nombre incalculable de fois. Si je la laissai faire, je paraîtrais faible, or en tant qu'Architecte de la source, c'était hors de question. Je pouvais l'accepter comme mon égale, mais pas en tant qu'adversaire. Pas avec un peuple qui comptait sur nous pour le gouverner.

– Deux secondes, Aflora.

Je savais déjà de quel sort j'allais me servir. Rien de trop dur, rien qu'un averti…

Des flammes vertes surgirent du sol pour m'encercler les chevilles. Les cordes se tendirent, menaçant de m'entraîner à terre tandis qu'une racine d'arbre traversait le sol pour agripper mon mollet. Je fronçai les sourcils devant cet étrange mélange de magie. Elle n'avait rien dit, se servant uniquement de son esprit pour libérer son pouvoir.

Cela m'aurait impressionné si cela n'avait pas constitué une énorme rupture du protocole.

– Qui t'a appris à te battre en duel ?

– Zephyrus, répondit-elle en projetant un autre souffle de magie sur mon torse, ressemblant cette fois à des flammes rouges. Et Kols. (Elle disparut dans un nuage de fumée pourpre et réapparut derrière moi, tenant une boule ardente d'énergie violette.) Et *Shade.*

Elle envoya le Feu de Guerre droit vers ma tête.

D'accord.

Elle ne se battait pas en duel.

Elle essayait de me tuer.

J'esquivai, récupérai le Feu de Guerre avant qu'il ne frappe quiconque et l'étouffai sous une vague de mon propre pouvoir. Je brisai ensuite les entraves autour de mes chevilles et mon mollet avec une autre pensée, et sautai hors du chemin de la sphère de flammes colorées qu'elle venait de créer.

D'une main (recouverte de magie céruléenne), je l'attrapai, et l'écrasais comme une véritable balle, avant de jeter les morceaux.

– À mon tour.

Elle écarquilla légèrement les yeux quand je lui jetai un filet électrique identique à celui dont je l'avais couverte précédemment.

Seulement cette fois, Aflora s'évapora et l'énergie s'éteignit en grésillant quand elle heurta le sol de pierre.

Malin, la complimentai-je, faisant volte-face pour en envoyer une seconde là où elle se trouvait à présent. Mais elle disparut à nouveau, et cette fois, je compris sa véritable intention.

Elle voulait s'échapper.

Je souris et consultai ma montre tandis que tout le monde scrutait la salle dans un silence confus, à la recherche de leur reine disparue.

Dix.

Neuf.

Huit.

Je bâillai.

Six.

Cinq.

Oh, Aflora.

Trois.

Deux.

Elle réapparut avec un « oooh » sonore quand le sort que j'avais lancé pour qu'il la frappe dès son retour fit effet, l'attirant vers moi comme un élastique. Elle atterrit sur les fesses, et je m'amusai de son air surpris.

Je ne lui laissai pas le temps de se remettre, et lui jetai un autre filet.

Des flammes céruléennes envahirent son corps étendu, désagrégeant les brins en un clin d'œil. Elle se releva d'un bond dans une superbe manœuvre défensive. *Joli*, lui dis-je. Elle avait complètement ignoré toutes les règles, mais ça ne m'empêchait pas d'apprécier son style.

Cette femme savait se battre.

De toute évidence, ses compétences lui venaient de son lien avec Zephyrus, ce qui confirmait ce que je soupçonnais : il ferait un redoutable adversaire. Si elle était capable de canaliser ces gestes grâce à son lien avec lui, alors il faudrait en tenir compte quand nous nous verrions.

J'avais hâte de le rencontrer. Je lui laisserais peut-être la vie sauve, ne serait-ce que pour que ma compagne reste aussi agile et compétente qu'elle l'était à cet instant.

Un cogneur brûlant surgit au centre de la pièce, et plusieurs Faë de Minuit hoquetèrent. Je scrutai la chose monstrueuse qui poussait, me méfiant de ses intentions. C'étaient des arbres dangereux, et leur place était *dehors*. Ils avaient une nette tendance à s'enflammer.

Elle ajouta une étendue de lames de charbon en dessous; c'était une herbe notoirement coupante.

– Aflora, la prévins-je. Nous nous battons en duel, pas à mort.

– Libère-moi et je te laisserai la vie sauve, rétorqua-t-elle.

– Te libérer ? (Je faillis éclater de rire.) Tu veux dire permettre à tes pouvoirs de s'épanouir pleinement au lieu de les entraver avec un collier ? (Je fixai son cou avec insistance.) C'est toi qui as créé ça, ma douce étoile. Pas moi. Hors de question pour moi de diminuer tes capacités.

Même si, en la regardant à cet instant, je comprenais pourquoi Kolstov en avait ressenti le besoin. Elle était hors de contrôle et n'avait pas l'air de se rendre compte de l'étendue de ses pouvoirs.

Un fait qu'elle accentua en me jetant un autre Feu de

Guerre à la tête. Une autre sphère suivit, manquant de frapper les faë qui se trouvaient près de la fenêtre.

– *Aflora.*

Elle m'ignora et jeta deux boules supplémentaires vers moi, perdant peu à peu le contrôle alors qu'elle devenait de plus en plus puissante.

Merde.

Je voulais savoir de quoi elle était capable, et elle s'était admirablement défendue.

Dehors, ç'aurait été parfait, mais elle venait de libérer des Feux de Guerre et un cogneur brûlant au beau milieu de ce maudit château. Maintenir un paradigme aussi complexe ne me laissait utiliser que la moitié de ma puissance habituelle. Je ne pouvais pas la laisser perturber cet équilibre, sinon elle risquait de blesser quelqu'un.

Bon. Il fallait que je mette un terme à tout ça de la manière forte, alors.

J'interceptai son attaque suivante et l'écrasai avant même qu'elle ne puisse la lancer, puis l'enroulai d'une corde d'électricité qui grésilla tandis qu'elle luttait. Elle hurla et déchira le lien à l'aide d'une vague de puissance impressionnante, qui me laissa bouche bée.

Et l'enfer se déchaîna.

Le feu jaillissait d'elle en ondulations de violet, rouge, vert et bleu céruléen, et filait sur le sol avec une intensité dangereuse. Plusieurs faë derrière moi commencèrent à prendre la fuite, mais l'un d'entre eux projeta un éclair en plein sur la poitrine d'Aflora, qui étourdit momentanément ma compagne, l'expédiant à terre avec un cri de douleur.

Un autre éclair suivit, et le bourdonnement rouge m'indiqua qui en était à l'origine.

– *Dakota*, dis-je d'un ton sec. *Ça suffit.*

Elle lança un dernier sort pour paralyser sa proie, puis me jeta un regard de défi.

– Comme tu n'avais pas le courage de le faire, je m'en suis chargée.

– Je ne t'ai pas demandé d'intervenir.

Jamais je ne lui aurais demandé une chose pareille.

– Tu n'en avais pas besoin. Je savais ce qu'il te fallait.

– Tu fais preuve d'une prétention déplacée, l'informai-je avant de lui lancer un éclair similaire au sien, pour la mettre à genoux. Ne touche plus jamais à ma reine.

– Kai, intervint mon père.

– Non. J'avais le contrôle de la situation.

Je reportai mon attention sur l'énergie qui bourdonnait dans la pièce et annulait tout d'un simple geste de la main. Le cogneur brûlant fut réduit en cendres, et les flammes d'Aflora, semblables à des cordes, s'éteignirent en un brouillard apaisant. D'un autre geste, je redonnai à la pièce son aspect ordinaire ; le paradigme était réactif avec moi, son maître, et corrigeait tous les problèmes.

Je me tournai ensuite vers la silhouette tremblante de Dakota par terre et lui envoyait une nouvelle salve pour faire bonne mesure. Elle avait frappé Aflora à deux reprises avec cette magie avant de la paralyser.

– Tu avais beau avoir eu de bonnes intentions, Aflora demeure ta reine, et je suis ton roi. Tu n'as pas à l'attaquer sans raison.

– Kai, intervint mon père, elle s'est sentie menacée, et a agi en conséquence.

C'était un euphémisme.

Depuis le jour où j'avais parlé d'Aflora comme étant ma compagne, Dakota s'était sentie menacée. Cette Élite assoiffée de pouvoir me collait aux basques depuis le premier jour. Je voyais clair dans ses manigances, elle voulait m'utiliser pour servir ses propres intérêts. Tout comme elle avait utilisé Kolstov et Zephyrus. La différence entre eux et moi ? J'étais capable de penser avec mon cerveau.

Jamais je ne l'inviterais dans mon lit.

Je m'étais montré clair à ce sujet dès le premier jour.

Cela n'avait rien à voir avec mes liens avec Aflora, c'était plutôt une affaire de goût.

Tout comme Dakota n'avait pas lancé son attaque pour défendre les autres, mais à cause de sa jalousie naissante. Sa petite démonstration de possessivité ne m'avait pas échappé à l'arrivée d'Aflora. L'unique raison pour laquelle je ne l'avais pas remise à sa place, c'était la pointe d'agacement que j'avais vu s'allumer dans le regard de ma compagne.

Elle n'appréciait pas l'idée qu'une autre femme me touche. C'était un sentiment que je comprenais, parce que je n'avais jamais vraiment apprécié qu'elle prenne d'autres compagnons. Mais nous avions été séparés durant des années, et il avait toujours été question de rompre le lien une fois réunis.

Je n'étais pas un saint.

J'avais couché à droite et à gauche.

Cependant, je ne m'étais lié à personne d'autre. Et je n'en avais pas l'intention.

Aflora était faite pour moi, je l'avais su dès que je l'avais vue dans les rêves. Peut-être même avant. Depuis l'épisode du café, plus jamais je n'avais été capable de regarder une autre femme. Je ne m'étais pas vraiment attardé sur la question avant qu'elle ne m'ordonne de lui faire un cunnilingus la première nuit.

Depuis, je lui appartenais.

Simplement, elle ne le savait pas encore.

Je sentis sa douleur à travers notre lien et me tournai vers elle. Elle s'était roulée en boule sur le sol, frémissante ;

le sortilège s'était dissipé, et elle était totalement sans défense.

Bon sang, elle paraissait tellement petite et fragile comme ça. Une petite fleur brisée, sans vie.

Jamais personne ne devrait voir une reine dans un tel état.

Pourtant, Dakota avait fait en sorte que tout le monde soit témoin de la chute d'Aflora.

Le pouvoir s'infiltrait dans mes veines, et j'envisageai de la tuer.

– Fuis, Dakota, grondai-je. *Cache toi.*

Mon père poussa l'un de ses fameux soupirs, sans cacher son agacement. Il n'appréciait pas vraiment mon caractère. Ce qui était plutôt comique quand on savait que c'était de lui que je l'avais hérité.

Je rejoignis Aflora, et la pris dans mes bras.

– Le cours est terminé, lançai-je à l'assemblée.

Je l'emmenai vers la porte, puis dans le couloir. Je sentis que mon père me suivait, mais je l'ignorai.

Il ne dit pas un mot jusqu'à ce que nous soyons seuls dans mes quartiers du château, et sa déception se lisait sur son visage.

– Tu as laissé les choses devenir incontrôlables.

– J'ai testé ses limites, rétorquai-je. Si tu m'avais autorisé à la recruter plus tôt, nous aurions eu le temps de l'entraîner à ta manière. Mais à présent qu'elle est liée à trois autres Faë de Minuit, c'est de ma méthode d'enseignement qu'elle a besoin.

– Elle n'était pas prête à l'époque.

– Elle ne l'est toujours pas aujourd'hui, rétorquai-je, lassé de cette dispute sempiternelle. Son pouvoir bouillonne en elle, et elle n'a aucun exutoire pour s'en débarrasser. Aujourd'hui je lui ai donné ce dont elle avait besoin, et je recommencerai demain. Mais je le fais à ma façon. Parce que je suis l'Architecte de la source. (J'ajoutai cette dernière phrase à son intention, pour lui rappeler une fois encore ma position dominante.) Laisse-moi gérer ça.

– Tu viens de mettre en péril un atout de grande valeur, me dit-il entre ses dents serrées. Tu comprendras que j'aie du mal à te faire confiance, Zakkai.

L'entendre prononcer mon prénom en entier, ajouté à cette déclaration inepte, me fit lever les yeux au ciel.

– Dakota n'a aucune valeur. Ce n'est qu'une pétasse avide de pouvoir qui nous trahira dès qu'elle aura l'occasion d'obtenir une position plus élevée.

Mon franc-parler le fit grogner.

– Bon sang, mais qu'est-ce qui t'a pris ?

– Dakota a attaqué ma compagne ! tranchai-je, m'arrêtant devant la porte de ma chambre. Je ne tolère pas ce genre de choses.

Comment pouvait-il être aussi aveugle face à son comportement ?

– Elle n'est ta compagne que de manière temporaire, me corrigea-t-il.

– Tel a toujours été ton plan, rétorquai-je, sans confirmer ni nier mes intentions.

Il nous avait forcés à nous lier.

Ensuite il m'avait obligé à altérer les souvenirs qu'elle avait de moi.

Cet épisode avait marqué le début de mon existence infernale. Depuis, chaque leçon qu'il m'avait enseignée était pire que la précédente. Et à présent, il souhaitait que je franchisse une nouvelle étape en retirant la seule bonne chose qu'il me restait : mon lien avec Aflora.

– Si tu veux bien m'excuser, je vais faire couler un bain chaud à ma compagne pour l'aider à se débarrasser de ce qui reste du sort lancé par Dakota.

J'ouvris la porte par la pensée puis tentai de la lui claquer au nez, mais bien entendu, il me suivit à l'intérieur.

– Cette conversation n'est pas terminée.

– Vas-tu réellement me harceler pour avoir failli tuer Dakota ? lui demandai-je en étouffant un rire. Parce que ce n'est pas la première fois que je suis à deux doigts de le faire, père.

Une fois, je l'ai trouvée nue dans mon lit. Au lieu de me réjouir de cette découverte, je l'avais obligée à retourner dans ses quartiers dans la même tenue : entièrement nue.

Pour une raison que j'ignorais, ça n'avait fait que l'encourager à faire des efforts pour me conquérir.

– Nous sommes tellement proches de notre but, insista-t-il plus doucement, la main sur mon épaule. Nous avons accompli notre devoir envers les parents d'Aflora en la protégeant. Il est temps pour nous d'avancer, d'achever ce que nous avons commencé. C'est la seule manière d'honorer vraiment leur mémoire, ainsi que celle de toutes les autres vies que les Anciens Faë de Minuit nous ont arrachées.

J'inspirai longuement, et mes muscles se détendirent par la même occasion.

– Père, mes intentions n'ont pas changé, lui répondis-je. (Une petite bagarre avec ma compagne n'allait pas changer ma destinée.) Et Aflora est pour moi bien plus qu'un simple devoir à remplir. Tu as vu aujourd'hui à quel point elle est puissante. Elle est un atout.

Je baissai les yeux sur la femme qui tremblait toujours dans mes bras, ses yeux bleus écarquillés tandis qu'elle nous écoutait en silence. Elle était sûrement incapable d'émettre le moindre son à cause du sort de paralysie, mais je soupçonnais qu'il y avait autre chose de plus profond.

Elle semblait porter un intérêt sincère à notre discussion. Étant donné le sujet, je ne pouvais pas lui en vouloir.

– Ses parents sont morts pour notre cause, ajoutai-je en soutenant son regard. Il faut que nous lui donnions une chance de décider si elle veut se joindre à notre quête pour honorer leur sacrifice. Après tout ce qu'elle a enduré, je ne peux pas exiger d'elle qu'elle prenne une telle décision en une seule nuit.

– C'est ça ou la mort, affirma-t-il.

– Certes, approuvai-je, remarquant que les pupilles d'Aflora se dilataient à ces mots. Jamais le Conseil des Faë de Minuit ne lui aurait laissé la vie sauve. La seule raison pour laquelle ils l'ont laissée en vie toutes ces années, c'était pour qu'elle serve d'appât dans le but de nous retrouver.

C'était pour elle que j'ajoutai ces derniers mots, me demandant si elle était au courant de la vérité.

C'était le cas, à en juger par ses narines dilatées.

Est-ce que c'est Kolstov qui t'a mise au courant ? me demandai-je.

Oui. En pensée, sa voix était forte et contrastait totalement avec la fragilité de son état physique. Je soupçonnais qu'elle soit encore capable de se battre même dans cet état, uniquement par la pensée.

– T'a-t-il dit que les Fondateurs ont tué tes parents pour avoir contribué à la survie des Dilemmes ?

Je parlais à voix haute, sans me soucier que mon père entende. Ce n'était pas une nouvelle pour lui.

Oui, répéta-t-elle. *Il me l'a dit après que le Conseil l'en a informé.*

C'est… étrangement admirable de sa part.

Il n'a appris tout ça que récemment. Mais Shade était au courant.

Shade est au courant de beaucoup de choses, acquiesçai-je avant de revenir à mon père.

– Kolstov a raconté à Aflora la vérité sur la mort de ses parents.

Le jeune Prince de Minuit n'avait été introduit que récemment dans le dernier cercle, et mon oncle Tadmir m'en avait informé la semaine passée. Je m'étais attendu à ce que l'héritier de la famille Nacht ait accepté son rôle de roi, ainsi que sa position de principal assassin de mon espèce.

Mais le fait qu'il dise la vérité à Aflora était en totale contradiction avec cette idée.

Le Conseil n'était pas non plus au courant de son lien avec elle, et je supposais que c'était purement égoïste de sa part. S'ils apprenaient qu'il était sur le point de s'accoupler, il perdrait son droit au trône. Ou pire encore, ils l'élimineraient pour avoir frayé avec une abomination.

Bien sûr, il n'avait pas non plus abordé le sujet de ses compétences croissantes de Dilemme. Je n'avais jamais vraiment compris pourquoi il avait gardé le secret à ce sujet ; j'imaginais que c'était pour sauver également ses fesses, d'une certaine manière.

– Ça ne change rien à sa destinée, me répondit mon père. Toute la famille Nacht doit mourir.

– Je sais, répondis-je, encore perdu dans mes pensées.

Tu ne peux pas tuer Kols, me dit Aflora, écarquillant les yeux davantage.

Je me baissai pour déposer un baiser sur ses lèvres. *Chut, nous en reparlerons quand tu seras reposée.*

Non, Kai. Tu ne peux pas tuer Kols !

Tout va bien, petite étoile, la rassurai-je. *Je te montrerai comment briser le lien, de sorte que tu ne souffres pas de sa mort.*

La panique s'empara d'elle, et son corps se mit à convulser tandis qu'elle luttait contre le processus de guérison, forçant ses membres à réagir.

Je soupirai.

– Aflora, tu ne vas faire qu'empirer les effets secondaires.

Je l'allongeai sur mon lit et lançai un sortilège pour que les draps se réchauffent autour d'elle. Ce qu'il lui fallait vraiment, c'était un bain, mais si elle continuait à gigoter comme ça, je n'y arriverais pas. Je glissai la main dans sa cape pour récupérer ma baguette, avant de lui administrer un sort léger pour qu'elle s'endorme.

Non ! cria-t-elle dans mon esprit. *Kai, non !*

Chut, j'essaie de t'aider, Aflora. Détends-toi. J'augmentai l'intensité du sortilège, brisant ses faibles défenses, et en quelques secondes, elle plongea dans un profond sommeil. Je secouai la tête.

– C'est l'une des femmes les plus têtues que j'aie jamais rencontrées.

– C'est généralement le cas des plus fortes, me répondit mon père en me donnant une nouvelle tape sur l'épaule. Brise le lien demain. Ça vous aidera tous les deux.

Je me crispai devant l'ordre contenu dans sa voix, mais mon père ne le remarqua pas. Il me donna une dernière tape et sortit, s'attendant à ce que j'obéisse.

Non, me dis-je en repoussant une mèche de cheveux derrière l'oreille d'Aflora.

– Je préfère de loin te garder, ma douce étoile. (Je me penchai pour déposer un baiser sur son front.) Fais de beaux rêves.

Je me réveillai aux côtés de Kols, la poitrine en feu. Il était profondément endormi, et ses traits ne reflétaient pas le moindre malaise. Un nouvel élancement me fit poser la main sur mes pectoraux pour masser le muscle endolori, mais cela ne suffit pas à dissiper le supplice qui se diffusait dans mes veines.

Il y a quelque chose qui cloche, réalisai-je.

– Aflora !

– Elle va bien, annonça une voix endormie tandis que Shade apparaissait dans la chambre de Kols, ne portant rien d'autre qu'un boxer.

Il se gratta l'arrière du crâne et soupira, grimaçant alors qu'une nouvelle vague de chaleur me traversait.

– Je ne me sens pas bien, annonçai-je, dents serrées.

Et vu sa réaction semblable à la mienne, de toute évidence, il se sentait pareil.

– Mmmh ? murmura Kols. (Il se réveilla en clignant des yeux, puis se renfrogna en voyant le Mortel à quelques pas de lui.) Bon sang, où est ton pantalon ? Et qu'est-ce que tu fous dans ma chambre ?

Shade leva les yeux au ciel.

– Tu as déjà de la chance que je porte un boxer, marmonna-t-il. En général je dors nu dans le lit d'Aflora.

C'était une vision que je n'avais pas envie d'avoir.

– Bon sang, mais qu'est-ce qui se passe, Shade ? voulus-je savoir.

Il se palpa la nuque et rejeta la tête en arrière pour contempler le plafond.

– Aflora est en train d'absorber tous nos pouvoirs pour contribuer à sa guérison.

Sa révélation me força à m'asseoir. Kols fit de même.

– Tu as prétendu qu'il ne lui ferait pas de mal, déclarai-je en plissant les yeux. Qu'est-ce qui s'est passé, Shade ?

– Je n'en sais rien ! s'écria-t-il en levant les bras au ciel. (Il plongea son regard sauvage dans le mien.) Je ne peux pas me connecter à elle sans risquer que Zakkai entre dans ma tête, et il en sait déjà beaucoup trop. J'ai déjà pris énormément de risques en abaissant la barrière entre nous pour vérifier si elle allait bien. Je ne peux pas le refaire, mais croyez-moi, ce n'est pas l'envie qui me manque. Bon sang, il y a un tas de choses que j'aimerais pouvoir faire maintenant.

Shade n'avait probablement jamais été aussi sincère avec nous. Et malheureusement, ce n'était pas suffisant.

– Tentons à nouveau par ses rêves, proposai-je à Kols. Elle dort peut-être à présent.

– Non, tu ne peux pas, commença Shade, mais je levai la main.

– Tu as un problème avec ta tête à cause de toutes ces conneries que tu as faites avec le temps. Je peux comprendre. Je ne suis pas au courant de ces détails. Si Zakkai a envie de se promener au milieu de mes pensées, alors je lui souhaite bien du courage pour affronter ma colère.

– Il y a plus que ça, insista Shade. Il est l'Architecte de la source. Il est capable de réécrire les pouvoirs, Zeph. Il est capable d'altérer *tes* pouvoirs.

– Je n'ai pas peur de ses compétences de Dilemme, répliquai-je, en me concentrant de nouveau sur Kols. Nous devrions…

– Il est capable de défaire un lien accouplement, intervint Shade.

Après cette annonce, on aurait pu entendre une mouche voler.

Altérer mes pouvoirs était une chose avec laquelle je pouvais vivre. Mais altérer mon lien avec Aflora ? Non, ce risque n'était pas acceptable.

Kols se racla la gorge.

– Et qu'en est-il de notre lien élémentaire ?

– Je n'en sais rien, murmura Shade. Mais peut-être.

– Est-ce qu'il a déjà défait nos liens d'accouplement auparavant ? voulus-je savoir.

Shade déglutit

– Je ne sais pas.

Je fronçai les sourcils.

– Tu ne sais pas ? Et pourtant, tu es certain qu'il est capable de le faire aujourd'hui ? À travers un rêve ?

Shade secoua la tête.

– Vous ne comprenez pas.

– Tu as raison. Bon sang, je ne comprends rien, parce que tu ne nous racontes pas tout, balançai-je d'un ton sec, fatigué de ces petits jeux d'énigme. Soit tu me proposes quelque chose sur quoi rebondir, soit tu dégages d'ici.

– Zeph. (Kols posa la main sur ma cuisse ; seule la couverture séparait sa peau de la mienne.) Est-ce qu'il y a des lignes temporelles dont tu ne te souviens pas ? demanda Kols à Shade.

– Probablement, oui. (Ses mains retombèrent sur ses flancs dans un geste d'impuissance.) Il y a certaines règles à respecter avec le temps. Quand on se lie à un autre faë – et je parle d'un accouplement complet, pas de la première étape –, il est impossible d'inverser le processus sans emporter son compagnon avec soi. La seule manière de s'assurer qu'un compagnon oublie tout, c'est de sacrifier sa propre mémoire également. C'est donc parfaitement possible, mais même si c'était le cas, je n'en aurais aucun souvenir.

– Voilà la raison pour laquelle je ne déconne pas avec le temps, marmonnai-je.

– Ça ne m'aide pas beaucoup, protesta Kols en me pressant la jambe. Shade, Zakkai a-t-il jamais brisé nos liens avec Aflora ?

Le Mortel se figea.

– Je vous ai déjà avoué qu'Aflora avait réussi à le faire, énonça-t-il lentement. Sa magie Dilemme lui vient de Zakkai.

– Ce qui veut dire que si elle en est capable, lui aussi, traduisit Kols.

Shade baissa le menton en signe d'approbation.

– Je ne dis pas qu'il va le faire. Tout ce que je dis, c'est que c'est une possibilité, et que si tu décides de parler à Aflora, il faudra te montrer très prudent.

– Qui a mis en place ce blocage dans ma tête ? lui demandai-je en plissant les yeux.

J'avais imaginé que c'était parce qu'elle se trouvait

dans un paradigme, mais quelque chose dans la tournure de sa phrase me fit penser le contraire. *Si tu décides de parler à Aflora.* Donc je *pouvais* le faire.

– C'est une mesure de sécurité, répondit le Mortel.

– Ce n'était pas ma question.

– Je sais, répliqua-t-il.

– Retire ce blocage, Shade, exigeai-je en lisant entre les lignes. Je m'occuperai de contrôler mon propre lien.

Shade se mit à faire les cent pas.

– Ce n'est pas aussi simple.

– Bien sûr que si, ça l'est, rétorquai-je en faisant apparaître ma baguette. Dégage de ma tête.

– Je ne suis pas dans ta tête. (Il s'interrompit pour me fixer.) C'est dans l'esprit d'Aflora que j'ai mis le blocage.

– Alors retire-le, merde, grondai-je entre mes dents.

– Zeph.

– Arrête de m'appeler *Zeph*, Kolstov. J'en ai ma claque de ses énigmes. (Je pointai ma baguette sur Shade.) Retire ce blocage. *Immédiatement.*

Shade poussa un soupir insupportable et s'assit sur le lit, me prenant totalement au dépourvu.

– Torture-moi tant que tu veux, Zephyrus. Ce ne sera rien en comparaison de la douleur que je ressens déjà.

Kols posa la main sur la mienne pour abaisser ma baguette.

– Tu auras beau lui faire du mal, il ne retirera pas ce blocage.

– Peut-être pas, mais je me sentirai bien mieux après l'avoir fait souffrir, marmonnai-je.

– Non, pas du tout, répondit Kols d'un ton doux. La seule chose qui nous ferait nous sentir mieux en ce moment, c'est Aflora. Je crois que nous devrions tenter de la rejoindre dans ses rêves, mais en nous montrant prudents.

Shade étouffa un rire.

– Quelle ironie !

– Que veux-tu dire ? s'étonna Kols.

– Zakkai avait l'habitude de venir la rejoindre dans son esprit pendant qu'elle dormait entre vous deux. (Ses lèvres frémirent.) Vous ne l'avez jamais remarqué. Peut-être qu'il en sera de même pour lui, sauf que je serais prêt à parier qu'il vous attend en ce moment même.

– Vu que tu le connais si bien que ça, tu devrais peut-être te joindre à nous, suggérai-je sans vraiment le penser.

– En fait, ça pourrait fonctionner, murmura Kols. Tu serais capable de reconnaître sa signature énergétique.

– Sa signature énergétique ? répéta Shade. Aflora en est littéralement *imprégnée.* Ils se sont liés quand elle avait sept ans, et leurs magies grandissent ensemble depuis ce jour.

Il remonta le genou sur le matelas et s'appuya contre l'un des poteaux du pied du lit.

Un étrange silence s'installa entre nous, alors que nous réfléchissions à ce que cela signifiait. Shade avait déjà évoqué l'âge du lien unissant Zakkai à Aflora, mais l'entendre à nouveau renforçait l'idée.

Quinze ans.

Cela ne faisait même pas quinze jours que nous étions liés.

– Peu de temps après leur accouplement, Aflora a hérité de la source terrestre, ajouta Shade, abandonnant son habituel ton sarcastique. Vous imaginez bien quel effet ça lui a fait, non ?

– Ses pouvoirs se sont mêlés à ceux de Zakkai, faisant d'elle une abomination.

Kols semblait méfiant, mais il imita la posture de Shade en s'appuyant contre la tête de lit et en remontant une jambe ; les draps glissèrent sur ses hanches.

Si Aflora entrait dans la pièce devant un tel spectacle, elle s'évanouirait sans doute : ses trois compagnons quasiment nus, assis en triangle sur le lit.

J'aurais ri si j'avais encore eu le sens de l'humour.

Mais rien de tout ça n'était drôle ni une bonne chose. Et cette douleur sourde dans ma poitrine ne faisait qu'accentuer cette impression.

– Tu as dit que tu peux abaisser la barrière pour vérifier si elle va bien. Refais-le. Je veux la sentir.

Les yeux bleu glacés de Shade scintillaient même dans le faible éclairage de la chambre.

– Mon propre blocage mental n'est pas le même que celui que j'ai instauré dans son esprit.

– Alors rejoignons-la dans ses rêves, décidai-je, car j'en avais assez de parlementer. J'ai besoin de m'assurer qu'elle va bien, et je ne me contenterai pas de t'entendre me l'affirmer.

Je ne lui accordais pas encore ma confiance. Bon sang, loin de là, même.

– Appelle Kyros et dis-lui de se tenir prêt. Si ça tourne mal, nous n'aurons qu'à remonter dans le temps.

Kols haussa les épaules, comme s'il se fichait de jouer avec la ligne du temps.

Depuis que Shade l'avait mordu, son attitude avait changé ; et mon sang bouillonnait à cette idée.

J'étais le protecteur de Kols. Son Gardien. Et un Mortel avait profité de mon inconscience, provoquée par un sort, pour s'accoupler avec lui au premier stade.

Et ce sort avait été lancé par le Mortel en question.

La raison pour laquelle j'avais envie de le tuer était parfaitement transparente.

Et si je ne l'avais pas encore touché, c'était uniquement à cause d'Aflora. Si je lui faisais du mal à lui, je lui en ferais à elle aussi, et elle souffrait déjà bien assez.

Je haussai un sourcil à l'idée qui me frappa.

– Est-ce qu'Aflora souffrirait de rompre son lien avec moi ? demandai-je lentement, interrompant ce que le Mortel était en train de dire à Kols. Si ce que tu as dit est vrai, comme quoi Zakkai tient à elle, alors prendrait-il le risque de lui faire du mal de cette manière ?

Shade me regarda fixement.

– Rompre le lien serait douloureux, oui. Quant à savoir s'il serait capable d'aller jusqu'au bout, je dirais simplement qu'il n'est pas contre l'idée de prendre des risques.

– Ce qui signifie qu'il pourrait mettre Aflora en danger si la situation l'exigeait, traduisis-je, mon irritation reprenant de plus belle. (Bien qu'elle n'ait guère diminué.) D'accord. Cette discussion est close. Je vais dans ses rêves. Libre à vous de me rejoindre si vous en avez envie.

Je m'allongeai et fermai les yeux.

De toute évidence, quelque chose ne tournait pas rond. Et je n'allais pas rester assis ici à débattre alors que je pouvais me rendre directement au cœur du problème.

Dans l'esprit d'Aflora.

Un cocon de couleurs magiques m'enveloppa.

Violet.

Vert.

Céruléen.

Une note de rouge.

Je m'y abandonnai, puisant l'énergie dont mon âme avait tant besoin, tout en stimulant mon lien renouvelé avec la terre. Il dégageait une odeur fraîche et sucrée, et la source était pour moi comme un rayon de soleil bienvenu qui me réchauffait la peau.

C'est magnifique, songeai-je en me tournant sur mon lit de fleurs, où j'inspirais tous ces parfums frais. Mon esprit affaibli s'en trouva revigoré. Pourtant, je n'arrivais pas à me souvenir de la raison pour laquelle il en avait tant besoin.

Étrange.

Oh, mais le soleil ! Le soleil me manquait.

Je marquais un temps d'arrêt. *Pourquoi me manque-t-il un élément aussi vital ?* Je me tapotai la lèvre, tournant un peu plus lentement à présent, cherchant à comprendre ce qui n'allait pas en ce lieu.

Ça me rappelait quelque chose.

Un endroit sûr.

Une prairie en fleurs, une maison cachée dans un arbre.

Shade, soupirai-je en voyant une énergie violette surgir près de moi. La tristesse m'envahit : sous les vagues d'énergie, je sentais poindre le sentiment d'avoir été trahie.

– Aflora…

J'entendis mon prénom dans la brise, et la voix profonde et masculine me fit penser à un Guerrier.

Zeph, me dis-je, et mon cœur manqua un battement. *Oh, oui. Zeph.*

Mais il n'était pas dans ma prairie. Il n'y avait que sa magie scintillant autour de moi, dont le vert sombre m'évoquait une forêt de conifères. Je souris à cette pensée, tandis que les notes boisées de son parfum frappaient mes sens.

Je suivis la piste créée par sa présence masculine, et je cherchai, encore et encore.

Jusqu'à ce qu'un mince filet violet m'arrête. *Shade.*

Je sentis tourbillonner autour de moi son après-rasage mentholé, qui m'invitait vers un recoin plus sombre au bord de la prairie. Je ne l'avais pas remarqué avant, car le soleil avait éclairé tous les recoins jusqu'à présent.

Mmmh, il se passait quelque chose de pas net là-bas.

Sa présence se faisait plus forte à chaque pas, son énergie ombrageuse attirait la faë en moi.

La magie noire.

J'enroulai un fil céruléen autour d'elle, testant la vrille de fumée, et je souris en le sentant tirer de son côté.

Viens danser avec moi, petite rose, disait-il. Du moins c'était ainsi que j'interprétais son invitation.

Je foulai de mes pieds nus les derniers brins d'herbe ensoleillés avant de franchir le seuil sombre de la chambre de Kols à l'Académie.

Je cillai, surprise de ce changement. Puis je regardai, bouche bée, les trois hommes torse nu sur le lit de Kols.

– Ce doit être un rêve, murmurai-je, en observant les traits ciselés de leurs magnifiques visages.

Kols, avec ses épaisses boucles auburn et ses iris dorés.

Zeph avec ses mèches sombres et ses yeux vert forêt.

Et Shade avec son éternel sourire en coin et son regard glacial. Il était assis contre le montant au pied du lit, et ne portait qu'un boxer noir.

Kols et Zeph étaient à la tête du lit, et les draps de soie couvrant leurs hanches me suggéraient qu'ils étaient nus en dessous.

Je baissai les yeux et me rendis compte que je ne portais qu'un débardeur élimé et un short de garçon. Je fis la grimace en y réfléchissant.

– En général, je suis nue dans nos rêves.

– Nous essayons de ne pas dévier du but de celui-ci, expliqua Zeph.

– Oh. (Je me raclai la gorge.) Eh bien, vous êtes tous… (J'agitai une main en direction de leurs torses nus, et m'éclaircis à nouveau la gorge.) Désolée. Quel est le but de tout ça, alors ?

Kols se mit à rire.

– Je crois qu'elle va bien, Zeph.

– Viens par ici, jolie fée, me demanda mon compagnon Guerrier, en tendant le bras.

En temps normal, j'aurais rechigné, mais cette fois-ci,

j'avais vraiment envie de lui obéir. Donc je me précipitai vers le lit et grimpai sur lui pour lui voler une étreinte dont j'avais terriblement besoin. Même si je n'arrivais pas à me rappeler pourquoi. Quand je le touchai, mes yeux s'emplirent de larmes.

J'enfouis mon visage au creux de son cou, inspirant son odeur familière, frémissant contre lui.

– Je n'ai pas du tout l'impression qu'elle va bien, affirma Zeph, qui serra les bras autour de moi dans une étreinte puissante et chaleureuse.

En sécurité, me dis-je. *Je me sens en sécurité ici.*

Au milieu de mes compagnons.

Sauf que rien de tout ça n'était réel. Ce n'était que dans mon imagination, et mon cœur se serrait d'un sentiment accru de perte.

– Je ne sais pas ce qui cloche chez moi, avouai-je en déglutissant avec difficulté. Je… Je… me sens… Je me sens tellement triste.

– Il a jeté un sort à son esprit, murmura Shade. Je vois les fils de sa magie enroulés dans ses pensées.

– Il ? répétai-je. Qui ça, il ?

– Zakkai, répondit Zeph. (Il posa les mains sur mes joues et me regarda droit dans les yeux.) Il t'a emmenée dans un paradigme. Je ressentais ta douleur. Il t'a fait du mal ?

– P-paradigme ?

Ce terme me paraissait familier. Mais je ne parvenais pas à le définir. Tout comme je connaissais Zakkai, mais sans être capable de le décrire.

– Ça…

Je m'interrompis, fronçant les sourcils.

C'était comme dans un rêve, parfait, et beau.

Mes compagnons étaient quasiment nus.

Mmmh, j'avais envie de les lécher l'un après l'autre.

Attendez. Je secouai la tête. *Ce n'est pas bien.*

J'étais passée de… de quelque chose… à… Ils étaient vraiment obligés d'être aussi troublants ?

– Il vous faut des vêtements.

Quand Kols tendit la main vers moi, les traits noir d'encre le long de ses bras ondulèrent avec une puissance fascinante. Les mains de Zeph quittèrent mon visage pour se poser sur mes hanches. En baissant les yeux, je réalisai que je chevauchais ses cuisses.

Pourquoi est-ce que je suis habillée ? me demandai-je en me mordant la lèvre. *Ce n'est pas le but de nos rêves. Je devrais être nue. Mais est-ce que je ne viens pas tout juste… ?*

Je tressaillis en sentant la main de Kols contre ma joue. Sa peau était brûlante contre la mienne, et sa puissance une onde de choc qui m'arracha un hoquet.

– *Oh !*

Je me cambrai et faillis tomber, mais la main de Zeph se posa au bas de mon dos pour me stabiliser.

J'étais traversée par un bourdonnement d'énergie, et un combat magique se déroulait au plus profond de mon âme.

Je fermai les yeux et chutai dans ce trou noir de puissance tourbillonnante, cherchant l'origine de la perturbation.

Le rouge et le céruléen bataillaient.

Des couleurs magnifiques.

Terriblement brillantes et vives.

Sauf qu'elles essayaient mutuellement de s'anéantir.

Non, non, impossible de laisser faire une chose pareille. Elles étaient bien trop jolies pour se faire du mal.

Je les saisis, écartant les deux fils pour les pousser dans des recoins séparés de mon âme, puis me réveillai en sursaut sur les genoux de Zeph une fois encore.

Il criait.

Kols avait chuté au bas du lit, et Shade tentait de l'aider à se relever.

Je fronçai les sourcils.

– Que s'est-il passé ?

– *Zakkai*, grogna Zeph.

Je cillai, puis hoquetai.

– Il veut tuer Kols !

– Sans blague, s'exclama Shade d'un ton tranchant qui me fit sursauter.

Jamais il ne s'était adressé à moi de cette manière.

Et si l'on tenait compte de l'état de notre relation, il aurait dû ramper.

– C'est toi qui m'as donnée à Zakkai, déclarai-je lentement, tandis que toute cette folie me revenait en mémoire.

Ce n'était pas la partie importante. Il fallait que je les mette au courant de ses intentions vis-à-vis de Kols. Sauf que… attendez… je l'avais déjà fait.

– Est-ce que tu vas bien ? me demanda Zeph en posant de nouveau les mains sur mes joues. J'ai besoin de savoir que tu vas bien. Je sentais ta douleur.

– Ma douleur ? répétai-je en m'écartant pour regarder Kols, mais Zeph m'en empêcha.

– Aflora, est-ce que Zakkai t'a fait du mal ?

– Non, répondis-je d'un ton renfrogné. Non, c'est Dakota.

Il haussa les sourcils.

– Dakota ?

– Une Élite, lui expliquai-je. Elle m'a jeté un sort atroce qui m'a… Qui m'a paralysée. Zakkai l'a obligée à arrêter. Ensuite, il m'a ramenée pour que je… dorme… dans sa chambre. (Quand le rêve commença à devenir flou, je balayai la pièce du regard.) Zeph, il projette de tuer Kols.

Je tentai de l'agripper pour être sûre qu'il comprenait, mais ma main passa à travers lui.

– Aflora !

– Zeph ! criai-je en me jetant sur lui. Il veut tuer Kols !

Il me saisit par la taille alors que j'étais à deux doigts de tomber par terre, et me ramena sur le lit. Je frissonnai, blottie sur ses genoux.

– Je ne sais pas où je suis, murmurai-je. J'ignore dans quel endroit il me retient ; tout ce que je sais, c'est qu'il y a des montagnes et du soleil.

Je levai les yeux, un appel au bord des lèvres pour qu'il me retrouve ; sauf que ses yeux avaient pris une teinte bleue argentée. Et que ses cheveux noirs retombaient à présent en vagues blanches sur ses épaules.

Zakkai.

Mes membres se figèrent. Mon cœur cessa de battre. J'écarquillai les yeux.

Il était au courant pour mon rêve.

Il savait que je l'avais trahi.

Oh, par toutes les fleurs, je suis une faë morte…

Il sourit.

– Aflora, je ne vais pas te punir pour ta loyauté, chuchota-t-il, prenant ma joue dans sa main en coupe et posant un baiser sur ma tempe. En réalité, c'est une qualité que j'admire chez toi.

Il me plaqua contre son torse nu ; la glace qui figeait mes veines parut dégeler au contact de sa peau brûlante.

Il… Il ne semblait pas fâché.

Est-ce qu'il le cachait? Qu'il jouait encore à l'un de ses jeux d'esprit? Est-ce qu'il avait encore l'intention d'altérer mes souvenirs ?

– Tes souvenirs sont réels, m'expliqua-t-il d'une voix douce. J'ai passé les dix premières années de ma vie avec ta famille, dont sept à tes côtés. Nous étions les meilleurs amis, Aflora.

Je secouai la tête, refusant chacune de ses paroles.

– C'est toi qui m'as implanté ces souvenirs.

– Absolument pas. Mais au départ, c'est moi qui te les ai enlevés. (Il soupira, le regard dans le vide.) Nous savions que les Anciens avaient découvert où nous nous trouvions au sein du royaume des Faë Élémentaires, et qu'il ne leur faudrait pas longtemps pour venir nous chercher. Mon père a tenté de convaincre tes parents de prendre la fuite, mais ils ont refusé, ne voulant pas abandonner la source terrestre.

Il garda le silence un moment, son expression irradiant une douleur que je ressentis à travers notre lien. Elle me serra le cœur, me mit les larmes aux yeux. J'avais mal pour lui.

– Ce lien, c'était un compromis. (Il se racla la gorge, baissa le ton, et sa voix devint rauque sous le coup de l'émotion.) Ensuite, pour te protéger des Anciens, j'ai effacé de ta mémoire tous tes souvenirs de moi et de mon père. Ç'a été littéralement le pire jour de ma vie. L'atroce souffrance d'effacer tous ces moments, de savoir que ma compagne ne me reconnaîtrait plus… C'était le genre d'épreuve qu'aucun gamin de dix ans ne devrait jamais avoir à affronter. Mais je n'avais pas le choix. C'était soit ça, soit je mettais ta vie en danger. Ce qui n'était absolument pas envisageable.

Me revint le souvenir de l'avoir vu à terre, se tordant de douleur tandis que la magie tourbillonnait dans l'air.

– Ton père t'a demandé d'être un homme, murmurai-je, l'esprit brisé par cette image gravée dans ma mémoire.

Zakkai grogna.

– Au cours de mon enfance, c'était l'une de ses phrases

préférées. Je suis quasi sûr que parfois il a encore envie de me le dire.

Je secouai la tête.

Ce n'est pas réel.

Ne crois pas en ses mensonges.

Mais ça me semble *réel.*

Dans mon esprit, je ne trouvai absolument aucune preuve de manipulation. Fait étrange, parce qu'il avait bel et bien fait quelque chose.

– Tout ce que j'ai fait, c'est achever de démêler le sort, m'informa-t-il. C'est ta chanson qui a entamé le processus. Je l'ai achevé avec la toile. Je n'ai pas trouvé de plus sûr moyen de te convaincre de la vérité; sauf que tu ne me crois toujours pas.

– J'ai du mal à croire quelqu'un qui ne cesse de manipuler mon esprit, marmonnai-je.

– C'est juste, convint-il en me caressant le dos. Mais le fait est que nous étions les meilleurs amis du monde. Tu étais ma Flora, et j'étais ton Kai. Nous étions inséparables. (Il sourit, puis secoua lentement la tête.) Parfois, j'ai l'impression qu'il s'agit d'une vie antérieure. Je ne me souviens même plus de ce garçon.

Je scrutai son profil, et vis qu'il était sincère. Une partie de moi avait envie de croire en lui, mais je savais qu'il ne fallait pas que je me laisse prendre à son histoire aussi facilement. Pourtant, alors qu'il semblait enclin à me fournir des détails, je me dis qu'une question ne pourrait pas entacher notre situation.

– Qui es-tu alors, si tu n'es plus ce garçon ?

Il me dévisagea durant un long moment. Si long que je crus qu'il allait m'ignorer, ou bien me répondre avec une autre de ses énigmes.

Mais à la place, il repoussa une mèche de mes cheveux

derrière mon oreille, et effleura mon cou du dos de sa main.

– Je suis un être de vengeance, répondit-il doucement. (Ses yeux suivirent sa main qui descendait sur ma clavicule.) Je veux que justice soit rendue pour ce qui a été infligé aux Dilemmes. Je veux la justice pour tes parents. Un nouveau règne pour redresser les torts des Élites.

– Un nouveau règne ?

– Mmmh. (Il releva les yeux sur moi.) Tu n'as jamais songé à quoi il pourrait ressembler ?

– Honnêtement, j'ai simplement essayé de survivre.

Il hocha la tête.

– Oui. C'est une chose que je comprends plus que tu ne pourrais l'imaginer. (Sa main retomba sur ma hanche, et son corps se détendit sous moi.) Est-ce que tu approuves la manière dont le Conseil fonctionne de nos jours ?

– Je suppose que tu veux parler du Conseil des Faë de Minuit ?

– Oui. Je fais référence à cette hiérarchie dirigée par les hommes où les femmes ne sont bonnes qu'à s'incliner et accepter leur place. Est-ce que toi tu approuves ?

– Bien sûr que non ! Quand Shade m'a mordue, ils ne m'ont même pas autorisée à assister à mon propre procès. Ils ont affirmé que mon fiancé devait parler en mon nom.

Il sourit.

– C'est ridicule, non ? Je veux dire, je suis quelqu'un de logique, mais je comprends aussi le rôle que jouent les sentiments dans la prise de décision. Pourtant, Constantine Nacht a créé une dictature qui se base uniquement sur des décisions brutales, sans se préoccuper de l'impact qu'elles peuvent avoir sur les autres.

– C'est Constantine Nacht qui en est responsable ? lui demandai-je. Le grand-père de Kols ?

– Il y a un peu plus de mille ans, c'est lui qui a

promulgué tous ces changements. Tout ça parce qu'il craignait les émotions féminines. (Zakkai leva les yeux au ciel.) Est-ce que Shade t'a raconté l'histoire de Zenaida ? T'a-t-il dit qu'elle avait choisi de suivre son cœur plutôt que son devoir ? Parce que c'est elle qui a déclenché tout ça. Ou plutôt, c'est elle que le Conseil a prise comme bouc émissaire de ses décisions hiérarchiques.

– Il m'a expliqué que Constantine Nacht avait fait d'elle un exemple. C'est après qu'il ait ordonné l'extermination des Dilemmes qu'elle est entrée dans la clandestinité avec ses compagnons.

Zakkai hocha la tête.

– Oui. Et le père de Shade est monté sur le trône des Mortels à la place de sa mère, parce que Constantine a décidé que les femmes n'étaient pas aptes à diriger. (Il leva de nouveau les yeux au ciel.) Ce n'était qu'un stratagème destiné à asseoir sa hiérarchie brutale. D'après ce que mon père m'a dit, Constantine est toujours parti du principe que les femmes sont plus faibles, car seuls les hommes peuvent s'accoupler grâce à leur morsure.

– Chez les Faë Élémentaires, il faut un accord mutuel pour s'accoupler.

– Oui, je le sais bien, me répondit-il avec un sourire. Tu as choisi Kolstov.

– Effectivement. (Ça ne servait à rien de le nier.) Tu ne peux pas le tuer.

– C'est un Nacht, Aflora. Pour que le pouvoir légitime soit restauré, tous doivent mourir.

– Mais il n'a rien fait de mal. Tout est la faute de son grand-père. Tu ne peux pas le punir pour les péchés d'un autre homme.

– En fait, si, je peux. Durant plus de mille ans, sa lignée a déshonoré l'espèce des Faë de Minuit. Ceux qui attendent leur vengeance ont besoin de voir éradiquer la lignée des Nacht. J'ai bien l'intention d'accomplir cette mission.

– Donc tu ne vaux pas mieux que Constantine, répliquai-je. Il a voulu exterminer une race entière sur la base de préjugés. Peut-être que la liste de tes propres meurtres est plus courte, mais tu prévois malgré tout de prendre des vies innocentes.

– C'est un sacrifice nécessaire au nom de la justice.

– Je ne te laisserai pas tuer Kolstov.

Il soupira.

– Quand l'heure sera venue, tu n'auras pas le choix, Aflora. (Il posa un doigt sur mes lèvres avant que je ne puisse lui répondre sèchement.) Mais j'accepterai de considérer ton point de vue si tu acceptes d'envisager le mien.

Je fronçai les sourcils.

– Je ne comprends pas.

– Ce que je veux, c'est que tu me laisses une chance d'expliquer cette guerre, de te montrer pourquoi la famille Nacht doit payer pour les péchés qu'elle a commis. Et en échange, j'écouterai ce que tu as à dire.

Je plissai les yeux.

De toute évidence, je ne lui faisais pas confiance pour respecter sa part du marché. Tout comme j'étais bien consciente que jamais je n'accepterai qu'il fasse du mal à Kols. Malgré tout, il semblait tellement sûr de lui, que je me demandai quel tour il avait encore dans sa manche.

– À quoi penses-tu ? lui demandai-je.

Il me sourit.

– Je veux que tu assistes au Gala du Sang avec moi.

Le Gala du Sang ?

C'était l'événement auquel Emelyn avait fait référence durant le cours de magie Guerrière, avant que l'enfer ne se déchaîne.

Faë, c'était quand ? Hier seulement ? Avant-hier ? Je clignai des yeux. Ma perception du temps était complètement perturbée, à cause de toutes ces heures d'ensoleillement (le soleil entrait toujours à flots par les fenêtres du balcon de la chambre de Zakkai), et tous ces rêves étranges.

Je secouai la tête pour tenter de m'éclaircir les idées.

– Tu refuses ? m'interrogea Zakkai en fronçant les sourcils. Je ne prévois pas de faire quoi que ce soit de particulier au cours de cet événement. Tout ce que je veux, c'est que tu observes cette soirée, et que tu me dises ensuite ce que tu en penses.

– Si je secouais la tête, c'est parce que j'étais confuse, avouai-je en me mordant la lèvre. Tu as besoin de mon avis ?

– Je veux t'apprendre, me corrigea-t-il doucement. Et pour ça, il faut que je te montre la manière d'opérer des Faë de Minuit.

– En assistant à un gala ?

Mes mots sortaient lentement, car je ne comprenais pas comment une fête chic pourrait me révéler quoi que ce soit au sujet des Faë de Minuit.

– Le Gala du Sang, confirma-t-il.

– D'accord. Mais en quoi ce gala pourrait-il me faire changer d'avis au sujet de Kols ?

– Il ne s'agit pas de Kolstov, Aflora. Il faut que tu comprennes le but.

– Je… je ne comprends pas vraiment ce que tu veux dire.

Il m'observa un moment avant de répondre :

– Le Gala du Sang est une affaire politique.

– Ouais, ça, j'ai bien saisi.

– J'en suis moins sûr que toi, murmura-t-il, plantant son regard dans le mien.

Mon cœur manqua un battement.

– C'est d'accord, soupirai-je.

Il avait un regard si intense que je sus d'avance que je n'aimerais pas ce qu'il allait dire ensuite.

– Aflora, le Gala du sang est un événement annuel qui célèbre la mort des Dilemmes. C'est la famille Nacht qui en est l'instigatrice, et son seul but est de se gausser de tout le sang versé. C'est *ça* que je veux que tu observes.

Le silence d'Aflora me confirma qu'elle ne connaissait pas le but du Gala du Sang. Elle n'était pas une Faë de Minuit de naissance, donc elle n'avait pas grandi avec les histoires d'horreur au sujet des Dilemmes et de nos affreuses intentions.

Je faillis ricaner.

C'était la famille Nash qui avait détruit la sixième maison des Faë de Minuit, juste par cupidité et soif de pouvoir. Hélas, c'était une histoire vieille comme le monde. Tout le monde cherchait à prendre le pouvoir. Pourtant, les Dilemmes l'avaient eu dès la naissance.

– Qu'as-tu l'intention de faire au Gala du Sang ? me demanda Aflora d'un ton calme.

– J'ai déjà répondu à cette question, répliquai-je.

– Tu crois vraiment que je vais avaler que tu veux simplement que j'observe ?

– Je n'attends rien de particulier de ta part, avouai-je. Je te demande simplement d'y assister avec moi pour que je puisse mieux t'expliquer notre cause. Rien de plus.

Je le pensais vraiment.

Le Gala du Sang constituait un point d'attaque bien trop évident. De plus, il nous faudrait déjà mobiliser une énorme quantité de pouvoir pour nous déguiser. Si l'on ajoutait de la violence au mélange, cela ne présagerait rien de bon pour les personnes impliquées.

Elle me scruta de ses yeux bleus irradiant l'intelligence. J'avais envie de fouiller dans son esprit, d'entendre ses pensées. Elle les exprimait souvent à voix haute, me facilitant la tâche.

C'est pourquoi j'attendis qu'elle les exprime à voix haute, ravi de continuer à la tenir sur mes genoux. Elle ne s'était pas trop débattue, et j'aimais sa manière de se laisser aller contre moi inconsciemment. Au fil des ans, et malgré le sort qui nous masquait l'un à l'autre, notre lien avait grandi.

La douleur de le rompre serait bien plus vive que celle que j'avais ressentie lorsque j'avais provoqué son amnésie – ce que mon père semblait heureux d'oublier. La douleur était un véritable outil pédagogique pour lui, dont il se servait pour renforcer ma détermination.

Mais défaire mon lien avec Aflora ne servait pas la cause. Au contraire, rester liés l'un à l'autre nous rendait plus puissants.

Je fronçai les sourcils quand elle me dit soudain :

– Je veux parler à mes autres compagnons.

– Quoi ?

– Tu me demandes de te croire quant à tes intentions. Je te propose une manière de gagner un peu de ma confiance. Si tu me laisses parler à mes compagnons, alors j'envisagerai de participer à ton Gala du Sang.

Elle n'était vraiment pas en position de négocier avec moi. Il me serait facile de tisser un sort de docilité autour d'elle et de la traîner à l'événement. Pourtant, une partie jeune et immature de moi-même avait envie qu'elle y assiste de son plein gré.

C'était cette partie de moi qui étais liée au garçon que j'étais.

Ce gamin qui considérait Aflora comme sa meilleure amie.

– Tu veux parler avec tes autres compagnons, répétai-je à voix haute, réfléchissant à sa demande.

C'était l'occasion pour moi de lui montrer mon côté plus gentil, qu'elle serait sûrement la seule à jamais voir. Cependant, elle devrait respecter mes conditions, et la rencontre aurait lieu dans un environnement que je pourrais contrôler.

Comme ce rêve qu'elle venait juste de vivre avec ses compagnons.

Oui.

Je pouvais l'autoriser.

De cette manière, non seulement j'obtiendrais son accord, mais cela me donnerait également l'occasion d'en apprendre plus au sujet de ses compagnons, et de leurs relations avec Aflora.

Je hochai lentement la tête, décidant de suivre une voie qui fonctionnerait pour nous deux.

– Très bien. Tu peux aller te promener dans tes rêves avec eux. Mais tu ne devras pas mentionner le Gala du Sang. Je serai là pour surveiller.

Elle fronça les sourcils

– Ça ne démontre pas une véritable confiance en moi.

– La confiance, ça fonctionne dans les deux sens,

Aflora, lui répondis-je. Tu me montres que je peux te faire confiance, et je te prouve la même chose. À mes yeux, c'est un compromis raisonnable.

– Tu veux tuer Kols.

Je n'avais pas l'intention de lui mentir.

– Effectivement.

– Tu n'es pas capable de le faire dans les rêves.

– En fait, si, lui expliquai-je, envisageant un instant cette possibilité. Mais je ne le ferai pas. Ce serait atrocement frustrant. Et… Je ne me servirai pas de toi pour faire du mal à tes compagnons. Je ne suis pas ce genre de personne.

Elle haussa les sourcils.

– Ce genre de personne ? (Elle pouffa d'un rire sans joie.) Tu as attaqué une académie remplie d'étudiants, et un village. Rien qu'à cause de ça, je suis quasi certaine de savoir quel genre de personne tu es.

– J'ai fait évacuer le bâtiment des Mortels avant de jeter un sort inoffensif dont je savais qu'il serait réglé en l'espace de quelques heures. Et je n'ai pas attaqué le village, la corrigeai-je. Alors, d'après ta définition, tu ne me connais pas du tout.

– Tu n'as pas attaqué le village ? (Elle fronça les sourcils.) Mais j'ai senti ton énergie partout dans la rue.

– Le jour où vous vous y êtes rendus avec Zephyrus ? (Ce fut à mon tour de rire.) Mon étoile, ce que tu as ressenti, c'était ma protection.

– Je t'ai entendu rire.

– Ouais, j'ai trouvé ça très mignon que tu croies pouvoir me battre, avouai-je. Un peu comme il y a quelques heures.

Elle se renfrogna, et je souris.

Quand elle plissa les yeux, j'eus pitié d'elle, et lui accordai une explication plus précise.

– Les Anciens ont attaqué quelques soutiens reconnus des Dilemmes dans le village, c'est pour cette raison que l'essence qui entourait le crime était celle des Élites. Ensuite, ils ont laissé derrière eux un cadeau ensorcelé, destiné aux Dilemmes. Ce que tu as ressenti, c'était moi qui te protégeais de ce sort. Et j'étais amusé de te voir lutter contre ma protection. (Je lissai les plis de son front du bout du pouce.) Je n'ai pas attaqué le village, Aflora. Anrika est une vieille amie de la famille.

– Anrika ? La patronne de la taverne ?

– Elle-même.

Je ne la connaissais pas aussi bien que mon père, mais elle soutenait notre cause depuis longtemps.

Les lèvres charnues d'Aflora s'entrouvrirent, attirant mon attention sur sa bouche.

– Elle dit qu'elle avait entendu parler de moi… par un vieil ami.

– Ça devait être Zenaida, murmurai-je. La grand-mère de Shade. Elles étaient au courant de notre lien, et en fait, Anrika connaissait également tes parents. Ce sont son compagnon Zurik et elle qui nous ont aidés, moi et mon père, à nous échapper. Seulement les Anciens ont découvert ce qu'ils avaient fait, et Zurik en a payé le prix fort.

Je déglutis tandis que la scène me revenait avec force. Ç'avait été ma première vraie confrontation avec la cruauté des Anciens des Faë de Minuit, ainsi qu'avec le conseil qui se pliait à tous leurs caprices.

– Zurik a expliqué aux Anciens qu'il avait contraint Anrika à l'aider. Elle a dû le leur prouver, d'une manière ou d'une autre. Je ne connais pas les détails, mais les circonstances de sa mort sont obscures. Je pense qu'ils l'ont obligée à le tuer.

– C'est atroce, dit Aflora dans un souffle.

– Il ne s'agit que de la partie visible de l'iceberg, lui expliquai-je avec une petite pression. Constantine Nacht est favorable à la peine de mort. En fait, je dirais même qu'il y prend plaisir. Sinon pour quelle raison tiendrait-il absolument à ce gala annuel qui célèbre l'extermination de toute une espèce de faë ?

Ce qui nous ramenait joliment au sujet qui nous préoccupait.

– Tout ce que je demande, c'est une chance de te montrer pourquoi je suis ce que je suis, Aflora, ajoutai-je doucement. Je pourrais t'y contraindre. Mais je préférerais que tu sois volontaire.

– Tu reproches à Constantine d'être pour la peine de mort, et pourtant tu as l'intention de décimer toute sa famille, répliqua-t-elle. Tu ne vois vraiment pas où est le problème avec cette manière de penser ?

Je soupirai.

– La famille Nacht est responsable de la mort de dizaines de milliers de Faë de Minuit, Aflora.

– Pas Kols, insista-t-elle. Il n'est même pas encore roi.

– Non, il n'est que l'héritier qu'ils ont préparé à prendre la suite d'un règne violent des mains de son père, dis-je d'un ton sec. Son destin, c'est de devenir ma pire menace. Nous nous battrons en duel. C'est inévitable.

– Tu ne le connais pas comme moi je le connais, murmura-t-elle. Il n'approuve pas ce que son père et les Anciens ont fait.

– Une fois son ascension faite, ses sentiments personnels n'auront plus voix au chapitre. (Je tentai de donner une teinte plus douce à ma voix, mais elle tressaillit malgré tout.) Mais remettons cette discussion à plus tard, et concentrons-nous sur notre test de confiance. Emmène-moi voir tes compagnons. Je me tiendrai bien dans ton rêve. Et peut-être qu'alors tu pourras envisager d'assister au gala avec moi.

Elle déglutit avec peine, et ses yeux bleus s'écarquillèrent.

– T-tout de suite ?

– Il me semble que c'est une heure appropriée pour rêver, lui répondis-je en voyant le soleil de midi au-dehors.

Évidemment, ici, le soleil brillait en permanence. C'était le meilleur moyen de cacher notre paradigme au sein de ce royaume.

Toutefois j'étais capable de repérer l'heure, grâce aux nuances de ma création. Au royaume des Faë de Minuit, il était près de midi, ce qui représentait le milieu de la nuit pour notre espèce. Tous seraient endormis, du moins ils seraient censés l'être. Si ce n'était pas le cas, son sort les expédierait au pays des songes.

Je l'écartai de moi et me glissai entre les draps, puis soulevai la soie noire en un geste d'invitation.

– Je te promets de ne toucher à aucun d'entre eux. À moins qu'ils ne m'attaquent, et dans ce cas je ne ferais que me défendre.

Tout comme avec Kolstov la première fois. Il avait ciblé mon sort, et j'avais riposté. C'était juste, vu nos sombres destinées.

Elle se mordilla une nouvelle fois la lèvre, puis lentement, elle me rejoignit. Son regard fut attiré sur ses jambes dénudées, à cause du mouvement des draps sur sa peau, et elle se renfrogna.

– Qu'est-ce que je porte ?

– Ma chemise, lui répondis-je, amusé qu'elle ait mis tout ce temps à le remarquer. Maintenant, allonge-toi, et emmène-nous au pays des songes, Aflora. Quand tu seras comblée, nous dormirons.

Elle fronça les sourcils en posant la tête sur les oreillers près de moi, et me jeta un regard méfiant.

– Je ne leur ferai aucun mal, lui répétai-je, faisant de mon mieux pour cacher mon agacement.

Elle n'avait qu'à scruter notre lien pour s'assurer de ma sincérité.

Avais-je envie de faire du mal à ses compagnons ? Bien entendu.

Allais-je satisfaire cette envie ? Pas encore. Peut-être même jamais. Du moins, en ce qui concernait Shade et Zephyrus. Le premier m'amusait. Le second offrait sa magie défensive à ma compagne. C'étaient deux bonnes raisons de leur laisser la vie sauve.

Kolstov, lui, mourrait. Mais pas ce soir.

– Aflora ? la pressai-je alors qu'elle se contentait de me dévisager. As-tu besoin que je te répète une troisième fois ma promesse?

– Euh, non. (Elle se racla la gorge.) C'est juste que… Je ne suis pas certaine… Eh bien, je ne sais pas comment…

Elle laissa ses mots en suspens, plissant le nez comme elle le faisait quand nous étions enfants.

Je souris. J'aimais cette expression chez elle. Entre la confusion et l'énervement. Pas contre moi, mais envers elle-même. C'est ainsi que je saisis ce qu'elle voulait dire.

– Tu ne sais pas comment t'immiscer dans leurs rêves.

Lentement, elle secoua la tête. Mon sourire s'élargit.

– Quelle hypocrisie de leur part. Je sais qu'ils sont venus jouer dans ton esprit d'innombrables fois ; et pourtant, personne n'a pris la peine de t'expliquer comment faire la même chose ?

– J'ai appris à prendre le contrôle, euh… À ma manière.

Des images de son corps nu sous moi envahirent mon esprit, me réchauffant les sangs.

– Oh, je suis très au fait de tes méthodes, petite étoile.

Ses joues s'enflammèrent.

– Je pensais que tu étais le fruit de mon imagination.

– Je le sais, répliquai-je, et je me penchai lentement pour lui laisser une chance de s'écarter.

Comme elle n'en fit rien, je déposai un chaste baiser sur ses lèvres.

En réponse, elle frissonna, mais resta immobile.

Je pris ça comme une petite victoire, et un préambule à la longue bataille qui nous attendait.

– Absolument tout ce que je t'ai fait était réel, lui murmurai-je. Quand tu seras prête pour une performance en direct, fais-le-moi savoir, et je te montrerai ce qui se passe quand c'est moi qui prends le contrôle.

Je l'embrassai à nouveau, une caresse plus audacieuse, mais toujours douce, et reculai pour observer ses joues rougies.

Elle avait cessé de respirer.

Elle n'avait pas peur, mais c'était proche.

Plutôt que d'approfondir ce sujet, je lui tendis un nouveau rameau d'olivier sous la forme d'une leçon.

– Ferme les yeux, Aflora. Je vais t'apprendre les sorts des rêves.

Mon cœur battait si fort que j'eus du mal à entendre le sort que murmura Zakkai. Mais je finis par comprendre ce qu'il voulait que je dise, et prononçait mentalement l'incantation en me concentrant sur Zeph. Sa propension à la magie défensive faisait de lui un candidat idéal pour repousser Zakkai si ce dernier décidait finalement de rompre sa promesse.

Je ne leur ferai pas de mal, murmura-t-il par le biais de notre lien. *Tu verras.*

Si tu me trahis, jamais je ne pourrai te faire confiance, lui répondis-je.

Jamais je ne me servirai de toi pour les atteindre, parce que ça te mettrait toi aussi en danger. Il prononça ces paroles avec une telle conviction que, l'espace d'un instant, je faillis le croire d'instinct.

Puis mon cerveau me rappela qu'il voulait assassiner Kols, et je fus de nouveau inquiète au sujet de ce rêve.

Ça ne marche pas, lui dis-je.

C'est parce que tu penses trop, et que tu t'inquiètes de moi au lieu de te concentrer sur ton Guerrier, me répondit-il. *Respire, et détends-toi, Aflora. Visualise l'endroit où tu veux aller, essaie de nouveau.*

À l'entendre, cela paraissait tellement facile. En d'autres circonstances, j'aurais été d'accord avec lui. Mais l'avoir à mes côtés en sachant ce qu'il avait l'intention de faire me rendait méfiante à l'idée de compromettre mes compagnons.

Une bouffée d'émotion réchauffa le lien qui m'unissait à Zakkai. Il me prit au dépourvu en m'inondant de ses pensées.

Toutes en même temps.

Sa frustration de me voir perdre mon temps à m'inquiéter pour un détail sans importance, puis sa promesse qu'il ne nous voulait aucun mal, ni à moi ni aux autres. Et pour finir, une montée d'énergie protectrice illustrant son besoin de me garder en sécurité.

Ce dernier fil de pensées montrait clairement le conflit qu'il refusait de déclencher : s'en prendre à mes compagnons par l'intermédiaire de mon esprit me ferait du tort à moi aussi.

– Et je ne le ferai pas, dit-il à haute voix. Laisse-moi une chance, Aflora. Autrefois tu me connaissais. Je ne suis peut-être plus ce petit garçon, mais j'ai juré de te protéger, et ma promesse tient toujours. Et mon âme te l'a prouvé ces derniers mois. Tu t'es servie de mes pouvoirs plus d'une fois. J'aurais pu t'en empêcher. Mais jamais je ne t'ai mis de contrainte. Ni de collier.

Ces trois mots me firent frissonner.

– Tu es au courant de ça ?

– Je le sentais, répondit-il entre ses dents serrées. Il y a eu bien des fois où j'ai eu envie de te retrouver, mais je savais que tu n'étais pas prête. C'était le but de cette chanson. Dès l'instant où tu as commencé à chanter ces paroles, le compte à rebours s'est lancé. Et nous y voilà.

– Tu es bien plus ouvert maintenant, lui murmurai-je, repensant à ces énigmes passées.

Était-ce hier ? Le temps avait-il encore la moindre importance ?

– J'ai toujours été franc, Aflora. Même dans tes rêves, je t'ai dit la vérité.

– Tu as formulé la vérité sous forme de questions.

– Oui, pour que tu puisses envisager d'autres alternatives.

– Tu aurais tout aussi bien pu les exprimer, soulignai-je.

Je sentis qu'il souriait ; je ne pouvais pas le voir, car j'avais les yeux clos, mais je le *sentais* par le biais de notre lien. Peut-être était-ce simplement mon esprit qui créait l'image de ses fossettes parce que je le sentais amusé.

– J'aurais pu faire beaucoup de choses, petite étoile. Je pense que tu pourrais m'accorder un peu de crédit pour n'avoir pas profité d'une situation très avantageuse.

Ma peau se réchauffa à cause du sous-entendu de sa voix.

– Je pensais…

– Je sais ce que tu croyais, me coupa-t-il. C'est pour ça que ç'aurait été trop facile.

Sa voix était semblable à de la soie, qui s'enroulait autour de mes nerfs, me noyant dans de chaudes sensations.

J'ouvris les yeux et le vis planer au-dessus de moi ; nous n'étions plus dans sa chambre. À la place, nous étions étendus sur un lit de fleurs, et l'arôme de terre était un véritable paradis pour mes sens.

– Ooh, soufflai-je, et mon âme se réjouit de ces effluves alléchants dans l'air.

Zakkai fit courir ses lèvres sur ma joue, jusqu'à mon oreille.

– Est-ce que tu préfères ce rêve, petite étoile ? me demanda-t-il. (Je sentis son haleine chaude et attirante contre ma peau.) Ici, nous pouvons faire tout ce que tu veux. Un fantasme. Aucune règle. Pas de destin funeste. Rien que nous, qui nous délectons d'un lien jamais vraiment consommé.

Il embrassa mon pouls sensible au creux de mon cou, m'envoyant une décharge dans le dos.

Je serrai les cuisses autour de ses hanches musclées. Il portait encore son caleçon, mais rien d'autre. Et j'étais nue sous lui. J'aurais dû m'en inquiéter, mais ce lit de terre était si bon contre ma peau que je ne pouvais m'en plaindre.

– Ce…

Je n'achevai pas ma phrase, et soupirai quand ses lèvres trouvèrent ma clavicule.

– Tu connais le sort, dit-il tout contre ma peau. Tu peux l'invoquer, ou bien nous pouvons rester ici à jouer.

Sa bouche entreprit de descendre vers mes seins, et mon esprit vacilla, incapable de se concentrer alors que je luttais pour ne pas perdre de vue notre objectif.

Zeph, songeai-je. *Je suis censée… rêver… de Zeph.*

– Tic-tac, Aflora, murmura Zakkai au-dessus de mes tétons qu'il frôlait de ses dents. Fais ton choix.

J'enfouis mes doigts dans ses longs cheveux blancs et le ramenai vers ma bouche.

– Cesse de me distraire.

Il posa ses lèvres contre les miennes, sa main sur ma joue. *Tu n'as qu'à m'y forcer*, me taquina-t-il en pensée, tandis que sa langue traçait un chemin dangereux sur la commissure de mes lèvres.

Je perdrais tous mes sens si je le laissais entrer.

Parce que Zakkai était un dieu du baiser. Je l'avais découvert dans nos rêves précédents. Il savait comment me désarmer totalement avec sa langue experte.

Non, non, non, songeai-je, luttant pour me contrôler.

Zeph m'avait appris à faire mieux.

Je me concentrai sur notre lien d'accouplement, et sur cette porte qui séparait mon esprit du sien. *Fais-la partir !* exigeai-je, agacée par ce blocage.

Ce n'est pas mon sort, ce n'est pas à moi de le retirer, me répondit Zakkai, frôlant ma joue de son nez.

– Étoile, c'est Shade qui l'a mis en place, me murmura-t-il à l'oreille. Tu n'as qu'à le démanteler.

– Pourquoi a-t-il fait ça ?

– J'imagine qu'il craint que je puisse l'atteindre, ainsi que Zephyrus, à travers ton esprit.

Il effleura mon cou de ses dents, avant de revenir à mon pouls.

– Tu peux faire ça ?

– Je n'en sais rien, murmura-t-il. Quoi qu'il en soit, si Shade a ressenti le besoin de me bloquer, c'est soit qu'il m'a vu le faire, soit que c'est arrivé au cours d'une autre ligne de temps.

– Une ligne de temps ? répétai-je.

– Il ne t'a pas mis au courant de sa propension à jouer avec le temps ? (Zakkai se hissa sur ses coudes de chaque côté de ma tête ; ses cheveux blancs formaient un rideau autour de moi.) L'un de ses meilleurs amis est un Faë du Paradoxe. Il s'appelle *Kyros.*

– Des escrocs, chuchotai-je.

Je me rappelai la fois où Shade avait évoqué le fait qu'il jouait avec un voyageur du temps. Il en avait parlé avec Ajax avant un cours de conjuration avancée.

C'était le jour où j'avais ramassé cette pierre, et vécu de l'intérieur l'explosion de l'Académie.

Explosion orchestrée par Zakkai.

– C'est toi qui as déposé la pierre, lui dis-je, tandis qu'un frisson glacé me parcourait les veines à ce souvenir. Tu m'as fait vivre l'explosion.

Confus, Zakkai me fixa de ses yeux bleus.

– Quelle pierre ?

– Celle de mon cours de conjuration avancée.

– Je ne suis pas certaine de savoir de quoi tu parles.

– Le directeur Irwin nous a enseigné un sort de psychométrie, pour invoquer le passif des objets. Le mien, c'était une pierre venant de l'explosion. J'étais toi. J'agitais ma baguette en disant « *Alqisian* », et une voix m'a annoncé que c'était mon futur, qu'un jour je serai toi.

Zakkai roula sur le lit pour s'accouder à côté de moi, l'air troublé.

– Qui était présent avec toi dans ce cours ?

– Shade, répondis-je.

– Attire-le dans un rêve en premier. Je veux savoir quel effet ça fait.

Je cillai en le regardant, confuse.

– Quel effet ça fait ?

– Ce n'était pas moi, Aflora. Je suis curieux de voir s'il sait qui a envoyé la pierre, ou même s'il l'a conservée. Mais connaissant Shade, il l'a fourrée dans sa poche. Posons-lui la question, tu veux ?

– Mais il… ? Je ne… ? (Je me raclai la gorge.) Ce n'est pas toi qui as envoyé la pierre ?

– Ce n'est pas mon style, répliqua-t-il. Allons discuter avec Shade. Ce sera sûrement plus facile de te connecter à lui.

– Pour quelle raison ?

Zakkai haussa une épaule.

– Parce qu'il est le bienvenu dans mes quartiers.

– Ah bon ?

– Les Mortels ont toujours servi les Dilemmes. Et la plupart d'entre eux le font encore. (Il haussa les épaules encore une fois.) C'est pour cette raison que les Mortels étaient les rois des Faë de Minuit. Les Dilemmes se servaient des Mortels pour exploiter le pouvoir de la source. Beaucoup pensaient à l'époque, et le croient toujours, que les premiers étaient au service des seconds. Mais ça n'a jamais été le cas.

Cela représentait… un tas d'informations intéressantes. Mais mon esprit se tournait déjà de nouveau vers la pierre. Si ce n'était pas Zakkai qui me l'avait envoyée, alors qui ? Me mentait-il ? Peut-être. Mais je ne voyais pas trop ce qu'il aurait eu à gagner avec un tel mensonge.

À moins qu'il ne cherche à me pousser à inviter mes compagnons dans mes rêves.

Non, impossible. C'était mon idée depuis le début. Non, pas une idée, une exigence. Et je perdais un temps précieux à me poser des questions au lieu d'agir.

Je secouai la tête pour m'éclaircir les idées, et refermai les yeux pour me concentrer sur Zeph. Zakkai avait demandé à voir Shade, mais c'était mon compagnon Guerrier que je voulais voir en premier. Ce n'était pas lui qui avait décidé de me livrer. Même si j'étais bien consciente qu'il existait une explication raisonnable à ça, ou du moins je l'espérais, je n'avais pas encore pardonné à Shade. J'y repenserais une fois qu'il m'aurait donné ses raisons.

Le lien entre Zeph et moi était criblé de lignes violettes. *Un sort de Shade.*

Je le touchai et en étudiai la structure.

Ce sort était costaud. Mais je voyais les fils minuscules

au bout, ceux qui me permettraient de le démêler lentement, tout en l'étudiant.

J'envisageai de m'arrêter, consciente que Shade l'avait mis en place pour bloquer Zakkai, mais si je pouvais le défaire, alors mon compagnon Dilemme en était capable aussi. Ce qui rendait la chose plus discutable et problématique que nécessaire.

– Très bien, Aflora, murmura Zakkai.

Ses paroles me détournèrent brièvement de mon but, et la bande se remit en place avec un claquement.

– Cesse de m'espionner.

– Je ne t'espionne pas, rétorqua-t-il, tandis qu'il caressait ma joue du dos de la main. J'ai juste envie de sentir ta magie. Tu as un véritable don.

– Tu veux sûrement dire que je suis une abomination, le corrigeai-je, en lui lançant un coup d'œil.

Il eut un sourire en coin.

– Tu dis ça comme si c'était une mauvaise chose. Je me doute que c'est ce qu'on t'a appris à croire, mais c'est une affirmation erronée ; ceux qui ont le pouvoir ont fait naître cette rumeur.

– Une fois, Shade a dit quelque chose d'assez similaire. Il a affirmé que le pouvoir en place n'aimait pas les croisements entre espèces.

– Il a raison, murmura Zakkai, dont la main se déplaçait vers ma gorge. Retourne à ce que tu étais en train de faire, Aflora. Je te promets de ne plus t'interrompre.

Je l'observai pendant un moment, avant de refermer les yeux.

La magie de Shade réapparut aussitôt, et mon appétit pour les énigmes se raviva. La main de Zakkai passa de ma clavicule à mon bras, où il joignit nos mains, et sa magie s'épanouit dans mes veines en réponse.

Je me connectai à lui tout en jouant avec les fils de Shade, et mon esprit mémorisa cette magie au cas où j'aurais besoin de la remettre en place. Zakkai serait toujours en mesure de la défaire, mais je pouvais toujours y ajouter quelques améliorations pour le ralentir.

Au cas où ce serait nécessaire.

Son énergie protectrice bourdonnait autour de moi, me confortant dans l'idée qu'il ne me mettrait pas en danger. Tout ceci n'aurait pu être qu'un mensonge. Mais l'enfant qui restait en moi avait envie de le croire. De le tester. De voir s'il était sincère.

Son pouce frôla mon poignet en une caresse rassurante.

– Si tout ça n'est qu'un piège, je te haïrai pour l'éternité, lui murmurai-je en tirant sur le dernier brin du sort de Shade.

Zakkai garda le silence.

Je faillis m'interrompre, mais décidai finalement qu'il n'avait qu'une seule façon de connaître réellement ses intentions. J'établis donc un lien avec l'esprit de Zeph, et fredonnait le sort que Zakkai m'avait enseigné.

Tanoomeen Ma Ana.

Je sentis l'énergie bourdonner autour de moi alors que j'imaginais l'endroit que je voulais : ce parc à New York où il m'avait emmenée ; j'ouvris les yeux et le trouvai appuyé contre un arbre, vêtu d'un jean et d'une chemise. Il plissa ses yeux verts dans ma direction avant de regarder par-dessus mon épaule.

– Qu'est-ce que c'est que ça ?

– Il me semble qu'on appelle ça un rêve, répondit Zakkai d'une voix traînante. (Il s'avança dans mon dos et enveloppa ma taille de ses bras.) Bien joué, petite étoile, murmura-t-il avant de déposer un baiser juste sous mon oreille.

Je me crispai, m'attendant à ce qu'il dise ou fasse autre chose, mais il se contenta de me tenir. Sa chaleur était comme une couverture réconfortante dans mon dos.

Zeph nous scruta intensément, ses lèvres réduites à une simple ligne. Au bout d'une longue minute de silence, il finit par demander :

– Qui a créé ce rêve ?

Je déglutis difficilement.

– Euh, c'est moi.

Je pensais que ce serait évident au vu du décor, mais je comprenais qu'il pense que Zakkai aurait pu le modeler à partir de mes souvenirs. Après tout, ce Dilemme aimait jouer avec mon esprit.

Il me mordilla doucement le lobe de l'oreille.

– Je t'ai entendue.

– Reste en dehors de ma tête, rétorquai-je.

– Ça fait partie de notre arrangement, mon étoile. Au cours de ton rêve, je surveillerai toutes tes communications et toutes tes pensées. Tu te souviens qu'il s'agit d'un exercice de confiance, non ?

Je fis la grimace en voyant Zeph plisser de nouveau les yeux.

– Un exercice de confiance ? répéta-t-il.

– Il a accepté de me laisser rêver avec mes compagnons en échange de…

– C'est un test de confiance, intervint Zakkai. Je lui prouve que je ne te ferai pas de mal à travers le lien qu'elle possède avec toi.

Tu n'as pas le droit de leur parler du Gala du Sang, ajouta-t-il en pensée. *Ils ne doivent pas savoir que nous projetons d'y assister.*

Oh. C'est vrai. Je me raclai la gorge.

– Il essaie de faire de moi quelqu'un de plus agréable.

– À mes yeux, tu as l'air assez agréable, répondit Zeph, dont le regard tomba sur les bras de Zakkai qui entouraient ma taille. Il t'a eu pendant quoi, un jour ? Et tu l'autorises déjà à t'enseigner des sortilèges ?

L'avertissement contenu dans le ton de sa voix me hérissa légèrement.

– Si je ne me trompe pas, je t'ai laissé m'embarquer dans un magasin de vêtements magiques au cours de notre premier jour ensemble.

– Tu ne m'as pas *laissé* faire quoi que ce soit, Aflora. Tu t'es rebellée contre tout, y compris les spaghettis.

– Tu n'aimes pas les spaghettis ? intervint Zakkai, visiblement amusé.

– Elle n'aime pas grand-chose, l'informa Zeph en s'écartant de l'arbre. Quelle est la véritable raison de ma présence ici, Dilemme ? Quel sort as-tu tissé dans son esprit ?

– Plusieurs, répondit Zakkai. Mais ce rêve lui appartient entièrement. Je ne sais même pas où nous sommes.

Zeph ricana.

– Tu penses que je vais gober ça ? Après que tu as plongé Kols dans un coma magique ?

– Kols est dans le coma ? haletai-je. (Je me retournai dans les bras de Zakkai.) Tu m'avais juré que tu ne ferais de mal à personne !

Zakkai leva les yeux au ciel.

– Je ne lui ai pas fait de mal. Il s'est attaqué à mon sortilège, et j'ai riposté ; j'avais prévenu que je le ferais. Et c'est arrivé dans ton premier rêve, pas dans celui-ci. Et il va parfaitement bien.

Zeph vint se placer juste à côté de moi, reportant son attention sur Zakkai.

– Il était inconscient dans son lit il y a encore quelques secondes.

– La dernière fois que j'ai vérifié, faire la sieste n'avait rien de douloureux, rétorqua mon compagnon Dilemme. Fais-le venir dans le rêve, Aflora. Qu'il confirme lui-même.

– Non, la prévint Zeph. C'est un piège.

Zakkai se contenta de secouer la tête.

– Tu aurais dû commencer avec Shade. Il est beaucoup plus agréable.

Je les observai tous les deux, et mon esprit courait sur les liens pour essayer de comprendre mes deux compagnons. La méfiance innée de Zeph me frappa droit au cœur, tandis que l'essence de Zakkai se distinguait par sa tranquillité et sa sincérité.

Je croisai ses yeux bleu argenté, et l'étudiai intensément.

C'était un risque.

Il fallait que je le prenne pour connaître la vérité.

– *Tanoomeen Ma Ana*, murmurai-je, focalisant mon esprit sur Kols pour l'amener dans le rêve.

J'observai Kols et Zeph sur le lit, sourcils froncés.

L'essence d'Aflora flottait tout autour d'eux, et sa magie tissait un sortilège de rêve qui les maintenait captifs de son esprit.

Zakkai avait dû lui enseigner la méthode pour le faire, mais je ne comprenais pas pour quelle raison. Jamais il ne l'avait autorisée à se promener dans les rêves de ses compagnons auparavant.

Évidemment, jamais elle n'avait eu de liens plus importants avec nous. Du moins autant que je sache.

Étions-nous enfin parvenus à trouver l'interprétation correcte du destin ? Ou n'était-ce qu'un signe de l'échec ultime ?

Un Faë du Paradoxe était incapable de réparer une mort, Kyros et Tadmir m'en avaient averti dès le départ.

Une fois une vie achevée, il était impossible de la ramener dans une autre ligne de temps.

Du moins, pas sans une ancre.

Même ainsi, je n'étais pas sûr que cela puisse marcher.

J'observai les deux hommes sur le lit, songeant à ma prochaine action. J'avais envie de les rejoindre. Il fallait également que je parle à Ajax.

Toutes les autres voies que j'avais explorées avaient échoué, et je comprenais enfin pourquoi : toutes tournaient autour d'Aflora. J'allais donc emprunter un nouveau chemin que Zakkai ne serait pas en mesure de sentir. Un chemin qui n'aurait aucun lien avec lui.

Encore un risque.

Encore un destin potentiellement atroce.

Mais je n'avais plus d'autres options.

Tiraillé par ma conscience, je regardai à nouveau le lit. Aflora était occupée à démêler mon blocage ; son pouvoir semblait s'être intensifié au cours de la nuit dernière.

À cause de Zakkai.

Je soupirai. Elle était en avance sur le programme. Je m'étais attendue à ce qu'il lui faille au moins une autre semaine pour rompre mes barrières. Au moins, le moment venu, elle saurait les remettre en place.

D'un coup de baguette, je fis apparaître mon téléphone et envoyai un message à Ajax lui expliquant que je voulais que nous nous rencontrions plus tard dans la soirée. Il fallait d'abord que je m'occupe de ce rêve, et je devais également rendre visite à Chern ; il voulait que je le rejoigne d'ici une heure pour discuter des différentes méthodes pour pister Aflora. Ensuite je pourrais continuer de rechercher un plan alternatif.

Le repos, c'était pour les faibles.

Je n'avais absolument pas le temps de me montrer faible.

Je m'étendis donc sur le lit près de Kols et fermai les yeux, m'abandonnant à l'appel d'Aflora.

Petite rose, dis-je dans ses pensées alors que je me matérialisai derrière elle et Zakkai. *Central Park, c'est un choix intéressant.*

Alors tu peux m'entendre, répondit-elle, ses yeux bleus étincelants de puissance.

Je peux toujours t'entendre, lui murmurai-je.

Je glissai mes mains dans les poches de mon jean. C'était un autre choix intéressant : nous portions tous les mêmes tenues décontractées, comme si nous allions nous promener dans le parc. Si seulement ce pouvait être aussi facile.

– Zakkai.

– Shade, répliqua-t-il. Il me faudrait la pierre que vous avez utilisée dans votre cours de conjuration avancée.

Cela correspondait tout à fait au style de Zakkai de donner un ordre en guise de salut. Mais dans ce cas précis, c'était une demande inattendue.

– Tu parles de celle qui a aspiré toute la vie du corps d'Aflora ? Celle que tu lui as donnée ?

– Ce n'est pas moi qui l'ai donnée à Aflora, rétorqua-t-il en se renfrognant. Qu'est-ce que tu veux dire par « aspiré toute la vie de son corps » ?

– Le sort a failli la faire s'évanouir. Et ton essence l'imbibait littéralement.

– C'est toi qui as attaqué le bâtiment Mortel ? voulut savoir Kols, dont le ton reflétait cet agacement arrogant qu'il appréciait.

Zakkai l'ignora pour se concentrer sur moi.

– Tu n'auras qu'à déposer la pierre à notre endroit habituel. Je veux observer cette magie.

– Bien entendu. Je vais simplement l'ajouter à la liste grandissante des choses que je dois faire, répondis-je.

D'un air hautain, le Dilemme haussa un sourcil.

– Aujourd'hui.

Je haussai une épaule.

– Pourquoi pas ? De toute manière, je n'avais pas l'intention de dormir (. Je reportai mon attention sur Aflora, dont le regard bleu céruléen semblait sur la réserve.) Est-ce qu'il te traite correctement ?

– Parce que tu t'en soucies ? rétorqua-t-elle.

– Tu sais bien que oui, petite rose.

Je tendis la main pour tirer sur l'une de ses mèches folles, en lui adressant un demi-sourire.

C'est bon, Aflora. Je peux supporter ta haine.

Je ne te déteste pas, Shade, murmura-t-elle en retour. *Mais je ne suis pas contente après toi.*

Ça aussi, je peux le supporter, répliquai-je, mon cœur manquant un battement devant la douceur de sa voix.

Je m'attendais à ce qu'elle soit en colère, pas qu'elle me comprenne.

Elle s'écarta de Zakkai pour enrouler ses bras autour de moi.

Je suis toujours en colère, m'avertit-elle, alors que je lui rendais son étreinte. *Mais tu es toujours mon compagnon, Shade.*

Je déposai un baiser sur le sommet de sa tête, et croisai le regard surpris de Zeph. De toute évidence, il ne s'était pas attendu à ça. Ce qu'il me confirma en plissant les yeux en direction de Zakkai.

– D'accord, maintenant je sais que tout ça, ce ne sont que des conneries. Pourquoi nous avoir amenés ici ? Pour nous bercer d'un faux sentiment de sécurité ?

Zakkai se contenta de le regarder, puis alla s'asseoir contre un tronc d'arbre. Une vibration d'énergie m'indiqua qu'il avait murmuré quelque chose dans l'esprit d'Aflora. Quoi que ce fût, elle lui jeta un coup d'œil par-dessus son épaule.

Le silence retomba pendant qu'ils échangeaient, puis elle hocha lentement la tête et se tourna dans mes bras pour faire face à Zeph.

– Kai souhaiterait m'enseigner plus de choses sur la magie Dilemme, annonça-t-elle lentement. En échange de ma coopération, il me laissera rêver de vous tous.

Kai, me répétai-je, le regard rivé sur le Dilemme. Cette fois-ci, il avait mis beaucoup moins de temps à vaincre ses réserves. Parce que je la lui avais remise ? Ou parce qu'il jouait un nouveau jeu ?

Il m'adressa un sourire en coin, puis ferma les yeux comme s'il s'apprêtait à faire une sieste.

– Et je suis censé gober ça ? demanda Zeph, attirant mon attention sur lui. Essaie encore, Aflora.

– Je ne sais pas quoi te dire d'autre, répondit-elle. Il veut que je coopère. Et en échange, j'ai exigé de pouvoir contacter mes compagnons. Est-ce vraiment si dur à croire, Zeph ? Il ne me laissera pas partir. Tu ne peux pas me rendre visite. Alors je fais ce qui est en mon pouvoir pour vous voir.

– J'ai du mal à croire qu'il te laisse nous voir sans contrepartie, me répondit Zeph.

– Bien sûr qu'il y a une contrepartie, acquiesçai-je. Mais je soupçonne qu'on ne la connaît pas encore.

En réponse, Zakkai sourit, les yeux toujours fermés.

– Il veut tuer Kols, souligna Zeph.

– Ainsi que toute la lignée Nacht, compléta le Dilemme d'une voix douce et paresseuse. J'ai peut-être envie de laisser à Aflora l'occasion de faire ses adieux à son compagnon.

– Tu ne tueras pas Kols, lança-t-elle d'un ton sévère.

Zakkai se contenta d'écarter les mains, comme pour dire : « *C'est comme ça* ».

– Bien que je trouve très amusant de débattre de ma fin

imminente – une expérience que je vais d'ailleurs décliner –, j'ai une suggestion à faire.

Kols était resté inhabituellement calme durant tout l'échange.

Je me doutais que cela avait à voir avec le pouvoir qui l'encerclait d'un nuage protecteur, destiné à riposter à la moindre attaque de Zakkai. Après tout, c'était le futur monarque. La source le protégeait naturellement.

Cependant, elle n'était pas réellement à ses ordres, une leçon qu'il finirait par apprendre de Zakkai. À supposer qu'on en arrive là. Une fois de plus.

Le Dilemme rouvrit les yeux.

– Je suis ouvert aux suggestions.

– Bien. Parce que je pense que celle-ci te conviendra, répondit Kols, dont l'arrogance rivalisait avec celle de l'Architecte de la source assis par terre. Le Conseil et les Anciens se sont servis d'Aflora comme appât. À présent, ils envisagent d'utiliser Shade pour la traquer. Je pars du principe que tu savais déjà ce qui arriverait, et que tu as mis en place des garde-fous pour te protéger, et la protéger elle aussi. Je te propose de travailler ensemble pour assurer la sécurité d'Aflora. Avec toi. Et nous pourrons nous servir des rêves nocturnes pour organiser les prochaines étapes.

– Alors tu me suggères de maintenir le statu quo en m'autorisant à garder Aflora, situation sur laquelle tu n'as absolument aucun contrôle dans tous les cas, et à laquelle tu ne peux strictement rien changer. Très bien. Ça marche pour moi.

Zakkai referma les yeux.

– Ce que je suggère, c'est d'accepter la situation telle qu'elle est, sans perdre de temps à se battre, répéta Kols. Et de discuter plutôt d'une résolution pour l'avenir.

Je cillai et me redressai devant ce rebondissement.

Aflora, le dos plaqué contre ma poitrine, surprit mon mouvement.

Qu'est-ce qui se passe?

Jamais Kols n'avait proposé de collaborer avec Zakkai avant, lui expliquai-je, incapable de dissimuler le choc que je ressentais. *En général, ils se contentent de… se battre.*

Le Dilemme ouvrit les paupières pour scruter le prince Faë de Minuit.

– Une résolution pour l'avenir ? Et de quoi ça aurait l'air, selon toi, *Nacht* ?

– Eh bien, pour commencer, ce serait un avenir où Aflora vivrait. Ce qui ne va pas dans le sens de ce que souhaitent le Conseil et les Anciens.

La note d'irritation dans sa voix m'était en général réservée. C'était plutôt sympathique de l'entendre dirigée sur un autre pour une fois.

– Je crois que nous nous accorderons tous à dire qu'il est indispensable de procéder à des changements dans la hiérarchie. Comme je n'ai été mis au courant des défis que récemment, je n'ai pas encore d'idée précise sur ce qu'ils devraient être, mais je suis ouvert à la discussion.

– Et si je te disais que la seule manière valable de faire fonctionner tout ça, ce serait que la lignée Nacht disparaisse, tu serais d'accord ? répliqua Zakkai, haussant à nouveau les sourcils.

Quelques secondes s'écoulèrent avant qu'il ne sourie et dise :

– Ouais, c'est bien ce que je pensais.

– La mort n'est pas toujours la solution, murmura Aflora. À moins que tu ne souhaites reprendre le flambeau de la destruction et des mises à mort ?

Zakkai tourna les yeux vers notre compagne.

– La vengeance exige des sacrifices.

– Tout comme les réformes, répliqua-t-elle. Parfois, il

nous faut sacrifier notre désir de vengeance, de sorte de trouver un meilleur moyen d'aller de l'avant.

Je restai bouche bée à ses mots.

C'était le genre de choses qu'aurait pu dire ma grand-mère.

À en juger par l'expression de Zakkai, il en était au même point. Il ricana et retourna à sa sieste.

– Fais plaisir à tes compagnons, Aflora. Ensuite, il faudra dormir un peu avant ton cours demain. Ton nouveau directeur ne va pas te ménager.

– Changer de sujet ne résoudra rien, marmonna-t-elle. Et de quel cours tu parles ?

– Magie Dilemme pour débutant, répondit-il. Je serai ton prof particulier.

– Et qu'en est-il de ses autres cours ? s'enquit Zeph. Elle est toujours en phase d'apprentissage des compétences défensives et offensives.

– Tu n'as qu'à te servir des rêves, proposa Zakkai en bâillant. Ou pas. Mais hors de question que tu pénètres le paradigme. Pas tant que tu seras lié à l'Élite.

Kols et Zeph échangèrent un long regard. Ils ne pouvaient pas communiquer par la pensée, mais je sentais qu'ils avaient une autre manière de se parler. Peut-être uniquement par leurs regards.

– Aflora restera où elle est, dit Kols. Nous n'allons pas nous battre à ce sujet ; au contraire, nous aiderons Shade à dissimuler sa localisation. Plus que tout autre chose, c'est sa sécurité personnelle qui est en jeu.

– Et nous nous entraînerons dans nos rêves, ajouta Zeph. De cette manière, elle sera plus à même de se défendre s'il y a un changement, ou s'il se passe quelque chose.

– Et nous discuterons tous ensemble de la meilleure manière d'avancer, conclut Aflora, concentrée sur Zakkai.

Le Dilemme soutint son regard.

Et elle le lui rendit, arborant devant lui la posture de cette reine qu'elle deviendrait un jour.

Une petite lueur d'espoir jaillit dans mon cœur, car l'idée que nous puissions travailler tous ensemble était un rêve qui m'avait toujours semblé inaccessible.

Je la laissai s'épanouir l'espace de quelques secondes. Juste assez pour m'envoyer une vague de chaleur dans les veines.

Puis je me souvins de toutes ces versions de l'histoire où j'avais échoué.

Je ne pouvais pas me permettre d'espérer.

Pas avant la fin.

– D'accord, ma douce étoile, répondit tendrement Zakkai. Pour l'instant, j'accepte ces conditions.

Ses mots me firent froid dans le dos. Ce n'était pas à cause de la manière dont il les avait prononcés, mais du sous-entendu.

Ils venaient de conclure un accord.

Un accord tacite.

Mais je savais ce à quoi elle venait de consentir.

Le Gala du Sang.

Dans dix jours, nos destins seraient scellés.

Une fois encore.

– Ça ne me plaît pas.

Cette semaine, Zeph proférait des variations de ces cinq mots à chaque fin de rêve avec Aflora. J'avais une nette préférence pour les fantasmes où nous finissions tout nus. Mais avec Zakkai qui nous observait dans un coin, c'était impossible.

Le Dilemme ouvrait rarement la bouche. Par contre, nous ressentions tous très bien sa présence.

Il ne fallait pas que cet arrangement s'éternise ; preuve en était, Zeph faisait les cent pas à côté de moi.

– Reviens te coucher, lui dis-je. Nous avons encore quelques heures avant de partir. Nous devrions essayer de nous reposer comme il se doit.

Techniquement, les rêves permettaient à nos corps de prendre du repos, mais nos esprits étaient totalement impliqués. Après d'interminables leçons dans l'esprit d'Aflora, nous étions complètement épuisés.

– Bon sang, comment suis-je censé dormir alors que ce Dilemme a notre compagne ?

– Il fait partie de ses compagnons, lui aussi, lui rappelai-je.

– Et ça te convient ? m'interrogea Zeph en se tournant pour me faire face. Pourquoi n'es-tu pas furieux, Kols ? Tu es l'incarnation même du calme, comme si ça ne représentait rien à tes yeux. Je ne pige pas.

– Comme si ça ne représentait rien à mes yeux ? répétai-je, haussant un sourcil. Ça représente *tout* pour moi, Zeph.

– Pourtant, tu n'as même pas réagi à la présence de Dakota. Est-ce que la partie où elle attaque Aflora t'a échappé ?

Pas encore !

– Que veux-tu que je fasse ? Que j'enrage et fulmine ? Tu sais bien que j'ai des envies de meurtres envers cette pétasse assoiffée de pouvoir. Que j'assouvirai si j'ai l'occasion de la revoir.

Pas seulement parce qu'elle a fait du mal à Aflora, mais aussi à cause de notre passif. Elle ressemblait à ces moucherons de feu incapables de se rendre compte de quand il faut lâcher l'affaire.

– Alors comment veux-tu que nous dormions? J'arrive à peine à me concentrer, sans parler de me détendre. (Il se remit à arpenter la pièce.) Nous venons tout juste d'accepter qu'il ait embarqué notre compagne dans un paradigme situé on ne sait où, entourée de faë que nous ne connaissons pas, et *Dakota* est là-bas. Et nous n'avons pas bougé le petit doigt pour remédier à ça. Sans parler de toutes ces conneries avec le Conseil et les Anciens.

Il passa les doigts dans ses cheveux noirs, et les muscles de son torse fléchirent sous le mouvement.

Zeph avait passé pas mal de temps à la salle de sport cette semaine, et ça se voyait. Il était déjà bien taillé. Mais à présent, tous ces muscles étaient tendus et gonflés à bloc.

– Est-ce que tu m'écoutes au moins ? s'enquit-il, une flamme puissante au fond de ses yeux verts.

– Je t'écoute, répondis-je. *(Et je t'admire*, ajoutai-je en mon for intérieur.) Je ne sais pas trop ce que tu attends de moi. Je n'apprécie pas cette situation mais pour le moment, Aflora est plus en sécurité avec Zakkai. Avec mon père et Constantine constamment sur mon dos, nous ne sommes pas en mesure de la protéger correctement.

En tout état de cause, nous étions déjà convoqués par mon père plus tard dans la soirée. Il souhaitait discuter avec nous des derniers préparatifs pour le Gala du Sang. Et par un étrange retournement de situation, il avait demandé que Zeph se rende avec moi au manoir Nacht.

– C'est plus sûr, avait-il ajouté d'une voix assombrie par le dédain. Si l'on en croit ses antécédents à l'Académie et au village, je n'en serais pas si sûr.

– Aflora prétend que ce n'était pas lui, mais le Conseil qui lui tendait un piège.

Au vu de tout ce qu'ils avaient déjà fait, je n'avais pas de mal à la croire.

– Oui, et ça nous amène à une tout autre question : elle semble croire les conneries qu'il lui raconte, ce qui fait que je doute sérieusement de son intelligence.

Je soupirai.

– Tu ne le penses pas vraiment. (Nous étions allés beaucoup trop loin pour qu'il ait une telle opinion d'Aflora.) Tu sais qu'elle est brillante. Et tu sais aussi qu'elle n'accorde pas facilement sa confiance. Elle a été échaudée bien trop souvent. *Par nous.*

– Est-ce que tu es en train de dire que nous méritons ce qui nous arrive ? voulut-il savoir, tandis qu'une énergie verte scintillait autour de ses doigts. Que c'est une sorte de châtiment tordu pour toutes les erreurs que nous avons commises ?

– Non, Zeph. Tout ce que je dis, c'est que nous devrions faire confiance à notre compagne.

Je roulai hors du lit et me plaçai en travers de son chemin, l'obligeant à s'arrêter.

– Ne fais pas ça.

Je le touchai malgré tout, car son tempérament de feu ne m'effrayait pas. Il pouvait s'attaquer à moi tant qu'il le souhaitait. Nous avions tous deux besoin d'une bonne séance d'entraînement. Ou peut-être de nous envoyer en l'air.

– Écoute, maintenant, il est clairement établi qu'elle ne pourra pas s'éloigner de lui sans une bataille, et que nous n'avons pas ici de lieu vraiment sûr pour elle. Une fois qu'elle ne leur sera plus d'aucune utilité, le Conseil et les Anciens prévoient de la tuer. Et d'après ce que j'ai cru comprendre, nous aurons beau essayer de la sauver, Zakkai la traquera. Alors pourquoi ne pas faire équipe avec lui pour la protéger le temps de nous occuper des problèmes plus importants, hein ?

Il contracta la mâchoire et serra les dents.

– Qu'est-ce qui te pousse à croire que Zakkai n'est pas le plus gros de nos problèmes ?

– Je pense qu'à terme il le deviendra, avouai-je. Mais le plus pressé pour l'instant, ce sont le Conseil et les Anciens. (Pour preuve, la puissance qui se contorsionnait le long de mes bras.) Je suis censé accéder à un trône pourri par la corruption.

– Ça fait des années que tu le sais.

– J'ignorais à quel point, lui répondis-je tandis que mes

mains descendaient sur ses bras nus. J'étais aveugle aux problèmes majeurs, je les acceptais parce qu'il n'y avait pas d'autres alternatives. Et aujourd'hui, je ne sais pas du tout quoi faire. Je suis en partie accouplé avec Aflora. Et Shade vient de me mordre lui aussi. Il me reste encore trois épreuves avant mon ascension, en plus de celle que je suis en train d'échouer. En conséquence de quoi mon grand-père envisage de repousser mon accession au trône, et je crois bien que mon père y songe aussi. Alors que dois-je faire, Zeph ? Est-ce que je m'enfuis ? Est-ce que *nous* nous enfuyons ? Pour aller nous cacher dans un paradigme ?

Je secouai la tête et reculai d'un pas pour me rasseoir sur le lit, la tête entre les mains.

– Je ne sais plus du tout qui je suis.

Depuis l'arrivée d'Aflora, tout ce que je croyais savoir avait été bouleversé. Une partie de moi la détestait pour cette raison. Et une partie plus intelligente reconnaissait que ce n'était absolument pas sa faute. Elle était juste la goutte d'eau qui avait chamboulé mon monde.

– Tu es le prince Kolstov, me dit Zeph.

– Et ça veut dire quoi ? (Mes avant-bras retombèrent sur mes cuisses. Je levai les yeux vers lui à travers le fouillis de mes mèches auburn.) Tu sais comme moi que je ne pourrai pas achever mon ascension. Pas avec les liens qui m'unissent à Shade et Aflora.

– Tu penses que la source va te rejeter en tant que roi ?

– Pas la source, non, marmonnai-je. Mais le Conseil, les Anciens. Tous les Faë de minuit. Tous vont me rejeter.

Je pourrais me considérer comme chanceux s'ils ne me tuaient pas dans la foulée.

Et pourtant, je ne regrettais absolument rien.

– J'ai renoncé à tant de choses pour eux. Mon identité. Ma *vie.* Chaque minute de chaque jour, je les ai consacrées à mon avenir en tant que roi. Et en dépit de ça, ils ont fait mon procès pour l'incident de l'Académie, alors qu'ils savaient depuis le début que je n'y étais pour rien. Jamais ils ne m'ont présenté d'excuses, et ils n'ont pas non plus reconnu leurs erreurs. Pendant ce temps, ils étaient occupés à mener une attaque contre le village et piéger Zakkai ?

Je posais la question car nous n'avions pas encore de preuves, en dehors de ce que Zakkai avait expliqué à Aflora. Cependant, nous n'avions pas de mal à croire cette accusation étant donné tout le reste.

– Il pourrait mentir, remarqua Zeph.

Ç'avait été sa première réaction l'autre soir quand Aflora nous avait répété le récit de Zakkai au sujet du village. Apparemment, ce n'était pas non plus lui qui avait laissé cette pierre au cours de conjuration avancée.

– Il pourrait mentir, répétai-je, d'accord avec Zeph. Mais pour quelle raison ? Qu'est-ce que ça lui rapporterait ?

– La coopération d'Aflora. Et j'ai l'impression que c'est ce qu'il veut. D'où les rêves.

– Peut-être, mais il doit bien se rendre compte qu'elle le détestera si elle découvre qu'il ment.

– Tu pars du principe qu'il serait chagriné qu'elle le déteste.

Je le dévisageai, sourcils froncés.

– Ça ne te chagrinerait pas ? En tant que son compagnon ?

– Je ne suis pas Zakkai.

– Non, effectivement, lui accordai-je. Mais au vu de tout ce que le Conseil et les Anciens ont dissimulé, je trouve plutôt facile de croire que ce sont eux qui sont derrière tout ça.

Et je faisais aussi confiance à l'instinct d'Aflora. Elle ne nous avait pas dit pour quelle raison elle croyait Zakkai, mais je n'en avais pas besoin.

Et Zeph non plus.

Mais c'était dans sa nature de protecteur de remettre tout et tous en question. Mon Gardien avait besoin de garder le contrôle, et dans cette situation précise, il ne pouvait rien faire, rien gérer. C'était *ça* qui l'énervait.

Il reprit ses allers-retours, les épaules tendues.

L'impuissance ne lui allait pas bien. Je la ressentais également, mais j'avais grandi dans un monde où je n'avais pas la maîtrise de mon avenir. Avant même ma naissance, tout avait été décidé pour moi. Depuis, je n'avais fait que suivre cette voie toute tracée, et chaque directive à la lettre.

Et pour quel résultat ?

Pour découvrir que je me trouvais en première ligne d'une guerre que je croyais achevée depuis un millénaire. Non seulement ça, mais on attendait de moi que je me batte aussi. Que je tue. Que j'exploite le pouvoir de la source, et m'en serve pour assassiner ceux qui, techniquement, en étaient les créateurs.

Merde.

– J'ai besoin de me distraire, dis-je en balayant la pièce du regard. *Nous* avons besoin de nous distraire.

Le monde s'embrasait autour de nous, et nous restions assis dans notre coin, les mains derrière le dos, à observer l'incendie.

Je me relevai et marchai droit sur Zeph. Ses iris flamboyaient de sa puissance. Il avait envie de faire du mal. Je voyais ce besoin tapi dans son regard.

– Sers-toi de moi, lui dis-je. Défoule-toi sur moi.

– Non.

– Vas-y, Zeph. (Je plaquai ma main sur sa nuque, saisis sa hanche de l'autre main.) Détruis-moi.

– *Non.*

– Sale tête de mule, lui balançai-je en plaquant ma bouche sur la sienne.

Il glissa les doigts dans mes cheveux qu'il tira pour m'écarter de lui, mais je plantai mes dents dans sa lèvre inférieure pour m'accrocher.

Il grogna.

Je lui fis écho.

C'était soit ça, soit un combat, et la seconde option pouvait s'avérer terriblement destructrice.

Au moins, cette solution nous procurerait cette délivrance dont nous avions besoin.

Mon nom roula sur sa langue dans un avertissement sans équivoque.

Je l'acceptai comme un défi, et l'embrassai encore. Cette fois, lui me mordit jusqu'au sang. Ç'aurait dû me faire hésiter, m'obliger à m'arrêter, mais à la place, je fis couler l'essence dans sa bouche à l'aide de ma langue, et resserrai ma prise sur sa nuque.

Il grogna en réponse, mon sang lui procurant cette montée de puissance que je savais qu'il désirait.

En tant que mon Gardien, il pouvait me mordre à l'envi. L'absorption de mon essence avait constitué une partie essentielle de son lien d'allégeance dans notre jeunesse.

Mais s'il y avait une chose que je n'avais jamais faite : le mordre en retour.

Cela créerait un lien d'accouplement, qui nous unirait pour l'éternité. Mes incisives en brûlaient d'envie.

Parce que, merde, pourquoi pas ? Si Shade pouvait se lier à moi, alors je pouvais me lier à Zeph. Dans tous les cas, nous l'étions déjà. Autant passer au niveau supérieur.

Je plantai mon regard dans le sien, puis plantai les dents de nouveau dans sa lèvre inférieure, assez fort cette fois pour le faire saigner.

Il écarquilla les yeux.

– Kols…

Je me mis en devoir de lécher la plaie et d'avaler, lui arrachant un halètement vif. Je l'avais choqué. Bon sang, je m'étais choqué moi-même.

C'était irréfléchi.

Brutal.

Tellement mal.

Mais je n'en avais cure.

Incrédule, il secoua la tête, les yeux écarquillés par une vague d'émotions.

– Tu n'aurais pas dû faire ça.

Je haussai les épaules. J'avais déjà tout gâché, alors pourquoi ne pas créer mon propre enfer pour y brûler ?

– Embrasse-moi, exigeai-je.

– Non.

– *Putain*, Zeph.

J'aspirai sa lèvre dans ma bouche, et léchai la plaie tout en soutenant son regard.

Ses narines se dilatèrent.

Alors je recommençai.

Puis j'ajoutai une nouvelle blessure en le mordant à nouveau, et il siffla en retour.

– *Kolstov.*

– Zephyrus, répondis-je. Est-ce que je t'en fais une troisième ? Après tout, à ce stade, pourquoi pas ?

Je vis ses narines se dilater, et sa poitrine se souleva contre la mienne. Puis il resserra sa prise sur mes cheveux, et m'attira à lui dans un baiser d'une énergie bestiale. Je gémis à son goût addictif, parfait, adouci par l'essence d'Aflora.

Je la sentais en lui. Son énergie était un parfum dont j'étais accro, et qui me manquait au plus profond de mon âme.

J'avalai encore le sang de Zeph et sentis la vie d'Aflora qui vibrait en moi. Je la sentais, comme si, par sa présence, elle bénissait notre union.

Sauf qu'elle n'était pas là.

Et qu'elle me *manquait.*

– Raconte-lui ce qu'on est en train de faire, gémis-je tandis que Zeph m'entraînait à reculons vers le lit. *Dis-lui.*

– C'est déjà fait, me répondit-il, les doigts toujours glissés dans mes cheveux, ses lèvres frôlant les miennes. Elle le sent.

– Qu'est-ce qu'elle dit ?

– Ça l'excite. (Il sourit, puis fit glisser sa langue sur ma lèvre inférieure.) Elle aimerait être ici.

– Moi aussi j'aimerais qu'elle soit là, avouai-je.

– Grimpe sur le lit, Kols. Retire ton caleçon.

J'avais envie de résister à l'ordre qu'il exprimait, mais je sentais qu'il avait besoin de ce contrôle à cet instant précis.

C'était moi qui lui avais demandé de passer sa colère sur moi, de se *servir* de moi. Et son regard me signifiait que c'était exactement ce qu'il allait faire.

Je me pliai donc à ses ordres à la lettre, retirai mon boxer noir d'un coup de pied et me glissai au milieu du lit. Il s'empara du lubrifiant sur mon chevet, et me le lança. Je le saisis dans mon poing, puis haussai un sourcil : j'attendais.

Il contracta sa mâchoire.

D'ordinaire, il avait une préférence pour ma bouche, mais ce soir je sentais qu'il avait besoin d'autre chose.

– Elle ressent la nouvelle connexion, m'informa Zeph.

– Est-ce qu'elle est d'accord ?

– Oui. (Il s'agenouilla sur le lit.) Elle n'avait pas compris que Shade t'avait mordu, mais à présent elle le voit. Elle dit qu'elle se sent plus proche de toi.

– Moi aussi je me sens plus proche d'elle, admis-je en posant les yeux sur sa verge.

Le tissu de son boxer avait du mal à contenir son érection croissante.

– Je vais te sauter, dit-il, la voix assombrie par une émotion débridée.

– Je sais.

– Je ne serai pas tendre.

Je souris.

– Je sais.

– Mets-toi à genoux.

S*i tu étais là, je te ferais sucer Kols,* dis-je dans l'esprit d'Aflora. *Si tu savais comme il est dur, jolie fée. Il y a même un peu de sa semence sur le bout, pour que tu la lèches.*

Je tendis la main pour essuyer la goutte avec mon pouce, avant de l'amener à mes lèvres.

Dans mes pensées, Aflora gémissait alors que je lui décrivais son essence avec des détails exquis. *Zephyrus…*

Oui ?

Tu me donnes envie de… De me faire des choses.

Alors caresse-toi, lui dis-je.

– Aflora aimerait que tu sois dans sa bouche en ce moment, dis-je à Kols. La prochaine fois que nous serons réunis, je veux qu'elle te suce pendant que je te sauterai.

Je voyais son membre palpiter sous l'effet des mots qu'il prononçait, tandis que je m'installai à genoux derrière lui.

Il était beau à voir dans cette position, à quatre pattes devant moi. Je me penchai pour déposer un baiser dans son dos, conscient que ce n'était pas sa position favorite.

Mais il le faisait pour moi.

Pour m'offrir un exutoire.

Pour me donner un semblant de contrôle.

Merci, lui dis-je avec ma bouche en l'embrassant encore dans le dos, tandis que ma main caressait sa cuisse de haut en bas. Puis, en esprit, je basculai sur la nouvelle connexion qu'Aflora avait laissée active ces derniers jours. Je sentais qu'elle la surveillait, s'attendant à ce que Zakkai en abuse éventuellement, mais jusqu'à présent, il était demeuré en dehors de mes pensées et de notre relation.

Es-tu en train de te toucher, Aflora ? lui demandai-je en récupérant le lubrifiant sur le lit. Kols frémit lorsque je fis sauter le capuchon. Je pressai un peu de liquide dans ma main, puis glissai ma main autour de lui pour caresser son manche, et l'allumer. *Je suis en train de toucher Kols*, ajoutai-je d'une voix douce. *Il gémit assez fort.*

J'appliquai une légère rotation à l'extrémité, recueillant plus de liqueur séminale dans ma main.

Puis j'appliquai le lubrifiant au creux de ses fesses et laissai tomber le tube sur le lit.

Aflora, fredonnai-je. *Je suis en train de préparer les fesses de Kols à recevoir ma queue. Il est presque aussi étroit que ton vagin.*

Elle souffla des paroles incohérentes dans mon esprit, ce qui me fit sourire. On aurait dit qu'elle était avec nous, son excitation faisait vibrer notre lien.

Que fais-tu, ma jolie fée ? Est-ce que tu te caresses avec tes doigts pendant que je saute Kols avec les miens ?

– Que dit-elle ? gémit-il tandis que j'augmentais la pression avec un mouvement de ciseaux en lui.

– Elle se caresse, expliquai-je, sentant croître son plaisir. Elle reproduit mon rythme avec sa main.

– *Putain.*

Il se cambra quand j'imprimai un mouvement plus brutal; sa peau rougit sous le coup de sa retenue.

– Ne t'avise pas de jouir, l'avertis-je, répétant mes paroles en pensée pour Aflora. Je sais que ça fait un moment, mais nous allons jouer les prolongations.

– Enfoiré, murmura Kols.

Je pressai son membre.

– Oui, acquiesçai-je, enfonçant mes doigts plus profond en lui, le préparant à l'inévitable.

Dis-moi où tu es, Aflora. Dis-moi ce que tu fais. Décris-moi tout.

En retour, je la sentis déglutir, et sa chaleur fut comme une étreinte à travers notre connexion. *Je suis dans la douche*, murmura-t-elle, comme si elle craignait de se faire surprendre. *Je suis… Je suis contre le mur. J'ai peur que mes jambes se dérobent.*

Où sont tes mains ?

J'en ai une pour me soutenir, répondit-elle d'une voix rauque et terriblement douce. *L'autre est entre mes jambes.*

Et qu'est-ce qu'elle fait, jolie fée ? Je veux connaître tous les détails. De combien de doigts te sers-tu ?

Deux, avoua-t-elle.

Ajoute un troisième, exigeai-je, faisant de même pour Kols.

Je le sentis se contracter autour de moi, alors je tirai un peu sur son membre pour le détendre.

– Je t'ai prévenu que je ne serais pas doux.

– *Je. Sais.*

Ses mots n'étaient qu'un grognement, son corps tendu et chaud. Je me penchai pour l'embrasser encore dans le dos, incapable de réfréner la gratitude dans mon geste. Dans cette position, son sacrifice était énorme : il m'allouait tout le pouvoir et s'inclinait devant moi, alors que c'était l'inverse qui aurait dû se produire.

Je m'efforçai de ralentir un peu mon rythme, mais il grogna, conscient de mes intentions.

– N'essaie même pas, bordel, me prévint-il. Donne-moi tout, Zeph. Nous avons aussi bien l'un que l'autre que je peux l'encaisser.

– Je sais, opinai-je, retirant mes doigts pour ôter mon caleçon. J'espère que tu es prêt.

– Je le suis.

Il ne l'était pas.

Pas tout à fait.

Mais il n'allait pas me contredire. Cela faisait trop longtemps pour nous tous, et entre les halètements d'Aflora dans ma tête et le sacrifice de Kols sous mes yeux, je me perdis dans l'instant. Je me positionnai dans l'axe de ses hanches et le pénétrai, lui arrachant un sifflement de douleur qui se changea vite en un gémissement quand je passai à nouveau la main sous lui pour stimuler son sexe.

Je m'étendis sur lui : j'avais besoin de son contact, de sa chaleur, de son *âme.*

Puis, de mon autre main, j'agrippai sa hanche et entrepris de bouger.

En pensée, je racontai tout dans le moindre détail à Aflora, lui décrivis les bruits de Kols, lui racontai que nous étions en sueur, en train de nous envoyer en l'air avec une rare intensité, qui menaçait de tous nous détruire.

Ses trois doigts dans son fourreau serré imitaient nos mouvements, et ses petits gémissements étaient une musique qui traversait notre lien.

– Elle n'est pas loin, informai-je Kols.

– Moi non plus, gémit-il, son érection palpitant dans ma main comme pour le confirmer.

– Pas encore.

Je voulais que nous jouissions ensemble, pour rallumer les fils de nos liens, et la flamme entre nous.

Peut-être que tout cela n'était que dans mon imagination, une conséquence de notre éloignement.

Mais j'avais besoin de ce moment partagé pour faire renaître l'espoir en moi.

Zeph, gémit Aflora. *Je t'en prie. Il faut que je jouisse.*

Bon sang, sa voix était parfaite. C'était ce baiser rafraîchissant du sort dont j'avais besoin pour me faire basculer tandis que Kols se crispait autour de moi, me pressant de le sauter plus fort et plus vite.

Ensemble, ils me poussèrent dans le précipice de l'extase, et je faillis perdre de vue notre objectif. Mais ma détermination refit surface, et je me repris juste assez longtemps pour dire *« Maintenant »*.

Une chaleur torride se répandit dans mes veines au moment où Aflora explosa dans ma tête, avant que Kols ne tressaille sous moi, son orgasme se déversant dans ma paume, me poussant à basculer avec lui dans un orgasme foudroyant.

Je perdis contact avec la réalité.

L'extase m'ouvrit grand les bras.

Ces maudites étoiles brillèrent plus fort pour moi.

Et l'espace d'un instant fantastique, tout fut parfait, comme cela devrait l'être, et nous nous perdîmes tous les trois dans les affres de la passion. Tous ensemble, à l'unisson.

Putain, tu me manques, Aflora, lui dis-je en retombant sur Kols, vidé de toute énergie, tandis que mon âme s'apaisait pour la première fois de la semaine.

Vous me manquez aussi tous les deux, répondit-elle alors que je faisais rouler Kols sur le flanc pour m'installer en cuillère avec lui. Il tremblait, le dos collé à ma poitrine, et je l'étreignis le temps du contrecoup de notre brutalité. Je l'embrassai sur l'épaule, le cou, lui murmurai des paroles de gratitude à l'oreille, lui caressai le ventre.

Se soumettre n'était pas dans sa nature.

Et je voulais qu'il sache que je comprenais et chérissais le cadeau il m'avait fait.

Il m'avait mordu. *À deux reprises.* Il m'avait forcé à le sauter. Parce qu'il savait que c'était ce dont j'avais besoin pour être enfin capable de me détendre.

– Je ne te mérite pas, lui dis-je doucement, embrassant ce point sensible dans son cou. Mais j'essaierai toujours d'être assez bien pour toi.

Il secoua la tête.

– Tu l'as toujours été, Zeph. Et pour Aflora aussi.

Je la sentis fredonner son assentiment ; d'une manière ou d'une autre, elle avait surpris notre conversation. Ou peut-être l'avais-je laissée l'écouter. Je n'aurais su dire. Nous étions tous tellement connectés, tellement *liés* que je cessai de chercher à comprendre les nuances de nos liens.

À la place, je me laissai bercer par le sentiment de sécurité qu'il me procurait.

Je m'endormis avec Kols dans mes bras.

Aflora dans mon esprit.

Et une chaleur qui s'épanouissait dans mon cœur.

Je posai ma joue sur le carrelage froid de la douche, les jambes tremblant sous la puissance de l'orgasme qui avait failli consumer mon âme.

Zeph s'était tu, et ses pensées étaient plongées dans le sommeil.

J'étais censée me préparer pour une autre journée de formation avec Zakkai, or je pouvais à peine marcher. Cette jouissance n'avait pas suffi. Pas après tout ce qu'il avait fait et dit dans mes pensées.

Kols et Zeph étaient toujours très excitants ensemble, mais leur lien avait tout intensifié.

Je n'arrivais pas à croire qu'ils s'étaient mutuellement mordus.

Et Shade ? Quand avait-il mordu Kols ? *Pourquoi* l'avait-il fait ? Cela ne lui ressemblait pas du tout. Ils se détestaient.

Je déglutis en secouant la tête, et coupai l'eau. Puis je m'effondrai contre le mur.

– *Faë,* soufflai-je, tandis que mon cœur battait la chamade.

Ça avait été une expérience intense, et je n'étais même pas présente.

Il me fallut plusieurs grandes respirations pour rassembler assez de courage pour me mouvoir.

Je m'enveloppai d'une serviette et sortis de la salle de bains dans la chambre de Zakkai.

Je le trouvai étendu sur le lit, vêtu d'un jean et d'un pull noir ajusté, souriant d'un air entendu.

– Tu as apprécié ta douche, Aflora ? me demanda-t-il avec un regard bleu argenté étincelant.

Je me raclai la gorge.

– Elle était correcte, lui répondis-je d'une voix plus rauque que je n'aurais voulu.

– Seulement correcte ? (Il haussa un sourcil.) Du coup je me demande à quoi ça ressemble quand tu prends vraiment ton pied.

Je me sentis rougir. Je ne m'étais guère retenue sous la douche, bien trop absorbée par le moment pour me souvenir de sa présence de l'autre côté de la porte.

– Ce qui m'amène également à croire que moi-même je n'ai été que « correct » dans nos rêves précédents, reprit Zakkai. Peut-être me faudrait-il un peu plus d'entraînement.

– Je suis sûre que Dakota serait ravie de te rendre ce service, rétorquai-je en allant chercher ma baguette.

Ces mots m'avaient échappé; l'Élite m'agaçait au plus haut point, et elle me trottait en permanence dans la tête.

Elle était *partout.*

Au déjeuner.

Au dîner.

Elle se pointait durant nos cours particuliers avec Zakkai.

Elle s'était tout de suite excusée, disant que ma puissance l'avait effrayée. Ce n'était que de la poudre de perlimpinpin, et je refusai d'y croire. Parce qu'il n'y avait strictement rien d'honnête chez elle.

Zakkai sourit.

– Oh, ce n'est pas faute pour elle de me l'avoir proposé plusieurs fois. Mais ce n'est pas mon genre.

– Quoi, le genre belle, puissante et consentante ? répondis-je.

Puis je marmonnai un sort pour échanger ma serviette contre un ensemble jupe et chemisier, auquel j'ajoutai des bottes et un autre collier aux brins verts, rouges et violets.

– J'adore te voir te créer une garde-robe par magie, me dit Zakkai qui m'observait. Par contre, je préférerais que tu fasses apparaître les vêtements sur le lit, et que tu les enfiles lentement pour le plaisir des yeux. Ce n'est pas comme si je ne t'avais pas déjà vue nue plein de fois.

– Ça ne devrait donc pas te chagriner de louper cette occasion. (Je mis la touche finale à ma tenue avec une cape, avant de glisser ma baguette à l'intérieur, sous son regard.) Quelle leçon vas-tu m'enseigner aujourd'hui ?

– Avec un peu de chance, quelque chose qui implique ma bouche.

Apparemment, il ne pouvait se concentrer que sur une chose à la fois. Tout comme mes autres compagnons.

– En général, oui, il faut des compétences orales pour lancer des sorts, lui dis-je en souriant. Donc j'espère bien que tu te serviras de ta bouche et ta voix.

– Je me contenterai peut-être seulement de grogner,

juste contre ton clitoris, rétorqua-t-il en sortant du lit pour se diriger vers moi, pieds nus.

Avec ses longs cheveux blancs flottant autour de ses épaules, et son pull foncé assorti d'un jean moulant, il affichait un look résolument sexy.

Tellement décontracté.

Familier.

Confortable.

Il posa sa main chaude en coupe sur ma joue.

– Mon offre tient toujours, Aflora. Fais-moi simplement savoir quand tu voudras que je me serve de ma bouche, et je te laisserai en disposer autant que tu le voudras. (Il se pencha pour frôler mes lèvres des siennes.) Et quant à la leçon d'aujourd'hui, nous allons dehors. Je veux que tu rencontres quelqu'un.

Il glissa une main dans ma cape pour reprendre ma baguette, et s'en servit pour faire apparaître une paire de bottes brunes et une veste en cuir. Il la replaça ensuite dans ma poche avec un clin d'œil.

– Allons-y.

Il se retourna, s'attendant à ce que je le suive.

J'obéis, parce qu'il venait de prononcer l'un de mes mots favoris : *dehors.*

Je mourais d'envie d'explorer l'extérieur de ce château, mais je n'avais pas trouvé la moindre porte. Et à chaque fois que je m'éloignais un peu trop de Zakkai, un sort s'enroulait autour de ma taille comme un lasso pour me ramener à lui.

Nous parcourûmes de labyrinthiques couloirs de pierre et de verre, mon regard déviant tout du long sur les torches et l'extérieur. C'était vraiment un endroit magnifique. Et unique. Les flammes dansaient le long des murs comme des guirlandes, cernées d'un bleu céruléen. De temps à autre, des portes apparaissaient (munies de poignées, pas gardées par des gargouilles), et les fenêtres semblaient avoir été disposées de manière stratégique pour avoir la meilleure vue de l'extérieur.

– Où sommes-nous exactement ? me demandai-je à haute voix.

Les murs bougèrent devant nous pour révéler un escalier secret qui n'était pas là quelques secondes plus tôt. Je fronçai les sourcils.

– Comment as-tu… ?

Je m'interrompis, bouche bée devant les flammes qui illuminaient les marches de pierres au ras du sol.

– Nous sommes dans un paradigme, répondit Zakkai. Une de mes créations. Il réagit à mes désirs et besoins.

– Alors il est comme celui dans lequel je suis tombée quand nous étions dans la MorteForêt avec Emelyn ?

Je me rappelai d'avoir été à l'intérieur d'une bulle magique. Cela semblait réel, et d'une certaine manière, ça l'était. Une sorte de réalité alternative au cœur d'une autre réalité.

– Il était grossier mais similaire, acquiesça-t-il en descendant les marches. Celui-ci est beaucoup plus complexe. Il dissimule également une cinquantaine de faë à l'intérieur des murs d'enceinte. Le paradigme dans lequel on t'avait *invitée* avait été créé à la hâte dans le seul but d'avoir un endroit sûr où parler. Mais comme tu l'as vu, les Guerriers ont rapidement découvert la magie et l'ont détruit.

Je fronçai les sourcils.

– Est-ce qu'ils peuvent découvrir celui-ci ?

– Seulement s'ils savent où regarder. (Il fit une pause sur la dernière marche tandis qu'un autre escalier apparaissait, puis reprit sa descente.) La clé d'un paradigme est de le placer à l'écart des Faë de Minuit. Nous sommes capables de sentir la magie. Il faut également beaucoup d'énergie pour le créer ; c'est pourquoi les Guerriers ont trouvé celui de la MorteForêt si vite. Fort heureusement, il n'était que temporaire. Celui-ci tire sa force de ma magie. Tout comme le paradigme de Shade est protégé par ses grands-parents. Et tous deux sont localisés de manière stratégique.

– Tu veux parler de sa prairie ? lui demandai-je, repensant au soleil, aux fleurs, et à cette petite maison que Shade avait dissimulée dans un arbre.

– Oui. Il a bâti ce paradigme comme une extension de celui de ses grands-parents.

– Alors c'est une sorte de bulle dans une bulle… à l'intérieur d'une réalité.

Il stoppa au bas de l'escalier, près d'une grande porte, et me fixa en haussant un sourcil.

– Une bulle ?

– C'est comme ça que je visualise les paradigmes. Comme une sorte de bulle de réalité alternative au sein d'une réalité.

Il esquissa un petit sourire en coin.

– Ça ressemble plus à une porte invisible menant à un autre monde qui aurait été créé par magie. (Il recula à travers le bois de la porte, et me tendit la main.) Pour que le château te laisse sortir, il faut que tu me touches, me dit-il depuis l'autre côté, sa voix étouffée par le bois de la porte.

– À chaque fois ? m'enquis-je en saisissant sa main.

Il me fit franchir la porte et sourit.

– Pour le moment.

Il entremêla nos doigts et me guida vers un jardin rempli de fleurs multicolores.

Je haletai devant cette vue qui raviva mon affinité pour la terre.

– Oh !

Je l'entraînai vers une magnifique fleur rose et blanche et tendis la main vers la création magique.

Sans rien dire, il me laissa caresser les pétales pour apprendre le nom de cette jolie fleur.

Un lys oriental.

– Je n'en ai jamais entendu parler, dis-je à haute voix. D'où vient-elle ?

– Du royaume des humains, me répondit-il d'une voix douce.

Je caressai une autre fleur à quelques pas de là, et des braises ardentes grésillèrent au bout de mes doigts. *Un baiser d'Achéron*, murmura l'essence dans mes pensées. Je fronçai les sourcils.

– Et celle-là ?

– Elle vient du monde souterrain, expliqua-t-il. Je l'ai eue par un Faë de l'Enfer.

Je haussai les sourcils.

– Un Faë de l'Enfer ?

Je connaissais l'existence de cette tristement célèbre espèce. On considérait leur royaume comme la terre des faë rejetés.

– Tu as discuté avec un Faë de l'Enfer ?

Ils étaient bannis de strictement tous les royaumes; leurs pouvoirs étaient bien trop instables et imprévisibles. Beaucoup de gens souhaitaient les voir morts, à l'instar des abominations. Et des rumeurs couraient que les Faë de l'Enfer eux-mêmes étaient des abominations.

– J'en ai rencontré quelques-uns. Ils ne sont pas très agréables, m'expliqua Zakkai en caressant ma main de son pouce. Mais ce n'est pas pour te donner un cours de botanique que je t'ai fait venir ici, Aflora. J'ai quelqu'un à te présenter.

– Mais comment as-tu trouvé cette plante ? voulus-je savoir. Est-ce que toutes sont le fruit de la magie ?

– De ma magie, oui, murmura-t-il en me ramenant doucement vers le sentier. Tout ce paradigme est ma création. J'en ai choisi les couleurs et le paysage, et j'ai même créé ce soleil pour concurrencer celui que nous avons dehors. En ce sens, je suppose que ta description d'une bulle n'est pas tout à fait erronée ; j'ai fait en sorte que notre soleil se lève et se couche en même temps que celui du monde extérieur. Cela nous aide à nous adapter.

Je lui fis remarquer que jamais le soleil ne se couchait. Et c'était quelque chose que j'appréciais plutôt dans sa petite oasis.

– Pendant cette période de l'année, effectivement, acquiesça-t-il. Mais dans six mois, il ne se lèvera plus.

Je fronçai les sourcils.

– Jamais ?

– Pendant quelques mois, puis il reviendra.

Il me guida à travers un portail de magnifiques plantes grimpantes, où je pris le temps de savourer l'absence de serpents et autres créatures cruelles. J'avais plus l'impression d'être à la maison, avec toute cette vie florissante et ce bonheur.

– Quel genre de royaume n'a du soleil que la moitié de l'année ? lui demandai-je en observant les arbres et les montagnes au-delà.

Les noms de leurs espèces me parvenaient sous forme de murmures, et leur nombre mit le feu à mon âme de Faë Terrestre. J'avais envie de folâtrer parmi eux, de tout apprendre de leurs racines, d'en créer de nouvelles.

– Dans certains endroits du royaume des humains, la lumière est unique. C'est l'un d'entre eux.

Je m'arrêtai net.

– Nous sommes dans le royaume des humains ?

Il baissa le menton.

– À un endroit où ils ne regarderont jamais, expliqua-t-il. Pour les mortels, ce continent est en grande partie inhabitable, c'est donc l'endroit rêvé pour que j'y cache mon paradigme.

Je restai bouche bée devant sa franchise. À moins qu'il ne soit me mente pour me tester.

– Je pourrais le répéter à Zeph.

Il haussa les épaules.

– Certes, mais tu ne le feras pas.

– Comment peux-tu en être sûr ? insistai-je. J'ai laissé mes connexions ouvertes pour lui.

Shade m'avait de nouveau bloquée, et je l'avais laissé faire : il avait ses raisons, j'en étais consciente. Une fois par jour, il prenait contact avec moi pour avoir de mes nouvelles, et il s'était joint à plusieurs rêves au cours de la semaine. Mais la plupart du temps, il résistait à mes appels et j'avais choisi de ne pas le contraindre. Quoi qu'il soit en train de préparer, je finirais par le savoir.

– Tu tiens à sa vie, me répondit simplement Zakkai.

Une fois encore, je cessai de marcher.

– Es-tu en train de me dire que tu le tuerais si je lui en parlais ?

– Pas directement, répondit-il en me tirant une fois de plus derrière lui. Mes murs sont renforcés. S'il tente de les forcer, il n'y survivra pas. Personne ne le pourrait. Alors mieux vaut ne pas tenter le sort, n'est-ce pas?

– Tu insinues que s'il sait où nous sommes, il tentera de me retrouver, traduisis-je.

– N'est-ce pas ce qu'il ferait ? rétorqua Zakkai, ses yeux tournés vers moi, brillants dans la lumière du soleil. Aflora, il n'est pas vraiment doué pour dissimuler ses frustrations. Il n'aime pas que je lui aie retiré le contrôle qu'il exerçait sur toi et ta destinée. Mais dans le cas présent, je suis le seul capable d'assurer ta protection. Il finira par s'en rendre compte.

– Combien de temps cela durera-t-il? m'enquis-je, scrutant le bosquet au bout du chemin.

Apparemment, nous prenions la direction de la forêt.

– Qu'est-ce que tu veux dire ?

– Combien de temps as-tu l'intention de me garder ici ? reformulai-je.

Il leva une épaule.

– Ça reste à déterminer.

– Très bien, alors quel est le but de tout ceci ? l'interrogeai-je une fois encore. Tu extermines la famille Nacht (ce que je ne laisserais jamais faire), et ensuite quoi ? Tu tues aussi tous les Anciens et les Conseillers ?

Il réfléchit un long moment, tandis que nous marchions. Les arbres finirent par masquer la lumière du soleil pendant que Zakkai nous entraînait dans la forêt.

Au bout de plusieurs minutes de silence, j'avais fini par me dire qu'il allait m'ignorer, mais c'est alors qu'il reprit doucement :

– Ensuite, nous restaurons l'ordre. Ma tâche sera de réaligner la source et de définir une nouvelle monarchie.

– Une nouvelle monarchie qui ressemblera à l'ancienne ? Et Shade en sera le roi légitime ?

C'était une supposition de ma part, basée sur leur étrange relation et les remarques qu'il avait faites au sujet des Mortels et des Dilemmes.

– Effectivement, il héritera d'un poste de pouvoir, mais il ne sera pas aux commandes, répondit Zakkai. Je pense qu'il sera nommé au conseil réformé par le nouveau monarque.

– Et qui sera le nouveau monarque ? m'enquis-je. Toi ?

– Je suis l'Architecte de la source, Aflora. Je ne suis pas un monarque.

– Et pourtant tu prétends être un roi.

– C'est un terme approprié, mais ce n'est pas tout à fait la même chose, répéta-t-il à sa manière énigmatique.

– Quel rôle est-ce que je joue dans tout ça ? voulus-je savoir. Je suis ta prétendue reine ?

Il se contenta de sourire.

– Tu devrais sans doute te concentrer un peu plus sur le présent, Aflora. Et sur le chemin qui se trouve juste devant toi, pas celui qui est à des kilomètres.

– Si tu attends de moi que je coopère, alors tu dois me dire quel est mon rôle dans tout ça, répliquai-je. Ton père semble croire que nous allons briser notre lien.

Il avait une nouvelle fois amené le sujet sur la table hier, nous demandant pour quelle raison ça n'avait pas encore été fait. Zakkai avait changé de sujet, comme il le faisait souvent quand il parlait avec moi.

– Mon père croit beaucoup de choses. Ce n'est pas pour autant que ses déclarations ou ses théories sont correctes.

– Et cela ne clarifie toujours pas tes intentions ni tes plans.

– Non, effectivement, acquiesça-t-il, me pressant la main avant de me lâcher.

Je fronçai les sourcils.

– Il me semble que tu m'as dit qu'il fallait que je te touche pour être dehors ?

– Je crois avoir signalé que c'était temporaire. (Il se mit à sourire, et posa la main au bas de mon dos.) À présent, concentre-toi, Aflora. Regarde autour de toi.

Avant, je prenais Shade pour une énigme ambulante. Mais à présent, je savais qu'il n'arrivait pas à la cheville de Zakkai. La moindre parole qu'il prononçait était tordue, me laissant plus confuse encore. Je m'étonnais qu'il puisse en dire autant et si peu à la fois.

Au moins, il avait fini par me révéler où nous nous

trouvions. Certes, je ne pouvais pas faire grand-chose de cette information. Parce qu'il avait vu juste : Zeph viendrait me chercher, quels que soient les risques.

Il nous fallait avancer, pas reculer.

Et pour le moment, j'étais en sécurité ici.

Et j'étais également… contente.

Je n'avais pas envie de l'admettre, mais ce paradigme était bien plus agréable à vivre que l'Académie des Faë de Minuit. Ici, je pouvais respirer, jouer avec ma magie élémentaire, et apprendre vraiment. Il n'y avait ni handicap, ni collier, ni faux-semblants. Il n'y avait que moi, Aflora. Et je me sentais revitalisée, bien dans ma peau.

Plutôt que d'insister pour que Zakkai me donne plus d'informations – tâche qui ne s'achèverait de toute façon pas à mon avantage –, je décidai de jouer le jeu et observer la verdure qui nous entourait. Les arbres majestueux me chantaient leur histoire, leur vie et leurs promesses, leur bonheur de s'épanouir dans cette petite bulle de réalité alternative.

Je caressai les troncs, appris leur magie, la mémorisai pour un futur usage.

Puis je me figeai quand un gentil croassement arriva à mes oreilles. *Girofle.*

Je fis volte-face et vis mon familier perché sur une branche, ses magnifiques ailes noires et blanches repliées sur ses flancs.

– Oh, jolie fille ! (Je regardai Zakkai.) C'est toi qui l'as fait venir ici ?

– Non. Elle t'a suivie dans le paradigme. (Il me scruta.) Les familiers ne sont jamais loin. Tout comme les baguettes, ils sont une extension de notre pouvoir. Elle n'était pas proche de toi à l'Académie ?

– Je n'en sais rien. Nous n'avons fait connaissance que récemment, admis-je. Kols m'a appris à la faire venir à moi. Après que le familier de Zeph l'ait tuée. (Je me renfrognai à ce souvenir, et passai les doigts dans ses plumes pour contrebalancer les images qui me venaient.) Il s'est excusé auprès d'elle… Après qu'elle m'ait amené un pic-pierre. (Je fronçai les sourcils.) Est-ce qu'il venait de toi ?

– Un pic-pierre ? (Il se mit à rire.) Non. Mais je pense savoir qui le lui a donné.

Il fit claquer sa langue, puis s'accroupit quand une bête à fourrure surgit des bois et accourut vers lui.

J'écarquillai les yeux en voyant la boule de poils le plaquer au sol ; elle avait une gueule assez large pour se refermer sur la gorge d'un homme. Mais elle se contenta de lécher la joue de Zakkai en un accueil chaleureux.

Le Dilemme éclata de rire.

– Est-ce que tu as donné un pic-pierre à Girofle ? demanda-t-il d'une voix affectueuse qui me donna envie de sourire.

Sauf que ses paroles me donnaient plutôt envie de me renfrogner.

– Tu connais son nom ?

– Bien sûr que oui, répondit-il. Et toi, tu ne connais pas le nom de mon familier ?

– Non. Mais je suppose que tu parles de cette bête ?

Ça me paraissait approprié.

– Ce n'est pas une bête. C'est un loup. Un splendide loup arctique blanc qui aime la neige, n'est-ce pas Zimney ? (Il flatta la bête derrière ses oreilles pointues, et me sourit.) La leçon d'aujourd'hui portera sur l'écoute de nos familiers. Nous pourrons même leur poser des questions sur le pic-pierre. Quand l'as-tu reçu ?

– Le jour où tu as attaqué l'Académie, lui répondis-je.

Son sourire vacilla.

– Oh. (Il plissa le front.) Est-ce que tu l'as encore ?

Beurk, non, songeai-je, frémissant au souvenir de cette pauvre créature morte sur mes genoux. Puis je m'éclaircis la gorge et dis :

– Zeph l'a détruite après que Shade l'a averti que les Guerriers arrivaient.

– Intéressant, murmura-t-il en se redressant lentement. Ce qui fait deux incidents qui soi-disant m'impliquent, et où Shade est plus ou moins présent. J'ai toujours besoin qu'il me fournisse cette pierre. Je m'en occuperai après notre leçon d'aujourd'hui.

– Tu es en train d'insinuer qu'il mijote quelque chose ?

– Oh, il est toujours en train de mijoter quelque chose, répondit Zakkai, visiblement amusé. Mais je ne sais pas encore s'il a l'intention d'intervenir cette fois. Je ne l'imagine pas te contrarier à dessein, et vu la grimace que tu as faite en évoquant le pic-pierre, ce n'était pas une expérience agréable.

– Je n'aime pas la mort.

Il hocha la tête.

– Oui, je sais. Il avait l'air aussi plutôt stressé au sujet de la pierre, alors je doute que ce soit lui qui l'ait enchantée. Mais je me demande qui le manipule cette fois-ci. (Il haussa une épaule.) Quoi qu'il en soit, nous finirons bien par le découvrir. *Après* notre leçon du jour.

– Comment vont tes parents ? lui demandai-je en me glissant dans le box en face d'Ajax.

Nous n'avions pas discuté depuis plusieurs jours, et même si je me préoccupais de sa famille, ce n'était pas vraiment le but de ma visite ce soir. Mais il fallait la jouer cool pour que mon plan fonctionne.

Je n'allais pas prendre de risques. Cette fois-ci, nous étions bien trop impliqués pour que cela échoue. Sinon, je perdrais tout : Aflora, mes souvenirs, et peut-être même mes grands-parents.

Non.

Il fallait que ça marche.

J'avais donc besoin d'Ajax en tant que catalyseur, pour que tout se mette en place.

– Ils se sentent mieux, m'informa-t-il. Mais ils refusent

de mettre le nez dehors. (Il se pencha en avant et baissa la voix.) L'idée de se faire de nouveau attaquer les terrorise.

Ce qu'il ne disait pas, c'était « *Par eux* ».

Je hochai la tête pour lui signifier que je voyais où il voulait en venir, et que je les comprenais. Surtout parce que je soupçonnais fortement les Anciens d'être à l'origine de l'attaque du village, et non pas Zakkai ; Aflora me l'avait confirmé au cours d'une conversation que nous avions eue en rêve l'autre nuit.

L'aveu de Zakkai expliquait également le coma des parents d'Ajax : c'était Malik Nacht qui était chargé de les surveiller. Ou étaient-ils dans cet état par sa faute ? C'était lui qui devait les réveiller. Or cela lui avait pris plusieurs jours, et ça n'aurait pas dû arriver. Restait à découvrir la vérité.

Il y avait trois camps dans cette révolution.

Le Conseil, dirigé par les Anciens.

Ceux qui avaient foi en la réforme, comme ma grand-mère.

Et ceux qui cherchaient vengeance, comme Zakkai.

Même si les deux derniers camps n'étaient pas forcément d'accord, ils n'avaient jamais usé de violence l'un envers l'autre. Il n'était donc pas logique que Zakkai s'en prenne aux habitants du village qui avaient contribué à la survie des Dilemmes. Certains d'entre eux pouvaient être en faveur d'une solution politique à cette situation, mais par le passé, il ne leur avait jamais fait de mal pour cette raison.

En revanche, les Anciens étaient coutumiers du fait.

Il était donc bien plus probable qu'ils soient à l'origine de cette violence. Les parents d'Ajax étaient partisans de la réforme, ce que peu de gens savaient. Mais cette attaque signifiait qu'ils n'étaient pas aussi prudents qu'ils le pensaient.

– Salut, les garçons, nous accueillit Anrika, qui avait noué ses longs cheveux en chignon aujourd'hui.

Ses traits délicats reflétaient sa sagesse et sa perspicacité infaillible. Elle avait toujours su ce que je faisais, tout comme maintenant. Je le sentais à sa manière de me scruter de ses yeux verts vifs. Son âge se lisait dans ce regard, ce qui lui conférait un aspect étrange, celui d'une âme de plus de mille ans enfermée derrière le visage d'une femme de trente ans.

– Salut, Anrika, lui répondis-je. Nous sommes juste venus manger un morceau.

– Je sais. J'ai déjà dit à la cuisine de préparer deux malts sanguins. Ils arrivent d'ici quelques minutes.

– Tu es la meilleure, la félicita Ajax.

Des fossettes creusèrent ses joues quand il lui adressa un sourire sincère. Aujourd'hui, il avait laissé son piercing à la lèvre chez lui, sûrement parce qu'il n'était pas d'humeur à se repercer.

Les Faë guérissaient rapidement, ce qui signifiait qu'il devait de nouveau transpercer sa peau à chaque fois qu'il voulait porter son bijou. Ce lui donnait un air de dur à cuire parfaitement assorti à ses cheveux sombres et ses yeux bleu nuit. Il formait un contraste saisissant avec notre ami Seif, qui à présent arborait de longs cheveux argentés, des yeux de la même teinte, et des crocs, conséquence de son récent passage à l'état de Faë du Destin. Mon grand-père m'avait relaté ces changements dont je n'avais pas été témoin en personne.

– Comment va Seif ? m'enquis-je, car je pensais à lui et m'adressais à sa mère. Des nouvelles de sa course folle dans les royaumes ?

– Il est resté assez silencieux ces derniers temps, me répondit-elle, pensive. Je me dis qu'il a peut-être enfin attrapé son Oméga.

Je souris.

–Je parie qu'elle lui fait vivre un enfer.

– J'espère bien, murmura Anrika d'un air amusé. Il a besoin qu'on le défie.

– C'est vrai, approuvai-je en songeant à mon propre défi.

Aflora tira sur ma corde mentale, comme si elle savait que j'étais en train de penser à elle, donc j'ouvris notre connexion.

Salut, petite rose.

Zakkai souhaite te parler de la pierre, dit-elle platement. *Maintenant.*

Je fronçai les sourcils.

Je l'ai déposée là où il voulait il y a plusieurs jours. De quoi veut-il discuter ?

– Eh bien, je vais vous laisser parler tous les deux. (Le ton d'Anrika laissait paraître un sens sous-jacent, ce qu'elle me confirma en ajoutant :) Passe le bonjour à Aflora de ma part.

– Je lui transmettrai le message dès que je l'aurai retrouvée, répondis-je prudemment.

Puis je murmurai *Tu as le bonjour d'Anrika.* Puisque, techniquement, j'avais retrouvé ma compagne par la pensée, c'était valable, non ?

Aflora ne répondit rien, mais je la sentais toujours par notre connexion.

– Tu mijotes quelque chose, me dit Ajax dès qu'Anrika fut hors de portée de voix. Est-ce que ça a quelque chose à voir avec une magnifique Faë Terrestre ?

– Tout ce que je fais a quelque chose à voir avec Aflora.

C'était probablement la chose la plus vraie que j'aie jamais dite, et pourtant, j'y ajoutai un sourire en coin destiné à dérouter tout observateur.

Nous n'avions aucun moyen de savoir qui nous écoutait.

Et comme le Conseil me collait aux basques pour que je retrouve ma compagne disparue, je les croyais capables de m'avoir entouré de sorts d'écoute.

Zakkai veut te rencontrer, me dit soudain Aflora. *Il dit que tu sais où le retrouver.*

Dis-lui que je n'accepte que si tu es présente aussi, répondis-je, le corps en émoi à l'idée de voir et *toucher* ma compagne.

Je le lui ai déjà dit, et il est d'accord. Était-ce une pointe d'amusement que j'entendais dans sa voix ?

Cela me fit sourire, et Ajax m'observa d'un air interrogateur.

– Il y a quelque chose de drôle ?

– Toujours, acquiesçai-je alors qu'une gargouille au faciès de pierre nous apportait nos milkshakes. Il va falloir nous les préparer à emporter, lui dis-je avec une pointe de déception. Il vient de se passer quelque chose chose.

La gargouille marmonna quelque mots au sujet de gamins faë ingrats, avant de disparaître avec nos boissons.

– Elle va ajouter des cailloux dans nos boissons, me dit Ajax sur le ton de la conversation. Et qu'est-ce qui s'est passé ?

– Je t'expliquerai en chemin, lui expliquai-je en me glissant hors du box. Et un généreux pourboire améliorera l'humeur de la gargouille, ajoutai-je un peu plus fort, afin que la créature de pierre m'entende.

Je posai le double de mon dû sur la table en attendant qu'elle revienne.

Effectivement, à son retour, elle était de bien meilleure humeur.

– Merci, Prince Shadow, me dit-elle en s'inclinant bien bas.

Ce n'était pas une révérence moqueuse mais

respectueuse, montrant qu'elle appréciait ma générosité à sa juste valeur.

En fait, les gargouilles étaient les créatures les plus simples à satisfaire.

Si seulement certains faë pouvaient se montrer aussi accommodants !

J'ajoutai quelques pièces supplémentaires pour le plaisir, et Ajax leva les yeux au ciel.

Nous prîmes nos boissons, saluèrent Anrika et sortîmes dans les rues pavées du village.

– J'espère que tu n'attends pas de moi que je m'incline, *Prince Shadow*, se moqua-t-il.

– Je ne crois pas que tu aurais fière allure à genoux, Ajax, lui dis-je en observant sa haute silhouette musclée. Et tu n'es pas non plus mon genre.

En revanche, Aflora pourrait s'agenouiller devant moi quand elle le voudrait. Et je ferais la même chose à son égard.

Ajax grogna.

– Comme si j'allais te le proposer.

– Il me semble me souvenir que tu avais dit la même chose d'une certaine Élite il n'y a pas si longtemps, répliquai-je en le guidant vers le vestiaire. Je suis presque sûr que tu es à ses pieds à présent.

Cette phrase me servait d'appât, j'espérai qu'il mordrait et me donnerait l'information dont j'avais désespérément besoin.

– Ouais, en effet. Ensuite, tu m'as conseillé de lui dire de la jouer cool, et maintenant, elle ne m'adresse plus la parole.

– Ah oui ? (Je tentai de ne pas paraître trop intéressé, mais mon cœur manqua un battement à ses paroles.) Elle ne veut pas faire profil bas ?

Je savais qu'elle refuserait. Et c'était bien le but.

– Non, idiot, elle refuse. Alors merci de ce bon conseil.

– Tu sais que c'est le mieux pour le moment, lui dis-je pour essayer de lui remonter le moral.

Si tout se passait comme je le voulais, je pourrais le remercier plus tard. Ensuite, je lui permettrais de me balancer son poing dans la figure. Parce que oui, si ce plan aboutissait, je mériterais sa fureur et pire encore.

– Essaie de le lui faire comprendre.

– J'aimerais bien, mais je suis sûr qu'elle me déteste. (Et à juste titre.)

– Eh bien, elle me déteste aussi, maintenant.

– Elle te pardonnera, lui dis-je. (Je franchis le seuil pour récupérer ma cape.) Essaie de t'incliner. Je suis sûr que ça va marcher.

– Parfois, je te déteste, grogna-t-il.

Non, c'est faux, songeai-je d'un ton lugubre alors que je lançai un sort pour enfiler ma cape. C'était compliqué de verrouiller le fermoir d'une seule main, et j'avais vraiment envie de mon shake.

– J'ai une course à faire.

– Et je suppose que tu ne vas pas me dire de quoi il s'agit, rétorqua Ajax.

Il lança un sort semblable au mien pour enfiler sa cape.

– Tu me connais vraiment bien.

– Ouais, ouais. (Il me fit un geste dédaigneux de la main.) De toute façon j'ai des devoirs à faire. Toi aussi, mais j'ai comme l'impression que tu as oublié l'existence des cours ces derniers temps.

– On a des cours ? lui demandai-je, feignant la surprise. Je croyais que nous étions diplômés.

Il se contenta de secouer la tête.

– On se verra un de ces quatre, je suppose.

– Bientôt, lui promis-je. Peut-être ferai-je une apparition au Gala du Sang.

Il ricana.

– Ça, ce serait une surprise intéressante.

– Tu crois ? (Je fis semblant d'y réfléchir.) Je devrais peut-être vraiment m'y montrer, histoire de choquer tout le monde.

– Est-ce que tu as un costume au moins ?

– C'est bien possible, lui répondis-je avec un rictus. Mais pourquoi en porterais-je un ?

Il éclata de rire, et traversa le verre pour franchir le portail.

– À plus tard, Shade, dit-il par-dessus son épaule avant de disparaître.

– À plus tard, Ajax, murmurai-je en contemplant un instant mon reflet.

Je suis désolé, articulai-je, incapable de prononcer les mots à haute voix, même si je les ressentais.

Chacun avait un rôle à jouer.

C'était le mien.

Je me frottai la nuque et soupirai, épuisé bien qu'impatient de voir ma compagne. *Je ne te déteste pas, Shade*, avait-elle dit. Elle n'avait aucune idée de ce que ces mots représentaient à mes yeux. Au cours de la semaine passée, je me les étais repassés en boucle, m'en servant pour m'apaiser quand la peur et la résignation menaçaient de me consumer.

Il nous restait trois jours avant le Gala du Sang.

Trois jours avant que je découvre si tout cela avait servi à quelque chose. *Une fois encore.*

Je déglutis et fermai les yeux, avant de soupirer de nouveau. *Reprends-toi. Tu peux le faire.* Deux phrases que je ne supportais plus de m'entendre prononcer. Mais je n'avais pas le choix.

Je suis en chemin, petite rose, lui dis-je enfin, après avoir repris le contrôle de mes nerfs. *À tout de suite.*

— J'ai confiance en toi, me dit Zakkai en me tendant la main. Mais ne le tiens pas pour acquis.

C'était ce qu'il me répétait avant chaque rêve. En général, je lui disais la même chose, mais cette fois, il s'agissait vraiment de savoir si lui me faisait confiance, et non l'inverse.

Parce qu'il me laissait quitter le paradigme avec lui.

Je hochai la tête, lui montrant à nouveau que j'acceptais ses conditions.

Pas de fuite.

Pas de passage de portail.

Pas de dissimulation.

Pas d'ennuis.

Je ne voulais pas mettre en péril cette occasion que j'avais de voir Shade, alors j'avais accepté toutes les règles de Zakkai. Il glissa la main dans ma cape pour en sortir ma baguette, qu'il rangea dans sa veste en cuir.

Je haussai un sourcil.

– Vraiment ?

– C'est la limite de ma confiance, me répondit-il. Mais il se pourrait que j'en aie besoin.

– Et si moi j'en ai besoin ?

– Alors tu n'auras qu'à l'appeler, murmura-t-il. Apparemment, elle est plus en phase avec tes désirs qu'avec les miens, donc elle devrait t'écouter.

Ça ne valait pas la peine de se disputer, aussi je me contentai de hocher de nouveau la tête.

Il sourit.

– Je n'avais pas réalisé que voir Shade te rendrait si agréable, Aflora. J'aurais dû te le proposer bien plus tôt.

Je levai les yeux au ciel.

– Voir n'importe lequel de mes compagnons fait de moi quelqu'un d'agréable.

– N'importe lequel sauf moi, me corrigea-t-il.

– De toute évidence.

Il éclata de rire et secoua la tête.

– Allons-y, petite étoile.

Il tendit la main je lui donnai la mienne, tout comme je l'avais fait quand il m'avait emmenée dehors. C'était un geste qui me paraissait naturel, comme si ma main appartenait à la sienne. Je refusai d'y réfléchir plus avant, préférant le voir comme une nécessité.

Nous errâmes de nouveau dans les couloirs, mais dans une direction différente. Cette fois, nous approchâmes du réfectoire, mais nous empruntâmes un nouveau couloir, qui apparut devant lui comme l'escalier et la porte auparavant. Nous stoppâmes net à l'apparition de Dakota. Elle fronça les sourcils devant nos mains jointes, avant de repérer ma cape et la veste en cuir de Zakkai.

– Vous sortez pour une autre leçon ? demanda-t-elle en jetant un œil par la fenêtre à sa gauche. Je ne sais pas quelle heure il est, mais je crois qu'il est tard.

– Je n'avais pas réalisé que nous avions un couvre-feu, répondit Zakkai avant de la contourner, me tirant derrière lui.

– Il me semblait que nous avions une réunion, cria-t-elle dans notre dos. Le Gala du Sang a lieu dans quelques jours.

Mon cœur manqua un battement à ces paroles.

Zakkai m'avait dit qu'il n'avait rien planifié pour le gala, mais ce que venait de dire Dakota suggérait le contraire. Je levai les yeux sur lui et vis le tic nerveux de sa joue.

– Nous en discuterons plus tard.

– Plus tard quand ? exigea-t-elle de savoir. (Ses talons cliquetèrent sur le marbre quand elle s'avança vers nous.) Je comprends qu'en ce moment tu es plutôt amouraché de l'abomination, mais il nous faut un plan, Kai.

Je tressaillis en entendant le mot « abomination ».

– *Amouraché*, c'est une expression de gamine, répondit-il, s'interrompant pour la regarder par-dessus son épaule. Et il n'y a rien à prévoir. J'ai déjà dit non.

– Oui, mais comme ton père l'a dit...

– Mon père n'est plus l'Architecte de la source. Son opinion ne regarde que lui. La mienne, en revanche, a force de loi. Je ne dirai pas un mot de plus à ce sujet. N'hésite surtout pas à le répéter au cours de la réunion.

Ignorant ses protestations derrière nous, il reprit son chemin, m'entraînant avec lui.

– Tu es en train de perdre la tête à cause d'un amour d'enfance ! cria-t-elle alors que nous prenions un nouveau tournant. Tu es censé briser…

Un mur se dressa derrière nous, l'empêchant de nous suivre.

Je le regardai.

Son expression ne trahissait rien, mais à travers notre lien, je sentais son agacement.

– Que doit-il se passer au Gala du Sang ? lui demandai-je quand un portail apparut devant nous.

– Il ne se passera rien du tout, me répondit-il en tapant un code que je ne tentai pas de retenir.

Ça ne servait à rien d'essayer. Je savais que jamais son paradigme ne me laisserait accéder à cette zone sans lui.

– J'ai déjà expliqué qu'il nous sera assez compliqué d'y assister déguisés. Hors de question d'ajouter encore de la magie. Il y aura bien trop de puissance présente pour prendre le moindre risque.

– Savent-ils que nous avons l'intention d'y assister ?

Il haussa les épaules.

– Ce n'est pas à eux d'en décider.

– Ce qui ne répond pas à ma question.

– Non, effectivement, acquiesça-t-il tandis que les murs fondaient autour de nous, dévoilant une vaste étendue de neige.

La chute brutale de température me fit claquer des dents.

Qu'est-ce… ?

Zakkai me serra dans ses bras, m'enveloppant de la chaleur de son corps tandis que le portail s'ouvrait pour nous emporter. Mais mes cheveux eurent le temps de devenir cassants dans ce froid glacial.

Je frissonnai toujours quand les volutes magiques s'estompèrent autour de nous.

J'enfouis mon visage contre la poitrine de Zakkai en quête de sa chaleur, car j'étais gelée jusqu'aux os.

– Qu'as-tu fait à ses cheveux ? s'enquit une voix

familière dans mon dos, tandis qu'une main peignait mes mèches glacées. Tu l'as fait tomber dans la neige ?

– J'ai mal calculé le glissement du paradigme à la réalité, avant que le portail n'apparaisse, murmura Zakkai, qui me serrait fort dans ses bras. Mon sort ne l'a pas couverte à temps.

– Mmmh.

Shade se rapprocha, et son corps m'apporta une nouvelle couche de chaleur dont j'avais désespérément besoin.

Encore, suppliai-je, toujours gelée, tremblant sous le choc du froid.

Il cala sa poitrine dans mon dos tandis que Zakkai posait les mains sur mes hanches ; tous deux faisaient tout leur possible pour me fournir la chaleur nécessaire pour retrouver mes capacités.

Mon organisme était choqué, mes jambes figées dans un mélange étrange de terreur et de froid.

– Même en été, les températures sont glaciales en Antarctique, expliqua Zakkai en posant ses lèvres sur ma tempe. Je suis désolé, Aflora. Je n'ai pas l'habitude d'emmener des gens avec moi.

J'étais incapable de répondre car mes lèvres restaient engourdies malgré mes dents qui claquaient.

Shade me frotta les bras de bas en haut, tandis que sa bouche frôlait le pouls dans mon cou.

– Ça ira mieux dans quelques instants, petite rose, murmura-t-il.

– À présent, tu comprends peut-être mieux pourquoi je sais que tu n'indiqueras pas notre emplacement à Zeph. (Zakkai posa le front contre le mien.) Hors de mes murs, il ne tiendrait pas plus de quelques minutes.

J'avais envie de hocher la tête, mais n'essayai même pas.

Shade embrassa ma gorge une fois encore avant de dire :

– Aflora m'a dit que tu voulais discuter de la pierre. Tu as découvert qui l'a enchantée ?

– Non, parce que je ne l'ai pas encore vue.

Shade se figea dans mon dos.

– Quoi ? Je l'ai déposée sur la table.

– Elle n'y était pas quand je suis passé.

– Alors quelqu'un d'autre l'a récupérée, conclut Shade lentement.

– Tout comme quelqu'un a envoyé un pic-pierre à Aflora par le biais de son familier, ajouta Zakkai, qui cessa de me regarder pour se concentrer sur Shade. Elle a dit qu'il avait été détruit après que tu les as avertis de l'arrivée des Guerriers ?

– Qu'est-ce que tu insinues ? s'exclama Shade. Que je me fous de toi ?

– Oh, nous savons bien que tu te fous de moi, Shadow. C'est ce que tu sais faire de mieux. Mais pour le coup, je pense que quelqu'un d'autre se fout de *nous.* À qui as-tu parlé ?

– Je parle à beaucoup de gens.

– Je sais. Qui ?

– Bonjour, Zakkai, intervint une voix féminine qui possédait une intonation magique.

Je la reconnus pour l'avoir déjà entendue dans la MorteForêt.

Zakkai poussa un gros soupir.

– Évidemment, c'est toi qui as pris la pierre.

– C'était le seul moyen pour moi de t'amener là où je voulais que tu sois, répondit la femme en s'avançant vers nous.

J'étais toujours incapable de bouger, mais du coin de

l'œil, j'aperçus ses longs cheveux sombres, reconnaissables entre tous. *Zenaida.* La grand-mère de Shade.

– Ce n'est pas qui tu crois, Zakkai. Et c'était dans une bonne intention, pas une mauvaise.

Mon compagnon Dilemme poussa un autre soupir, et il planta son regard dans le mien avant de le baisser vers ma bouche.

– Il va peut-être nous falloir un sort pour la réchauffer plus rapidement. (Il prit ma joue en coupe dans sa main, et son pouce dessina une ligne brûlante sur ma lèvre inférieure.) Tu as toujours le teint bleu, petite étoile.

– Il l'a exposée au climat de l'Antarctique, expliqua Shade.

– Je ne l'ai pas fait exprès, le corrigea Zakkai d'un ton sec, tandis que sa magie m'envahissait, dégelait mes membres glacés et les liens qui me figeaient sur place.

J'inspirai profondément, et son parfum d'océan apaisa mes poumons. L'essence de Shade s'y ajouta, un arôme tranquille et rafraîchissant qui m'aida à me détendre entre eux deux.

Merci, murmurai-je dans leurs esprits.

Je suis désolé, me répondit Zakkai, qui posa un baiser sur ma tempe avant de revenir à Zenaida. Je suivis son regard pour scruter cette petite femme que Shade appelait *grand-mère.*

– Je n'ai rien à te dire, dit Zakkai sans préambule.

– Très bien. À la place, tu m'écouteras.

Elle employait un ton plutôt autoritaire pour une femme qui avait l'air âgée d'une trentaine d'années. Elle était vêtue d'un haut bleu marine constitué d'épaisses lanières qui laissaient sa taille exposée. Et en dessous, une jupe assortie qui descendait jusqu'à ses pieds.

Elle était époustouflante.

J'espérais avoir la même allure d'ici mille ans. À supposer que je sois toujours en vie.

– Mmh, eh bien, je n'ai pas vraiment envie de t'écouter non plus, ajouta Zakkai.

– Écoute-la, Zakkai, s'exclama une voix bourrue alors qu'un homme aux cheveux argentés apparaissait à la limite des arbres.

Un second homme s'avança dans la clairière à ses côtés, qui ressemblait à un Shade légèrement plus âgé.

Zakkai jeta un regard noir à mon compagnon Mortel.

Shade leva les mains et s'écarta de moi.

– Je n'ai rien à voir avec ça. Je n'étais même pas là quand Aflora m'a appelé dans mon esprit.

– Il n'était pas au courant que j'avais pris la pierre, confirma Zenaida. J'en ai pris l'initiative. Je te demande simplement de m'accorder trente minutes.

– Tu penses qu'une demi-heure suffira à me faire changer d'avis ? (Zakkai semblait amusé.) Très bien, Zen. Je tiens le pari.

– Ce n'est pas très malin de parier contre une Faë du Destin, souligna l'homme aux cheveux d'argent.

Il sourit, dévoilant ses crocs, les yeux brillants.

– Il n'est pas question de parier, dit Zenaida, dont la jupe bruissa quand elle se tourna vers les deux hommes. Suivez-moi. J'ai des gâteaux.

– Des gâteaux? répéta Zakkai en regardant Shade.

– Ça signifie qu'elle a des informations troublantes, marmonna-t-il. Elle fait toujours des cookies quand quelque chose la contrarie.

– Elle les fait pour Shadow, pour lui remonter le moral, corrigea l'homme aux cheveux sombres. (Son regard glacial se posa sur moi.) Bonjour, Aflora. Je suis ravi de te rencontrer en de meilleures circonstances.

Je m'éclaircis la gorge. Les derniers effets des

enchantements de Zakkai et de Shade quittaient mon corps et me ramenaient à la normale.

– Bonjour.

– C'est mon grand-père, expliqua Shade, comme si ce n'était pas évident. Grand-père Vadim. (Il désigna ensuite l'homme aux cheveux d'argent qui marchait aux côtés de Zenaida.) Voici grand-père Kodiak. Ce sont les compagnons de ma grand-mère.

– Il me semblait que les Faë du Destin exigeaient un cercle de Betas, déclarai-je, me remémorant mes maigres connaissances au sujet de leur structure sociale.

– Tout n'est pas noir ou blanc, ma chère, me rappela Zenaida, dont le ton ne correspondait toujours pas à sa tenue ni à son âge physique. À présent, viens. Il ne me reste que vingt-huit minutes.

Zakkai sourit et secoua la tête. Puis il posa la main sur le bas de mon dos.

– Vingt-sept, Zen.

Elle agita une main au-dessus de sa tête pour rejeter son commentaire.

– La prochaine fois que j'aurai besoin quelque chose, c'est toi qui viendras à moi, déclara Zakkai à Shade tandis que nous nous mettions en marche. Quand tu auras terminé, je veux cette pierre, Zen, ajouta-t-il, d'une voix trop basse pour franchir la distance qu'elle avait mise entre nous. Je ne la voyais même plus à travers les arbres à présent.

Je fus surprise quand sa voix nous parvint dans la brise :

– Oui, oui.

Les Faë du Destin, murmura Shade dans mes pensées. *Il ne faut jamais les sous-estimer.*

Je ne sous-estime jamais personne, répliquai-je. J'avais été échaudée bien trop souvent pour faire facilement confiance à quiconque. Mais je ressentais une étrange affinité avec Zenaida, que j'avais déjà sentie lors de notre rencontre dans la MorteForêt. Ce qui me poussa à marcher un peu plus vite, parce que j'étais curieuse de savoir ce qu'elle avait à dire.

Nous pénétrâmes dans une clairière entourée de maisons.

Plusieurs faë sortirent la tête pour nous contempler, bouche bée.

Je déglutis. *Euh, Shade ?*

Tout va bien, Aflora. Il croisa ses doigts aux miens, marchant à côté de moi, tandis que Zakkai m'accompagnait de l'autre côté, la main toujours posée au creux de mon dos. *Tout ira bien.*

Tu n'as pas vraiment l'air sûr de toi sur ce coup, lui fis-je remarquer à son ton hésitant.

Il ne répondit rien, se contenta de me serrer la main.

Puis il nous amena à la porte de Zenaida.

Finissons-en, dit Zakkai dans mon esprit avant de franchir le seuil.

– Vingt-cinq minutes, Zen.

– Il ne m'en faudra que dix, répondit-elle. Assieds-toi.

Je bâillai, m'ennuyant déjà du laïus habituel de Zenaida sur le fait que la réforme était la meilleure façon d'avancer. Que cela sauverait plus de vies. Qu'il fallait créer un Conseil plus inclusif. Réaligner la source avec toutes les factions des Faë de Minuit.

Bla.

Bla.

Bla.

En tant qu'ancienne reine de cette espèce, elle méritait mon respect. Également pour son accouplement avec un Dilemme, Kodiak.

Techniquement, il avait tourné le dos à la source en la rejetant au profit d'une transformation en Faë du Destin, mais sa transition avait été interrompue par une vision de Zenaida. Il y a mille ans, ils avaient entravé la marche du destin en voulant empêcher Constantine d'anéantir la race des Dilemmes, et depuis, ils tentaient d'arranger les choses.

Je fis semblant de regarder mon poignet, comme pour vérifier l'heure, mais Zenaida continua sans broncher.

Ses dix minutes passèrent à quinze parce qu'elle avait ressenti le besoin de rabâcher l'histoire, pour je ne sais quelle raison.

– Alors ton père était un Dilemme ? s'enquit Aflora, absorbée par son récit.

– Un ancien, oui. Il a complété sa transition en Alpha Faë du Destin. Mais techniquement, à cause de ses origines, du sang Dilemme coule dans mes veines, expliqua Zenaida. Même si l'on me considère comme une pure Oméga. Je pense que ça leur permet de ne pas admettre la vérité sur les ancêtres des Faë du Destin, qui descendent des Faë de Minuit.

– Oui, parce qu'ils désapprouvent toutes forment d'abominations, intervins-je. Alors nous devons considérer tous les croisements comme naturels, c'est ça ?

– Exactement, opina Zen.

– Mais ça ferait de Shade un Dilemme en partie, n'est-ce pas ? insista Aflora, posant les yeux sur son compagnon Mortel. Et un Faë du Destin ?

– Nous avons déjà établi que je suis une abomination, petite rose, répondit-il avant d'enfourner un biscuit dans sa bouche.

J'avais évité de manger ces friandises, craignant que Zen ne tente de m'empoisonner.

Jamais elle ne me tuerait. Mais elle était capable de tout faire pour me contrôler.

Cela faisait des années que nous tournions autour du pot. Il fut un temps où j'avais été d'accord avec elle, comme tout le monde. Ensuite, les Anciens m'avaient montré leur affection pour la mort. Et j'avais pris conscience qu'il n'existait qu'un seul moyen d'en finir.

La vengeance.

– Alors tu penses qu'il existe un moyen d'aligner toutes les factions ? disait Aflora près de moi.

Elle avait pris place entre Shade et moi à la table à manger de Zenaida. L'Oméga Faë du Destin et ses deux compagnons nous faisaient face.

J'avais l'impression de regarder dans l'avenir, de voir où nous en serions dans mille ans ; sauf qu'Aflora me ferait remarquer qu'il manquait Zephyrus et Kolstov.

Je faillis soupirer, mais Zenaida était en train de se lancer dans son plan politique, nous amenant tout près des vingt minutes de cette conversation.

Et c'est alors que je compris enfin que le but de tout ça n'était pas de me convaincre moi, mais la femme assise à côté de moi.

Un rire m'échappa quand je secouai la tête et l'interrompis.

– Oh, Zen.

Elle leva sur moi un regard brillant.

– Honnêtement, je pensais que ça ne prendrait que dix minutes. Mais ton arrogance m'a alloué du temps supplémentaire.

– Je ne comprends pas, murmura Aflora, son regard passant de Zenaida à moi.

– Elle est en train de te recruter, lui expliquai-je en soutenant le regard de Zen. La seule chose qu'elle a omis de mentionner dans tout ceci, c'est ce qu'elle sait de la mort de tes parents. Et si tu nous faisais le plaisir de nous raconter cette histoire, Zen ? Celle du week-end mortel où les Anciens ont assassiné ses parents sans la moindre once de remords, avant de prendre d'innombrables autres vies.

Le silence retomba après mes paroles, et le regard de Zen se fit plus dur.

– Faut-il que je me mette à les nommer tous ? lui demandai-je en haussant un sourcil. Ou est-ce qu'au cours de ta quête permanente de diplomatie, tu as fini par occulter toute la souffrance et la douleur ?

– Zakkai, dit-elle d'une voix douce, tuer les Anciens ne les ramènera pas. La mort est une fatalité à laquelle nul ne peut échapper.

Sur ces mots, elle jeta un œil à Shade, mais le Mortel était bien trop occupé à déguster son gâteau pour le remarquer.

– Comment mes parents sont-ils morts ? l'interrogea Aflora, attirant mon attention sur la beauté de ses traits. (Elle me regarda, puis Zen.) Je veux savoir.

J'attendis de voir quelle réponse l'ancienne reine lui apporterait. Elle en savait plus que moi. Ce jour-là, j'étais en train de prendre la fuite avec mon père.

Toutefois Zen avait eu une vision de leurs destins. C'était elle qui nous avait prévenus de l'arrivée des Anciens. C'était elle aussi qui avait tenté de faire entendre raison à Constantine ce jour-là.

Tenté, et *échoué.*

Elle avait failli mourir de ses mains dans le processus, mais le trio qu'elle formait avec Kodiak et Vadim s'était révélé trop puissant pour Constantine. C'était pourquoi j'aurais voulu qu'elle rejoigne notre camp. Ils avaient le pouvoir de faire tomber le Conseil, mais s'obstinaient à choisir la voie diplomatique.

La seule façon de mener une réforme à bien, c'était de mettre Constantine Nacht hors d'état de nuire.

– Peu de temps après t'avoir laissée à la garde de Primrose et ses deux enfants, tes parents ont été capturés, expliqua Zen d'une voix douce. Les Anciens les ont consumés à l'aide de magie noire, rompant leurs liens avec la source terrestre. C'est pour ça que ton ascension s'est faite si tôt.

– Dis plutôt qu'ils ont torturé ses parents, clarifiai-je. Ils les ont obligés à absorber l'essence de la source obscure. Je l'ai *senti* à travers Aflora, et je l'ai absorbée à sa place pour la protéger.

Et peu après, je l'avais encore protégée quand cette abomination à moitié folle avait tenté de lui arracher la source.

Je ne regrettais rien. Et je n'en aurais pas changé une seule seconde, hormis peut-être en la prenant avec moi plutôt qu'en la laissant chez les Faë Élémentaires.

– C'était un fardeau qui n'aurait jamais dû t'incomber, intervint Zen. Je l'ai dit à Laki, mais il a insisté pour que tu te lies à Aflora. (Elle secoua la tête.) Je sais que tu lui as sauvé la vie, mais il y avait d'autres possibilités, Kai.

– D'autres possibilités, répétai-je d'un ton amer. Comme essayer de faire basculer Constantine et manquer mourir par la même occasion ? (Je ricanai.) Bien sûr, Zen. Beau succès.

– Au moins j'ai essayé, me répondit-elle avec tristesse. La solution n'est pas dans plus de morts.

– Va dire ça à Constantine, lui suggérai-je. Je suis sûr qu'il t'écoutera. Quoi, c'est vrai, entre l'attaque contre le village pour nous obliger à sortir de nos cachettes, et le fait qu'il utilise Aflora comme appât, je trouve qu'il a largement prouvé qu'il est prêt à *discuter.* (Je n'arrivais pas à croire que j'avais gaspillé trente minutes à écouter ces absurdités.) Il n'y a qu'un seul moyen d'avancer, Zen. Il faut répondre à la violence *par la violence.* (Je me levai et tendis la main.) La pierre.

Elle poussa un soupir, et Kodiak passa le bras autour d'elle.

– Il n'est pas trop tard, lui dit-il doucement.

– Mais si, murmura-t-elle à son tour, en secouant la tête. C'est un chemin qui mène à la mort, Kai. Je t'en conjure, éloigne-toi de cette voie, envisage d'autres alternatives.

– Mon chemin a démarré avec la mort, répliquai-je. Il est normal qu'il s'achève de la même manière. (Je jetai un coup d'œil à Shade.) Juste par curiosité, dans toutes les différentes versions de cette conversation, est-ce que l'issue a toujours été la même ? Ou est-ce qu'il y a une différence ?

Il ne prit pas la peine de cacher ses manigances quand il fixa sur moi son regard exténué.

– C'est toujours la même chose.

– C'est bien ce que je pensais. (Je reportai mon attention sur Zen.) La pierre. Maintenant.

– Elle est dans le tiroir du haut, annonça-t-elle, désignant les placards à côté de l'évier. Et c'est ton oncle qui a créé ce sortilège. À ta place, je lui demanderais pourquoi avant de l'attaquer.

– Ton oncle ? répéta Aflora, dont la chaise remua quand elle se leva lentement elle aussi.

– Tadmir, lui dis-je avec un léger grondement. Le demi-frère de ma mère.

J'aurais dû comprendre qu'il s'immisçait dans mes affaires.

L'absence de réaction de Shade m'indiqua qu'il n'était pas surpris de cette révélation ; il en savait donc beaucoup plus sur mon oncle que je ne le pensais.

Ce qui éveilla plusieurs soupçons en moi.

Je dévisageai le Mortel un moment avant de remarquer son expression vide.

– Je pourrais me servir d'elle pour fouiller dans ton esprit, affirmai-je calmement.

– Effectivement, tu pourrais, acquiesça-t-il. Mais je crois bien qu'elle te réserverait une sacrée bataille en guise de riposte.

En effet, je l'avais sentie jouer mentalement avec son sort initial, et apprendre à créer ses propres blocages avec des cordes de magie Dilemme. Au besoin, je pouvais les briser. Mais elle en ressortirait blessée, et je n'en avais aucune envie.

– Eh bien, salue Tadmir de ma part. Je viendrai peut-être bientôt lui rendre une petite visite, répondis-je en ramassant la pierre afin d'y appliquer ma propre magie.

Quelques secondes plus tard, je confirmais l'affirmation de Zen. Je secouai la tête et la reposai sur le comptoir.

– Pour information, le sort que j'ai jeté sur l'Académie était un message à l'attention du Conseil. Personne n'a été blessé, je m'en suis assuré personnellement, et ce n'est pas moi qui ai envoyé ce pic-pierre à Aflora. Jamais je ne l'aurais mise en danger d'une telle manière. Et je ne suis pour rien non plus dans l'attaque du village.

Cette dernière déclaration s'adressait plus à Aflora qu'aux autres personnes présentes.

Mais il me paraissait juste de les inclure tous.

– Il est temps de partir, Aflora. (Je lui tendis la main.) À moins que tu n'aies d'autres questions à poser au sujet des différences entre réforme et vengeance ?

– Non, je pense avoir saisi, dit-elle en avançant vers moi. Un camp souhaite négocier. L'autre veut voir couler le sang. Le problème, c'est qu'aucun des deux n'a tout à fait raison.

Je haussai un sourcil.

– Ah ?

Elle regarda Zen.

– Zakkai a raison. Tu ne peux pas négocier avec un

Conseil constitué d'hommes misogynes qui refusent d'entendre une parole différente de la leur. Ils ont déjà fait le choix d'exterminer ce qu'ils craignent, y compris ta lignée Dilemme. Ce simple fait te garantit qu'ils n'accepteront jamais de trêve.

C'était une évaluation pertinente que j'aurais volontiers applaudie, mais elle me fit face dans la seconde qui suivit, et je vis la réprobation briller au fond de ses yeux bleus.

– Mais si tu les élimines tous, alors tu ne vaudras pas mieux qu'eux. Tu ne feras qu'anéantir la menace, sans leur donner la moindre chance de se défendre ou de discuter, ce qui est précisément le sort qu'ils ont réservé aux Dilemmes. Tu vas tuer autant d'innocents, si ce n'est plus.

Shade sourit et se leva pour étreindre Aflora sur le côté.

– Bien dit, petite rose, murmura-t-il à son oreille avant de l'embrasser sur la joue.

Une partie de moi était presque d'accord avec lui. Mais l'autre avait vu bien trop de choses pour croire à ce genre d'évaluation. Elle partait du principe que j'avais l'intention de tuer aveuglément, mais ce n'était pas le cas : j'avais une liste de cibles bien établie, et toutes avaient mérité leur sort.

Bientôt, elle comprendrait.

Après le Gala du Sang.

À ce moment-là nous en parlerions. Parce que j'avais besoin qu'elle soit dans mon camp, et une fois qu'elle aurait pris conscience de qui étaient vraiment nos adversaires, elle reviendrait à la raison, j'en étais persuadé.

Elle n'avait pas le choix.

Il n'y avait aucune alternative valable. Si les Anciens refusaient d'entendre raison, pourquoi le devrais-je ? Il fallait qu'ils paient pour leurs actes.

Je croisai le regard de Zen. Elle arborait une expression de défaite. Elle savait que je ne la suivrais plus jamais, pas après qu'elle ait laissé tomber ma mère et tant d'autres.

– Prends soin de toi, Zen, lui dis-je, et je le pensais.

Je ne lui souhaitais aucun mal.

C'était une faë puissante, pétrie de bonnes intentions. Simplement, elle n'avait pas envie de faire ce qui devait être fait. Heureusement pour elle, j'acceptais de m'en charger.

Et bientôt, ce serait aussi le cas d'Aflora.

Il est temps de partir, mon étoile, lui murmurai-je en pensée.

Est-ce que tu peux m'accorder quelques minutes pour dire au revoir à Shade ?

Je hochai la tête.

– Bien sûr.

Je lui pressai la main et la laissai faire, conscient qu'elle ne pouvait rien dire qu'il ne sache déjà.

Et s'il l'emmenait quelque part, j'avais un sort sous la main pour la ramener immédiatement.

Mais ce ne fut pas nécessaire.

Au bout de quelques minutes d'étreintes et de baisers intimes, elle me rejoignit dehors et reprit ma main, sa gratitude réchauffant notre lien.

– Je ne veux pas t'éloigner d'eux, avouai-je. Mais ce qui compte le plus, c'est ta sécurité.

Elle acquiesça.

– Je commence à le comprendre. (Elle me dévisagea.) Je crois que je commence aussi à te comprendre.

– Je n'en suis pas si sûr, mais ça viendra, murmurai-je en la guidant vers le portail. Je vais faire en sorte de ne pas te geler cette fois.

– J'apprécierais, répondit-elle, tandis qu'un frisson la parcourait à ce souvenir.

Je souris.

– Ou alors je recommence, pour pouvoir te réchauffer à l'ancienne ensuite.

Ses joues prirent une jolie teinte rose.

– Ramène-moi simplement à la maison, Zakkai.

À la maison, me répétai-je, et ma poitrine se réchauffa.

Je savais que ce n'était qu'un lapsus, qu'elle n'avait pas voulu dire ça. Mais malgré tout, ça sonnait bien.

Alors je hochai la tête.

Et la ramenai à la maison.

Ensuite, je la laissai pour qu'elle rêve de ses compagnons, et elle raconta à Kolstov et Zephyrus sa visite à Zen.

Nous avions créé un étrange petit cercle, où je cédais à ma reine bien plus que je ne l'aurais jamais imaginé. Et pourtant, je ne pouvais pas m'en empêcher. Elle était bien trop spéciale pour que je puisse l'ignorer.

Mon père souhaitait que je rompe nos liens.

Plusieurs Dilemmes, y compris Dakota, voulaient attaquer le Gala du Sang.

Et j'étais là à me prélasser dans un coin pendant qu'assise entre un Élite et un Guerrier, elle leur racontait sa journée.

Je fermai les yeux et me détendis en écoutant sa voix, songeant à l'avenir.

Les guerres exigeaient des sacrifices.

Que serait le mien ? Et quand l'heure serait venue, aurais-je toujours envie de le faire ?

Ces deux questions me hantaient, tournaient en boucle dans mon esprit, et je ne trouvais pas de vraie réponse.

Aflora était en train de me changer. En avoir conscience aurait dû me faire prendre du recul. Au contraire, je jetai un œil à son rêve et souris.

Peut-être que le changement aurait du bon.

Ou peut-être m'obligerait-il à payer le prix ultime.

Je m'examinai dans le miroir, fronçant les sourcils devant les boucles blondes qui retombaient sur mes épaules. J'avais les yeux verts qui allaient avec, et je portais une robe d'un rouge profond, au décolleté avantageux, qui moulait ma taille.

– Est-ce que tu as un penchant pour les Faë de l'Hiver ? me demandai-je à voix haute quand Zakkai entra vêtu d'un smoking, ses cheveux sombres coupés courts. J'ai l'air d'une Elfe royale.

Les oreilles en moins. Il avait arrondi les extrémités pointues pour les assortir aux siennes.

Il me contempla de son regard couleur saphir, changement de couleur surprenant au regard de son bleu argenté habituel, et sourit.

– Tu n'as rien d'une Elfe royale. (Il se plaça derrière

moi, enroula son bras autour de ma taille et posa le menton sur mon épaule.) Tu es éblouissante, mon étoile.

Je baissai les yeux sur mon décolleté.

– Tu dis ça uniquement parce que tu m'as fait une plus grosse poitrine, et que tu les as engoncés dans ce haut très inconfortable.

Mes seins débordaient, c'en était presque indécent.

Il suivit mon regard, et ses pupilles se dilatèrent tandis qu'il murmurait un sort qui leur fit reprendre leur taille normale.

– C'est mieux ? demanda-t-il doucement.

Je déglutis, le cœur en vrac à cause de son étreinte et sa proximité. Mais je parvins à murmurer :

– Oui. Merci.

Il m'embrassa dans le cou avant de me lâcher.

– Pour info, tu es magnifique, quoi que tu portes ou quelle que soit ton apparence.

À travers notre lien, je sentis qu'il était sincère, et je pensais la même chose de lui. Ses cheveux noirs et ses yeux saphirs lui conféraient une allure plutôt réussie. Il avait aussi légèrement altéré ses traits, avec un menton plus arrondi et des sourcils plus fins. Mon visage était plus anguleux, avec plusieurs taches de rousseur sur les joues et le nez.

Nos apparences étaient totalement différentes.

Mais je sentais le sort remuer sur ma peau comme un fil sous tension, mon vrai moi tapi dessous, attendant d'être révélé.

Zakkai boutonnait sa veste de costume au moment où quelqu'un frappa à la porte. Il s'avança et salua son père d'un :

– Tout ira bien, papa.

– Fameux derniers mots, répondit Laki.

Le grand homme entra dans la pièce vêtu d'un

pantalon couleur charbon et d'une chemise blanche. Pas de cravate. Il semblait avoir un penchant pour ce type de tenue. Je l'avais rarement vu vêtu d'une autre manière.

– Tu es venu pour te disputer encore un peu ? lui demanda Zakkai en glissant ma baguette dans la poche de sa veste.

Il prétendait toujours qu'elle lui appartenait, mais c'était à moi que répondaient ses brins magiques, pas à lui. D'où *ma* baguette.

Son père glissa ses mains dans ses poches.

– Non. Tu m'as clairement fait comprendre que tu n'avais aucune intention d'entendre raison.

– Si je me souviens bien, c'est toi qui m'as emmené à mon premier Gala du Sang après mon dix-huitième anniversaire, disant que cela me permettrait de prendre du recul. Je fais la même chose pour Aflora.

Le regard de Laki glissa sur ma robe avant de revenir à son fils.

– C'est une balise, Kai. Ils vont reconnaître son pouvoir.

Zakkai se dirigea vers sa commode pour y prendre une petite boîte à bijoux. Il l'ouvrit, révélant un collier en or où pendait une étoile en diamant.

– Puis-je ? me demanda-t-il en s'approchant de moi avec le bijou.

– Est-ce que ça va être la même chose qu'avec l'autre collier ?

– En quelque sorte, mais non.

Il me le montra pour que je l'inspecte. La chaîne paraissait ordinaire. Je touchai le métal, m'attendant à une décharge, mais ce ne fut pas le cas.

– D'accord, dis-je lentement avant de rassembler et remonter mes boucles rebelles pour exposer mon cou.

Zakkai passa gentiment la chaîne autour de ma gorge,

laissant descendre le pendentif le long de mon sternum, puis clipsa le fermoir sur ma nuque.

– Qu'est-ce que tu ressens ?

– Ça ressemble à un collier ordinaire, murmurai-je.

– Papa ?

Laki pinça les lèvres.

– La balise de pouvoir est bien atténuée.

Zakkai sourit.

– Il permettra aussi de dissimuler tes liens d'accouplement. (Il désigna une montre à son poignet.) Tout comme ceci cache mon lien avec toi, en plus d'émousser mes pouvoirs.

Je fronçai les sourcils devant le magnifique bijou.

– Mais je ne sens aucune différence.

– Parfait. Ça veut dire que mon sort a marché. (Il vint à côté de moi et reporta son attention sur son père.) Autre chose, papa ?

– C'est risqué.

– C'était aussi risqué pour moi il y a sept ans, murmura Zakkai. Elle a besoin d'y assister, tout comme moi à l'époque.

– Notre devoir envers Aflora est d'assurer sa sécurité, Kai. Là, c'est tout le contraire.

– Tout comme la laisser se faire mordre par Shade et emmener à l'Académie, rétorqua Zakkai. Pourtant, tu as jugé qu'il s'agissait d'un risque acceptable, malgré toutes mes protestations. Au moins, là, je lui ai laissé le choix.

Sa remarque fit remonter un souvenir, quand Shade m'avait dit que quelqu'un l'avait envoyé vers moi. Il avait mentionné qu'*il* lui avait dit que je serais belle.

Je n'avais jamais su à qui Shade faisait référence. S'agissait de Zakkai ou de quelqu'un d'autre ?

Le conseil des Faë de Minuit avait ordonné à Shade de

me mordre. Mais le connaissant, s'il avait obéi, c'était parce qu'il le voulait.

Du coup je me demandais qui lui avait dit de me mordre au départ. Et pourquoi.

Shade, appelai-je doucement, frappant en pensée à la porte qu'il avait créée. Je pouvais la forcer, mais je préférais qu'il me réponde de son plein gré.

Or il n'en fit rien cette fois, et son esprit était étrangement silencieux.

J'étais sur le point de retenter ma chance quand Zakkai entremêla ses doigts aux miens, détournant mon attention.

– Prête ?

– Oui, répondis-je.

Aucun de mes autres compagnons n'était au courant de ma présence ce soir. J'avais obtenu la confiance de Zakkai en échange de la possibilité de rêver sans qu'il intervienne. Comme il avait respecté sa part du marché, je me tiendrais à la mienne.

Ces deux dernières semaines (selon mon estimation) m'avaient ouvert les yeux, et j'avais découvert des choses. Zakkai avait passé presque tout son temps à m'enseigner la magie Dilemme tout en m'expliquant de nombreux points de l'histoire des Faë de Minuit. Il était patient et discipliné. Gentil, quoique sévère. Et une énigme sur pattes, qui parvenait à tout et rien m'expliquer à la fois.

Chaque nuit, nous partagions le même lit, et il m'autorisait à jouer en esprit avec mes autres compagnons. Pas vraiment sexuellement. Aucun d'entre eux n'était à l'aise pour faire quoi que ce soit en présence de Zakkai. Lui aussi gardait ses mains à l'écart, à part quelques contacts ici ou là.

Comme ce soir, quand il s'était placé derrière moi pour m'étreindre. Il me démontrait son affection sans me mettre mal à l'aise. Et il n'avait jamais rien exigé de moi en retour.

Nos fantasmes avaient fonctionné de la même manière. Il m'avait toujours donné du plaisir sans jamais demander de contrepartie.

J'étais partagée à son sujet. J'aurais dû le détester. Il s'était lié à moi quand nous étions enfants, puis il était parti. Et pourtant, lui aussi était enfant à l'époque. Rien de tout cela n'avait été notre choix. À présent, il était censé rompre ce lien, mais il s'y refusait. Cependant, j'étais persuadée que si je l'exigeais, il finirait par m'autoriser à briser notre connexion.

Mais ne j'étais pas sûre de le vouloir.

Alors je le laissai me diriger vers la porte. L'attitude de son père confirmait plus ou moins que Zakkai n'avait pas de mauvaises intentions pour la soirée. Bien entendu, tout cela pouvait n'être qu'une comédie, une possibilité que je gardais en tête tandis que nous sortions dans le couloir.

– Sois prudent, Kai, l'enjoignit son père. Et toi aussi, Aflora.

Je sentis une pointe d'émotion quand il prononça mon nom, et je vis scintiller son regard – en une seconde, tout disparut.

– Je la protégerai, répondit Zakkai. Comme je l'ai toujours fait.

Son père lui adressa un signe du menton.

– J'attendrai de vos nouvelles.

– Je sais.

Zakkai toucha l'épaule de son père en un geste presque réconfortant, puis me tenant toujours la mienne, il m'entraîna doucement à ses côtés dans le couloir.

Nous empruntâmes un chemin similaire à celui que nous avions pris pour aller rencontrer Shade. Depuis, je n'avais pas reparlé à mon compagnon Mortel ; sa connexion restait close et muette. Je fis une nouvelle tentative, parce que je voulais lui parler de la morsure, mais il ne répondait toujours pas. Je fronçai les sourcils.

– Qu'est-ce qui ne va pas ? s'enquit Zakkai alors que le couloir magique apparaissait devant nous pour nous permettre d'accéder au portail.

Je ne répondis pas de suite, ne sachant pas trop comment formuler mon inquiétude.

Tout en me tirant vers le portail, il posa le doigt sous mon menton pour m'obliger à lever les yeux sur lui.

– Aflora, dis-moi ce qui ne va pas.

Il ne tapa pas son code, me maintint dans le cocon de chaleur de son corps. Ses yeux bleu sombre étaient empreints de son intensité familière. Apparemment, aucun sort n'était capable d'altérer ce regard.

Je m'éclaircis la gorge.

– Je… Je pense à Shade. Je ne lui ai pas parlé depuis notre rencontre de l'autre soir. Et j'avais une question à lui poser.

– Laquelle ? s'enquit doucement Zakkai, tandis que son pouce suivait le contour de ma mâchoire.

– Le Conseil lui a ordonné de me mordre, chuchotai-je. Mais un jour, il m'a dit que quelqu'un l'avait averti à mon sujet. Et je me demandais…

Je m'interrompis et me mordis la lèvre, puis décidai de me lancer. Soit il me disait la vérité, soit il se défilait. Quel mal y avait-il à poser la question ?

– Eh bien, je me demandais si ce quelqu'un, c'était toi.

– Je vois, répondit-il. (Il me caressa les cheveux avant de poser la main sur ma nuque.) Shade et moi nous connaissons depuis bien longtemps. Mais je ne lui ai pas demandé de te mordre. C'est le conseil qui l'a fait. Et je soupçonne mon oncle Tadmir d'avoir joué un rôle dans cette histoire.

– Qui est Tadmir ? lui demandai-je, cherchant à capter

son regard. Je sais que c'est ton oncle, mais je ne l'ai jamais rencontré.

– C'est un conseiller Faë de Minuit, me répondit Zakkai.

Je fronçai les sourcils.

– Quoi ? Comment ? Mais s'il est de ta famille, alors n'est-il pas un… ?

– Un Dilemme ? suggéra Zakkai à ma place avec un sourire. Oui, en partie. C'est le demi-frère de ma mère. Ils ont eu la même mère Dilemme. Mais son père était un Faë du Paradoxe.

Je cillai.

– Une abomination.

– Oui. Capable de réécrire le pouvoir, c'est pour cette raison qu'aujourd'hui il se présente comme un Maléfique. Il s'est accouplé avec la lignée royale et a repris le flambeau de sa compagne, parce que les femmes n'ont pas leur place au Conseil.

– Donc… attends… Il lui a volé son poste de Conseillère en s'accouplant à sa lignée et en se servant de ses capacités de Dilemme pour modifier sa magie afin de… euh… rentrer dans le moule ? Et tout le monde est persuadé qu'il est un pur Maléfique ?

Je voulais être sûre de comprendre cette portion d'histoire tordue.

– Oui, c'est exact, répondit-il. Et qui plus est, il a fait tout ça avant que Constantine ne se lance dans sa quête de destruction des Dilemmes. Ce qui me fait penser qu'il savait ce qui allait arriver, et qu'il s'est servi de ses aptitudes de Faë du Paradoxe pour remonter le temps et modifier l'Histoire.

– C'est… wouah. Je ne sais pas trop quoi répondre à ça, lui avouai-je.

– Il a joué sur le long terme, murmura Zakkai, frôlant

mon pouls de son pouce. C'est pour ça que je ne suis pas surpris qu'il travaille avec Shade. De toute évidence il a vu quelque chose arriver, et il veut le changer. Je soupçonne donc que c'est à cause de lui que Shade a accepté de te mordre.

– Mais tu savais qu'il allait me mordre.

– Oui. (Ses yeux s'assombrirent sous le coup d'une émotion plus obscure.) Mon père ne m'a informé du plan qu'après qu'un Conseiller, peut-être même un ancien, ou bien Tadmir, lui a expliqué que le Conseil exigeait que Shade te morde. Il voulait que ça arrive et m'a demandé de coopérer. Comme je n'étais pas encore l'Architecte de la source, je n'avais d'autre choix que de lui obéir.

Je déglutis, sans voix.

Tout mon avenir m'avait été volé par une poignée d'événements sur lesquels je n'avais absolument pas eu mon mot à dire. Tout ça parce que mes parents avaient décidé d'aider les Dilemmes.

Non. Pas ça.

Tout ça parce que Constantine Nacht avait déclenché un génocide chez les Faë de Minuit. Mes parents avaient fait ce qui leur semblait juste : ils avaient protégé *des vies.* Et ils avaient tracé un chemin pour moi, qui m'avait entraînée dans une guerre à laquelle je n'aurais dû jamais prendre part.

Ou peut-être que ç'avait toujours été mon destin d'être liée à quatre Faë de Minuit. Le centre d'un conflit. Une Faë Terrestre qui favorisait la vitalité au milieu d'une mer de violence.

– Shade et moi avons une longue histoire, me dit Zakkai doucement, me tirant de mes pensées. Quand j'ai découvert les intentions du Conseil, je suis allé le voir et lui ai demandé d'assurer ta protection. Il savait déjà tout de toi, parce que je lui avais parlé de toi quand nous étions plus jeunes, alors que j'étais encore en train de me remettre de ce sort qui nous avait séparés. En fait, c'est comme ça que j'ai rencontré Shade. Il m'a trouvé roulé en boule par terre et m'a demandé ce que je foutais là.

Il se mit à rire à ce souvenir, et j'aurais ri aussi si j'avais trouvé un quelconque humour à cette situation.

– Je lui ai tout raconté à ton sujet. Je lui ai dit que tu étais magnifique, que tu aimais les fleurs, et aussi à quel point notre amitié me manquait. Il a hoché la tête d'un air solennel et compréhensif, et puis il m'a dit qu'il savait ce que c'était que de devoir exécuter des ordres douloureux.

Il se tut un moment, et toute trace d'amusement disparut tandis que son regard se faisait vague.

– Après ça, nous n'étions pas tout à fait des amis, mais nous nous comprenions d'une manière unique, qui a continué au fil des années. Je n'étais pas ravi à l'idée qu'il te morde, mais je dois admettre que je préférais que ce soit lui plutôt que n'importe qui d'autre.

Il y en avait d'autres ? faillis-je demander, mais la voix me manquait.

Et il n'avait pas fini de parler.

– Shade a toujours su que tu étais à moi. Et pourtant, il s'est totalement accouplé à toi. Je ne peux pas dire que j'en sois surpris. Le défi, c'est une seconde nature chez lui. Mais je sais aussi qu'il y a quelque chose de beaucoup plus profond chez lui. (Il posa son front contre le mien et ferma les yeux.) C'est beaucoup plus profond que ça pour moi, aussi.

– Tu l'as prévenu que je serais belle, murmurai-je, me rappelant des paroles de Shade ce jour-là.

– Non, je lui ai dit que tu étais belle. Quand j'étais plus jeune, j'ai dû le dire un millier de fois. Je lui ai parlé de tes fleurs, de ton amour de la vie, de ta beauté. À l'époque, c'était une remarque enfantine, parce que je voulais dire que tu étais une belle personne. Aujourd'hui, je dirais que tu es éblouissante.

Il écarta son front du mien, ouvrit les yeux et me contempla.

– Même avec le sortilège, je te vois *toi*, Aflora. Et tu me coupes le souffle à chaque fois, même avec ces boucles blondes et ces yeux verts. Là-dessous, tu seras toujours ma Flora. Mon étoile brillante. Jamais je ne verrai une autre que toi.

Je sentis une boule se former dans ma gorge, et je ne savais pas quoi lui répondre. Son histoire était émouvante, et pourtant c'était terriblement mal.

Ils avaient pris tant de décisions à propos de ma vie, m'ôtant le moindre choix.

Pourtant, j'arrivais à les comprendre.

Et s'il fallait vraiment les évaluer, ou décider par moi-même, je n'étais pas certaine que j'aurais fait des choix différents. Au départ, je me serais peut-être battue pour une issue différente, mais avec ce que je savais à présent, je ne voyais pas d'autre chemin que j'aurais pu emprunter.

J'avais l'impression que ça faisait des années que j'avais attendu dans ce café que Glacier me rejoigne. Je n'étais plus cette fleur délicate qui se languissait d'un garçon qui ne m'estimait pas à ma juste valeur.

À présent j'étais dans les bras d'un homme qui avait tout sacrifié pour me protéger.

Si c'était une ruse, le mensonge était terriblement convaincant. Parce que je ressentais ses émotions à travers notre lien, et sa sincérité me réchauffait les veines, m'allait droit au cœur.

Je n'avais rien à dire.

Pas d'accusations à porter, pas de diatribes.

Je pouvais me battre contre lui pour toujours, le détester pour avoir pris toutes ces décisions en mon nom, ou je pouvais choisir de voir à quel point lui non plus n'avait pas eu le choix. Je pouvais décider d'admirer sa façon de gérer ce poids sur ses épaules. Je pouvais choisir de lui pardonner ses actes. Je pouvais choisir de lui faire confiance. Je pouvais choisir de l'étreindre.

J'enroulai mes doigts autour de ses bras ; je sentais sa chaleur et sa virilité au travers de la soie douce de sa veste. Puis je me hissai sur la pointe des pieds, et fis le *choix* de l'embrasser. Je fis le choix de lui accorder une partie de mon cœur. Je fis le choix de laisser ce moment grandir entre nous. Je fis le choix d'accepter nos destins liés.

Ce n'était pas parfait.

Ce n'était pas un conte de fées.

Ce n'était même pas gentil.

Mais ça semblait juste.

Je choisis de te croire, lui mimai-je en l'embrassant tendrement. *Je fais le choix de nous accepter.*

Son bras entoura le bas de mon dos, son autre main toujours sur ma nuque, et il me rendit mon baiser, tandis que sa langue se glissait dans ma bouche pour caresser la mienne.

Son essence bouillonnait autour de moi, et son pouvoir possédait une saveur addictive dont j'avais envie de me délecter pour l'éternité. Mon âme exultait, la vie s'épanouissait en moi tandis qu'il réveillait une partie assoupie de mon esprit.

Mon compagnon perdu depuis longtemps.

Mon Kai.

Je m'accrochai à lui, m'abandonnant à la chaleur et la richesse de notre connexion. Et je soupirai quand notre baiser prit doucement fin.

– Je suis désolé, murmura-t-il contre ma bouche. Mais si on continue comme ça, jamais on n'arrivera au Gala du

Sang, et je te dois la vérité, Aflora. Il faut que tu voies les choses pour comprendre notre destin.

Je hochai la tête, comprenant et acceptant ses intentions.

– Promets-moi que tu ne feras de mal à personne.

– Je promets que je ne ferai de mal à personne sans provocation, rétorqua-t-il en saisissant mon menton entre son pouce et son index. Si quelqu'un cherche à nous faire du mal, je riposterai.

Cela me semblait juste, alors j'acceptai d'un autre geste du menton.

– Je l'accepte.

Il me sourit.

– Tant mieux. (Ses lèvres frôlèrent les miennes encore une fois.) À présent, cramponne-toi à moi. Nous allons sauter de portail en portail pour couvrir nos traces.

J'entrai dans la chambre de Kols et m'arrêtai en le voyant penché sur le banc au pied de son lit.

– Je suis presque prêt, me dit-il sans me regarder, concentré sur son lacet qu'il était en train de nouer.

Je m'appuyai contre le chambranle et croisai les bras, plus que ravi de le voir dans ce costume noir. Au cours des dernières semaines, notre relation avait gagné en profondeur, et les liens du sang avec Aflora et entre nous avaient éveillé en moi des sensations inédites qui m'avaient fait voir la vie sous un jour quelque peu différent.

Kols m'avait mordu, assumant notre relation comme jamais auparavant.

Et l'instant d'après, il s'était soumis à moi, conscient que c'était ce dont j'avais besoin.

Le garçon que j'avais connu toute ma vie était devenu

un homme bien plus grand que moi. Je ne savais ni quand ni pourquoi il m'avait choisi. Ce faë savait que je ne le méritais pas. Mais tandis qu'il se tournait vers moi à présent, ses iris dorés pétillant de pouvoir, je ne pouvais formuler le moindre regret.

À l'exception de notre chaînon manquant.

Aflora.

– Moi aussi j'aimerais qu'elle soit là, dit Kols en s'approchant de moi.

– Tu lis dans mes pensées ?

– Je dirais plutôt sur ton visage, répondit-il.

Il glissa la main autour de ma nuque et m'attira dans un baiser dont l'audace me renversa. Je le saisis à la gorge, la serrant un peu tandis que je prenais le contrôle de notre baiser avec ma langue.

Il pressa son entrejambe contre la mienne alors qu'un feu s'embrasait entre nous.

Concentrés sur d'autres choses, nous ne nous étions pas touchés de cette manière depuis l'autre soir. Mais notre lien était bien vivant et brûlant, il suppliait Kols de le conclure par une dernière morsure.

Entre Kols et Aflora, je me sentais si entier que j'avais du mal à me reconnaître. C'était comme s'ils avaient insufflé une nouvelle vie dans mes poumons, donné à mon cœur une raison de battre, déclenché en moi une chaleur torride qui suppliait d'être satisfaite.

J'avais besoin d'elle.

J'avais besoin de lui.

J'avais besoin d'*eux*.

Mes dents effleurèrent sa lèvre, le menaçant de mordre. Je le sentis me presser de le faire à travers notre lien partiel. Pour l'instant, nous ne pouvions pas tout à fait nous capter. Mais nos années d'expérience et le renforcement de nos liens nous avaient permis d'acquérir une nouvelle vision.

– Zeph, gémit-il, sa prise se resserrant sur ma nuque. Je…

Un raclement de gorge l'interrompit, et la présence dans mon dos me rappela que j'avais laissé la porte grande ouverte.

Merde.

– Écoutez, je me fous de ce que vous faites derrière des *portes closes*. Mais s'il vous plaît, n'oubliez pas qu'il y a d'autres personnes qui vivent dans cette maison. Et ta mère n'apprécierait pas.

La voix de Malik Nacht véhiculait son habituel ton de reproche, mais il y avait un soupçon d'amusement au fond de ses yeux dorés lorsque je me tournai lentement pour lui faire face.

Le roi Élite était d'une bonne humeur inhabituelle ces derniers jours, ce que Kols et moi avions du mal à comprendre. Tout était parti en vrille avec Aflora. Shade était incapable de la localiser, du moins c'était la version officielle qu'il servait au Conseil, et techniquement, Kols avait échoué à son épreuve. Pourtant, Malik agissait comme si tout était normal, allant même jusqu'à m'inviter chez eux comme il le faisait quand je remplissais pour Kols le rôle de premier Gardien.

– Désolé, papa, dit Kols, dont l'épaule heurta la mienne lorsqu'il vint se placer à côté de moi. Tout est prêt pour le Gala du Sang ?

– Ouaip. Il nous reste simplement quelques petites choses à vérifier. Et il manque à Zeph une pièce maîtresse à sa tenue.

Je fronçai les sourcils en baissant les yeux sur mon costume tout noir, le même style que celui de Kols, sauf que sa cravate était plus fine que la mienne. Je lui jetai un coup d'œil et vis la même confusion sur ses traits.

Malik glissa la main dans sa veste et en sortit une boîte, qu'il me tendit avec un regard impatient.

– Je crois que ça va sur ton revers.

Mon cœur cessa de battre.

Ce n'est pas possible…

Il ne veut pas dire…

Le regard de Kols reflétait la même lueur que celle que je ressentais au fond de ma poitrine. *L'espoir.*

Il me fallut toute ma volonté pour ne montrer aucune réaction. On apprenait aux Guerriers à être stoïques. Durs. *Coriaces.* Je ne pouvais m'autoriser à manifester une once d'émotion, surtout si c'était bien ce que je pensais.

Je me raclai la gorge et soulevai le couvercle ; à l'intérieur, la broche rouge et or familière scintillait sous le plafonnier. *Mon badge de Gardien.*

Malik me l'avait repris après tout ce qui s'était passé avec Dakota. Et maintenant… Maintenant il me le rendait…

– Ça veut dire que je suis réintégré ? lui demandai-je en m'obligeant à garder un ton neutre.

– Oui, me répondit Malik. Il me semble que tu l'es déjà depuis un bout de temps. Ça ne fait qu'officialiser la chose. (Il me donna une tape sur l'épaule avant de se tourner vers Kols.) À présent, nous devons parler de cette soirée. Il y a certaines choses que je ne t'ai pas dites.

Tout à coup, ce moment avait pris fin.

Félicitations, Zeph. Ta connerie est officiellement pardonnée. Tu peux donc continuer à risquer ta vie pour mon fils. Passons…

Je faillis lever les yeux au ciel, mais je me forçai à adopter une attitude indifférente et à me concentrer sur sa remarque au sujet du Gala du Sang.

Il se lança dans les foutaises habituelles concernant les toasts et célébrations de l'indépendance des Faë de Minuit par rapport aux ingérences néfastes des

Dilemmes. C'était le baratin politique typique jusqu'à ce qu'il dise :

– Et j'ai pris la liberté d'écrire ton discours. (Il sortit un papier de sa poche.) Compte tenu des difficultés de notre situation actuelle, en particulier avec ton grand-père qui réclame le report de l'ascension, j'ai trouvé plus judicieux de le préparer pour toi. Si tu le prononces bien, alors à la même date l'année prochaine, tu devrais être sur la bonne voie pour accéder à mon trône.

Les mots « *Si tu ne le prononces pas bien* » semblèrent flotter dans l'air entre nous, sous-jacents. Une menace latente à laquelle il fallait se soumettre.

Ou peut-être que son père n'imaginait tout simplement pas une autre alternative.

Kols parcourut le papier, et son regard se fit plus dur à mesure qu'il lisait.

– Bien, dit-il quand il eut terminé. Merci, père.

Père, pas *papa*.

Il n'avait pas l'air emballé par le discours que Malik lui avait concocté.

– Magnifique, répondit son père, visiblement inconscient du mécontentement de son fils. À présent, je dois encore te faire part d'une chose, parce que je ne veux pas que l'annonce te surprenne plus tard. (Il s'interrompit pour me regarder, en pleine réflexion.) Bon, étant donné que tu es réintégré, ça ne peut pas faire de mal de te mettre dans la confidence. Après tout, tu assures la protection du futur roi.

Je cillai, faisant de mon mieux pour ne pas montrer de réaction.

Mais je n'aimais pas du tout la tournure que prenaient les choses.

– Nous avons beaucoup de difficultés à retrouver Aflora, et malheureusement, nous ne l'avons pas encore localisée. Mais Chern et Shadow sont parvenus à déterminer où se trouve quelqu'un d'autre que les Anciens traquent depuis plus de mille ans.

Kols se crispa.

– De qui s'agit-il?

– Zenaida, répondit Malik, et le triomphe tourbillonnait au fond de son regard. Les Guerriers sont à présent en chemin pour l'emmener en détention. Et nous avons l'intention de la traduire en justice en guise de conclusion.

– Zenaida, l'ancienne reine des Faë de Minuit? l'interrogeai-je, pour m'assurer que je comprenais bien cette annonce.

– Exactement. La femme qui nous a tourné le dos à tous au profit de ses compagnons. Nous l'avons enfin trouvée.

Malik avait renoncé à contenir sa joie. Apparemment, traquer une faë et l'exhiber, c'était le genre de choses qui l'excitait.

– Je la croyais morte, répondis-je, faisant de mon mieux pour ne pas péter un plomb.

Car c'était quoi ce *bordel?*

– Comme nous tous, confirma Malik. Mais bientôt, ce sera le cas.

Il prononça cette dernière phrase avec l'expression réjouie du méchant qui attend avec impatience de perpétrer son prochain crime.

Kols s'obligea à sourire.

– Bien joué, père. Je suis certain que Constantine est ravi.

– Il est parti avec les Guerriers pour s'assurer que tout se déroule comme prévu, lui répondit Malik. Bien. Il faut que je vous laisse. À tout à l'heure. Et essaie de te montrer gentil avec Emelyn ce soir. Elle sera bientôt ta compagne.

Il s'en alla dans un tourbillon de noir, disparaissant dans le couloir avec une démarche nerveuse qui témoignait de son excitation face aux événements à venir.

Je fermai la porte, la verrouillai, et me tournai juste au moment où Tray et Ella faisaient irruption dans la pièce. Visiblement, ils avaient écouté à travers la porte adjacente qui donnait sur les appartements de Tray.

– Est-ce que j'ai bien entendu ? s'enquit Tray. Shade a balancé l'emplacement de sa grand-mère ? Et les Guerriers sont en chemin pour la capturer et l'amener à la fête, où elle sera jugée ?

– Voilà une bien jolie manière de dire qu'ils vont la torturer et la tuer, marmonnai-je, bien conscient des intentions de Malik Nacht et du Conseil.

– C'est ce qui me préoccupe le plus, dit Kols, concentré sur la porte.

– Aflora ? devina Tray. Elle est avec Zenaida ?

– Non, elle est avec Zakkai. Elle va bien. (Kols se tourna vers moi.) Zeph, cet homme n'était pas mon père.

– Quoi ?

– La magie qui l'entourait était fausse. Et *jamais* mon père ne se serait réjoui du procès d'une faë de manière aussi publique. Soit on lui a jeté un sort, soit quelqu'un portait sa peau. Et ça ? (Il lui montra le discours.) *Ça,* ce n'est pas le genre de choses que mon père m'aurait demandé de dire. *Jamais.*

Il me tendit le discours comme pour me convaincre.

Au bout de trois phrases, je ne pouvais qu'être d'accord avec lui.

– Tu as raison. C'est ton grand-père tout craché.

– Il y a vraiment quelque chose qui cloche, dit Kols.

Je hochai la tête. *Aflora ?* l'appelai-je en ouvrant notre lien.

Silence.

Je fronçai les sourcils et essayai une fois encore.

Nouveau silence.

– Aflora ne me répond pas, dis-je en me renfrognant. Mais notre lien n'est pas fermé. C'est… C'est presque comme si je n'entendais que de la friture.

– Merde. Ça ne sent pas bon. (Kols reprit le discours qu'il glissa dans une poche de son pantalon et se mit à faire les cent pas.) On peut essayer de localiser Shade ?

En temps normal, j'aurais ri d'une requête aussi idiote. Mais je manquais d'humour ces derniers temps.

– Je ne sais pas comment le trouver.

– Moi non plus, ajouta Tray.

Aflora ? essayai-je une troisième fois, dans l'espoir que, peut-être, j'avais commis une erreur les deux premières fois.

Toujours rien.

– Tu ne penses quand même pas qu'elle essaierait d'assister au Gala, si ? demandai-je, exprimant ma pensée à haute voix.

Kols s'arrêta et se tourna vers moi.

– Qui ? Aflora ?

– Oui.

Il grogna et reprit ses allers-retours dans la pièce.

– Pourquoi viendrait-elle ?

– Pourquoi Zakkai lui permettrait-il de rêver de nous toutes les nuits ? répliquai-je.

– Pour la rendre plus malléable.

– Oui, dans quel but ? insistai-je. Depuis le début, nous savons qu'il attend quelque chose d'elle. C'était la raison qui l'a poussé à accepter qu'elle nous parle. Et si sa requête, c'était d'assister au Gala du Sang ?

– Il serait complètement fou de venir ici. La garde des Guerriers va être triplée à la frontière ce soir. Sans parler de la multitude de gardes et de sorts. Il mourrait à peine arrivé.

– C'est l'Architecte de la source, lui rappelai-je. Il est capable de tout défaire.

– Dans quel but ? Pour exploser le gala ? (Kols se mit à rire à cette idée, avant de s'arrêter de nouveau.) Les Guerriers recherchent Zenaida. (Il pivota pour me faire face.) Ce qui signifie qu'il y aura moins de gardes présents. Parce que quelqu'un a fait diversion.

– Tu crois qu'il prépare quelque chose ?

– Je me dis que si c'est le cas, alors il faudra qu'il paie pour ça, répondit Kols. Et ça n'explique en rien ce qui vient de se passer avec mon père. Ni ce maudit discours.

Exact. Je me palpai la nuque, tentant de réfléchir, en vain.

– Peut-être que Shade sera au gala.

– Peu probable, intervint Tray. Il n'y a jamais assisté avant.

– S'il mijote quelque chose, il sera présent ce soir, rétorquai-je.

Et ce Mortel préparait toujours quelque chose.

– Peut-être qu'on devrait y aller, suggéra Ella. Voir ce qui se passe.

– Il est encore trop tôt, répondit Kols, qui creusait une tranchée dans le parquet à force de faire les cent pas. Il faut aussi que j'attende l'arrivée d'Emelyn, ajouta-t-il entre ses dents, visiblement agacé.

Cette semaine, il avait tenté à plusieurs reprises de convaincre son père de l'autoriser à y assister seul, mais en vain. Aux yeux de la famille Nacht, les traditions étaient importantes.

– Je pourrais y aller tôt, dis-je. En fait, je pourrais même y aller tout de suite, et te retrouver à ton arrivée pour te mettre au courant de mes découvertes.

Au vu des derniers événements, c'était le meilleur plan que j'avais pu trouver.

Et je vis au regard de Kols qu'il était d'accord.

– Hors de question que je prononce ce discours, marmonna-t-il. Je préférerais plutôt annoncer à tout le monde que je me suis accouplé à toi.

Je souris.

– J'aimerais entendre ce discours.

– Ouais, jusqu'au moment où les Anciens réclameront nos têtes, j'en suis sûr, répondit-il.

Je sortis le badge de la boîte que je tenais toujours, puis je paradai en arborant mon insigne de Gardien.

– Je me moque de savoir si c'était ton père ou non. Ce truc, je le garde.

– Il est à sa place, répondit Kols qui s'approcha de moi, et prit mon visage en coupe. Ne fais rien de téméraire.

– Je ne fais pas dans le téméraire.

– Non, pas en temps normal, c'est vrai, acquiesça-t-il. Mais Aflora a tendance à nous pousser à agir de façon anormale.

Je souris. Il n'avait pas tort.

– Je saurai me tenir.

– En fait, ce n'est pas du tout ce que j'ai dit, me répondit-il d'un ton taquin.

Il pressa ses lèvres contre les miennes, ce qui ne fit que souligner son propos au sujet de nos actions anormales. Parce qu'il ne s'était jamais montré aussi audacieux avec moi. Et jamais devant les autres.

Évidemment, Tray savait qu'on s'envoyait en l'air de temps en temps.

Mais c'était une affaire privée.

Et le baiser que m'accordait Kols à cet instant était tout sauf privé.

Il était même carrément indécent, et je lui retournai la

faveur en plantant mes dents dans sa lèvre inférieure pour en faire couler le sang. En réponse, je vis tourbillonner ses iris dorés, tandis que je léchais la plaie.

Ensuite, je reculai d'un pas pour qu'il ne puisse pas me faire la même chose.

Nous n'étions pas encore prêts pour le dernier stade.

Pas sans Aflora.

– Je te retrouve plus tard, lui promis-je. Essaie de ne pas assassiner Emelyn pendant mon absence.

Kols grogna.

– Je ne peux rien te promettre.

Je souris, puis adressai un signe de tête à un Tray médusé. Il restait sans voix après la démonstration d'affection dont il venait d'être témoin entre Kols et moi. Et pendant ce temps, Ella souriait jusqu'aux oreilles.

Je levai les yeux au ciel et quittai la pièce.

Aflora, murmurai-je dans le vide de notre lien. *Si je découvre que tu es là, je vais te pencher sur une table, te donner la fessée, et te sauter sauvagement.*

Pas de réponse.

Je contractai la mâchoire.

J'aurais dû au moins être capable de la ressentir, mais je n'entendais strictement rien. C'était presque comme si elle avait été totalement isolée de moi… Comme quand elle portait ce collier autour du cou.

Je m'arrêtai brusquement, haussant les sourcils.

Oh, merde…

Le manoir Nacht me donnait des frissons.

Les vignes semblables à des serpents, les gargouilles et autres espèces sauvages et sombres qui hantaient les lieux n'avaient qu'un objectif : protéger la famille Nacht.

Il m'avait fallu trente minutes pour retisser les sorts défensifs. Pendant que je travaillais, Aflora était restée à mes côtés en silence, son esprit en harmonie avec le mien. En fait, cela nous procurait même une occasion d'apprendre une leçon sur la magie des Dilemmes.

– Est-ce que tu as mémorisé tout ce que je viens de faire ? lui demandai-je au moment où nous pénétrions dans la grande salle.

Nous venions de remettre nos invitations à un Guerrier proche.

Personne ne faisait attention à nous, pas même les deux gargouilles à ses pieds.

– Oui, chuchota-t-elle. C'était fascinant à regarder. Est-ce que c'est comme ça que... ?

Elle s'interrompit, et ses yeux croisèrent les miens alors qu'elle formulait une question que je n'entendis pas.

Je fronçai les sourcils.

– Est que c'est comme ça que quoi ?

Elle soutint mon regard un peu plus longtemps, puis fit la moue.

– Tu ne... euh... m'entends pas ?

– Si, je t'entends parfaitement.

– Non, je veux dire...

Elle désigna rapidement sa tête.

Oh. Tu veux dire dans ton esprit ? lui demandai-je en ouvrant notre lien.

Elle continua de me fixer.

Tu ne m'entends pas ? lui demandai-je.

Rien.

– Mmmh.

Je libérai sa main pour glisser mon bras dans de son dos avant de l'entraîner vers la salle de bal. Je ne voulais pas que quiconque remarque notre hésitation.

Elle me suivit, évoluant avec grâce à mes côtés, traversant la foule des participants en rouge et noir. Chaque année, le thème était récurrent : les femmes portaient du rouge, les hommes du noir. J'aurais bien fait remarquer que c'était terriblement cliché pour des faë vampires, mais je suspectais qu'il y avait sûrement une bonne raison pour que les humains associent ces couleurs aux créatures nocturnes.

Les murs étaient ornés de décorations rouge et or, ainsi que d'une multitude de torches et de chandelles. Ces dernières étaient toutes allumées, ainsi que les chandeliers au-dessus de nos têtes.

Des gargouilles arpentaient la salle avec des plateaux et offraient des rafraîchissements.

Les tables étaient recouvertes de soie noire.

Et la scène à l'avant de la salle supportait un trône parmi plusieurs autres fauteuils ornementés ; chacun d'entre eux représentait un Conseiller, ou un descendant.

J'affichai des sourires forcés pendant que nous déambulions, sans m'arrêter pour parler à qui que ce soit. Je récupérai deux verres de vin rouge infusé de sang sur un plateau qui passait devant moi. J'en tendis un à Aflora et gardai l'autre pour moi, puis la conduisis à l'une des tables à l'arrière. Nous n'étions pas le seul couple à agir de cette manière : tout le monde souhaitait réserver une place de choix pour l'événement de ce soir.

Parce qu'il ne s'agissait pas d'un gala ordinaire.

Cela ressemblait plutôt à une pièce de théâtre, créée dans le but d'honorer le régime politique actuel.

Il y aurait des rencontres et des discussions autour de verres de vin.

Puis une entrée en grande pompe du Conseil des Faë de Minuit, seconds et descendants inclus.

Ensuite débuterait la véritable fête, menée par Malik Nacht.

Une fable serait diffusée dans l'air, agrémentée de charades magiques, tandis qu'ils joueraient les scènes avec des figurines impétueuses.

Une fois le portrait déformé de notre Histoire achevé, des toasts et des mots enchanteurs seraient prononcés par tous ces personnages puissants, dont le dernier serait le roi Élite.

Je me doutais que le prince Kolstov aurait l'obligation de parler ce soir.

J'avais hâte d'entendre ce qu'il avait à dire sur le sujet, surtout que cette année, il s'était accouplé à une Dilemme.

Aflora se racla la gorge et haussa un sourcil.

– Pourquoi on ne s'entend pas ? demanda-t-elle d'une voix douce.

Je posai mon verre de vin et tendis la main pour toucher son collier.

– Il est vraiment charmant, ma chère, dis-je, espérant qu'elle comprendrait l'allusion dans ma remarque désinvolte.

Je n'étais pas en train de l'ignorer, j'étais en train de lui *répondre.* Du moins, je lui transmettais ma meilleure hypothèse. Nous portions tous deux des bijoux destinés à masquer nos pouvoirs. Il y avait de grandes chances que ce soit la cause de notre incapacité à nous entendre.

Elle se renfrogna.

– Oh.

Oui, elle avait compris le message.

– Je n'avais pas réalisé l'effet qu'il aurait sur ta peau, ajoutai-je. C'est vraiment magnifique.

– Merci, répondit-elle en jouant avec le pendentif en forme d'étoile.

Son regard m'informa qu'elle avait reçu mon message cinq sur cinq.

Celui-ci était double. En premier lieu, je n'avais pas réalisé l'impact qu'il aurait sur notre lien. De plus, il y avait des yeux et des oreilles partout. Nous ne pouvions pas avoir de conversation franche ici.

Elle tendit la main pour prendre son verre mais je saisis son poignet, puis me penchai pour renifler le contenu.

– Oh, je crois qu'ils ont mis du B négatif dans celui-ci, chérie. Je sais que tu n'aimes vraiment pas ça. Nous devrions pouvoir trouver un plateau avec un autre arôme, avec un peu de chance.

Ses yeux s'arrondirent, et elle faillit lâcher son verre.

Oui, je les avais pris uniquement pour la galerie. C'était pourquoi j'avais laissé le mien sur la table.

Elle posa le sien avec précaution à côté du mien, plissant le nez avant de s'éclaircir la gorge.

– Merci, *mon chéri*. Je détesterais boire quelque chose d'aussi acide.

Je souris. Le sang n'était pas *acide* à proprement parler, mais peu importait.

– Oh, je ne sais pas. Il paraît que le B négatif est assez savoureux mélangé à du vin rouge, déclara d'une voix grave un Guerrier qui s'assit juste à côté d'Aflora. (En retour, je vis les poils de ses bras se hérisser, et les pointes de ses mamelons se dresser sous sa robe.) Vous devriez peut-être essayer, *ma chérie*.

Zephyrus plissa ses yeux verts sur elle avant de les reporter sur moi, me défiant de réagir.

Je me contentai de hausser les épaules, puis repérai le badge à son revers.

– Gardien Zephyrus. Ne devriez-vous pas être en train de préparer les événements de ce soir avec le prince Kolstov ?

– C'était le cas, vous savez, dit-il en se calant sur son siège. Mais il m'a envoyé ici plus tôt pour profiter du décor. Je crois qu'il veut que je choisisse une collation pour ce soir. (Son regard retomba sur les seins d'Aflora.) Je crois avoir trouvé ce que j'ai envie de manger.

Elle rougit.

– Voilà qui est plutôt direct de votre part.

– Ah oui ? rétorqua-t-il. (Il se pencha pour chuchoter :) Je reconnaîtrais ce corps entre mille, jolie fée. Mais jolie robe. (Il sortit une carte de sa poche, la fit tourner entre ses doigts et la posa sur la table.) Vous avez trente secondes pour m'expliquer ce que vous foutez là.

– Bien joué, le complimentai-je. (Je vérifiai mentalement la magie de ce dispositif destiné à étouffer les conversations. Aux yeux de notre entourage, nous échangions simplement des politesses. Et n'importe quel mouchard ferait le même constat.) Nous ne sommes pas ici pour créer des problèmes. Je veux juste qu'Aflora entende la version de la famille Nacht au sujet des Dilemmes.

– C'est fascinant, dit-il. Pourquoi je n'arrive pas à entendre ma compagne ?

– Le collier qu'elle porte masque à la fois son essence et son pouvoir à l'assistance, et ma montre remplit le même office pour moi. (Je lui saisis le poignet alors qu'il tendait la main vers elle.) Ne le lui retire pas. À la seconde où tu le feras, elle s'illuminera comme une foutue balise.

Ce n'était pas un terme que j'affectionnais, mais mon père avait eu raison de l'employer tout à l'heure.

Zephyrus soutint mon regard plusieurs secondes, avant de dégager ma main et de poser la sienne sur ses genoux.

– Kolstov croit que son père est sous l'emprise d'une sorte d'enchantement, ou peut-être même que ce n'est pas vraiment lui. Et les Guerriers sont en chemin pour capture Zenaida. Elle est censée être le point d'orgue de la soirée.

Je haussai soudain les sourcils à cette nouvelle.

Aflora hoqueta.

– *Quoi ?* (Elle me dévisagea, les yeux écarquillés.) Il faut qu'on prévienne Shade.

– Détends-toi, l'avertis-je rapidement. Le sort qu'a jeté Zephyrus ne couvre que nos voix, pas nos expressions.

Et j'avais déjà attiré quelques regards vers nous en saisissant le poignet du Gardien. Avec un peu de chance, tous pensaient que nous étions en train de nous taquiner au sujet de ma cavalière.

Bon sang, il avait plus ou moins déclaré son intention

de la ramener dans les quartiers de Kolstov et de la sauter sans autre forme de présentation, ni même de discussion préalable.

Heureusement, c'était cohérent avec ce que je savais être son comportement habituel avec les femmes. Il n'était pas du genre à mâcher ses mots ni ses propositions.

Aflora rectifia son expression, et pendant un bref instant, je fus impressionné par son aptitude à feindre la nonchalance.

Puis je me remémorai les mots du Gardien.

– Impossible qu'ils l'aient trouvée, annonçai-je.

– Si l'on en croit la version ensorcelée de Malik, Shade leur a fourni son…

La carte posée sur la table fut réduite en cendres, interrompant l'explication de Zephyrus.

Mais cela me suffisait pour déduire ce qu'il avait eu l'intention de me dire.

Shade a dévoilé l'emplacement de sa grand-mère.

Il ne ferait jamais une telle chose de son plein gré. Il y avait donc un autre piège en cours, dans lequel je redoutais que Zéphyrus n'ait mis les pieds.

Si le Conseil savait pour leurs liens, ils allaient s'en servir pour obliger Aflora à sortir de sa cachette. Et je venais juste de l'amener en plein cœur du territoire Nacht.

Les sens en éveil, j'observai notre entourage, et me focalisai sur le badge de Zephyrus.

Maudit faë.

Le Gardien venait de les mener droit sur nous. J'aurais dû le scruter plus attentivement quand il s'était assis, et le fouiller pour trouver les traces d'un éventuel enchantement.

Parce que ce n'était pas Aflora la balise. C'était Zephyrus.

– On devrait y aller, dis-je à l'attention d'Aflora.

– Oh non. Je pense vraiment que vous devriez rester, dit une voix douce dans mon dos.

Zephyrus écarquilla les yeux, et Aflora se raidit.

Je me contentai de secouer la tête, et soupirai.

– Bonjour, Constantine.

Même si je n'avais jamais eu le malheur de le rencontrer en personne, j'aurais été capable de reconnaître sa voix entre mille.

– Zakkai, répondit-il en s'asseyant à côté de moi, tandis que plusieurs Guerriers surgissaient d'une brume enchantée pour occuper le reste de notre table.

Ouais, ça allait mal finir.

Ce que je ne parvenais pas à comprendre, c'est comment ils avaient appris que nous assisterions à l'événement de ce soir. J'avais fait preuve de prudence avec toutes les protections, et Aflora n'avait soufflé mot à personne de…

Dakota, réalisai-je, tandis que ses cheveux bruns apparaissaient dans mon champ de vision. *Cette maudite pétasse.*

Elle m'adressa un petit signe de la main, comme si elle m'avait entendu. Puis elle vint se placer derrière Constantine, caressant légèrement ses épaules.

– Est-ce qu'il te faudra autre chose ? lui demanda-t-elle.

– Non, chérie. Tu as été parfaite, merci.

Il se pencha pour embrasser son poignet, la congédiant comme il le faisait avec la plupart des femmes.

Je vis Zephyrus contracter la mâchoire, sa main posée sur la cuisse d'Aflora.

Parce que oui, le fait que Dakota soit ici signifiait que Constantine était au courant de tout. Je ne m'étonnais plus qu'elle se soit montrée si curieuse de mes intentions au sujet du Gala du Sang. Elle espérait ainsi déclencher un incident que les Élites sauraient instrumentaliser au cours d'un grand spectacle. Mais ma seule intention avait toujours été de montrer la vérité à Aflora.

Ce plan ne s'était pas tout à fait retourné contre elle. Elle était effectivement sur le point de découvrir quelques vérités dérangeantes. Mais je n'aurais pas voulu qu'elle les apprenne de cette manière.

– Où est Kols ? demanda calmement Zephyrus.

Constantine haussa les épaules.

– Il est retenu d'une autre manière.

Parce qu'il était au courant des liens de Kolstov avec Aflora. Brillant. En toute honnêteté, j'avais presque envie d'applaudir Dakota pour sa ruse.

– Alors quel était le plan ? lui demandai-je. (Je m'emparai de mon verre et fis tourner le vin dedans.) Dakota était-elle censée me séduire comme elle l'a fait avec Kolstov et Zephyrus ? (Oui, j'étais au courant de cet incident.) Est-ce qu'elle était censée accéder à la source à travers moi ? Et venir te faire un rapport ensuite ?

– Quelque chose d'approchant, admit Constantine. Mais ton manque d'intérêt ne nous a pas facilité la tâche.

– Ouais, les connasses assoiffées de pouvoir, ce n'est pas trop mon truc, répondis-je en jetant un regard à Zephyrus. Sans vouloir t'offenser.

Il ne répondit pas ni ne fit mine de relever ma remarque. Il était concentré sur la nouvelle vague de Guerriers qui s'approchaient de notre table. Nous étions une vingtaine à présent. Un nombre raisonnable. Mais si Constantine pensait m'intimider avec ça, il avait méchamment sous-estimé mes capacités.

– Alors quoi maintenant, Nacht ? lui demandai-je en reposant mon verre sans le boire.

Comme ils savaient que je venais, ils l'avaient sûrement agrémenté de quelque chose. Et même si ce n'était pas le cas, jamais je n'accepterais un verre d'alcool de leur part.

– Est-ce que tu espères avoir un spectacle ? Un grand final pour satisfaire tes admirateurs ?

– Oh, en effet, nous allons tous assister à un sacré spectacle, me répondit-il d'un ton amusé. Et je vais te fournir, à toi et ta jolie petite abomination, des places au premier rang.

– Bien que j'apprécie cette fascinante proposition, je crois que nous allons devoir passer notre tour. (J'arrangeai ma cravate, puis sourit au vieil enfoiré à côté de moi.) Alors à moins que tu ne désires un prélude quelque peu violent à ton grand événement, je te suggère de nous laisser partir.

– Et j'insiste pour que vous restiez, répliqua-t-il.

Je fus saisi d'un fou rire, tant son arrogance était stupéfiante. Comme si je…

À côté de moi, Aflora poussa un gémissement, et ses bras se mirent à trembler.

– Kai… (Elle frémit en prononçant mon nom.) Je… Je ne…

Elle agrippa sa poitrine, et son corps se mit à convulser violemment sous le coup d'un choc invisible, tandis que ses yeux se révulsaient.

Zephyrus tendit la main vers elle, mais un frémissement similaire s'empara de ses membres, et il s'agrippa à son tour la poitrine un instant plus tard; ses lèvres s'entrouvrirent sous le choc alors qu'il fixait Constantine.

– *Non.*

– Il fallait le faire, répondit celui-ci en faisant rouler son cou. Il a souillé le nom de Nacht. Alors je vais faire ce que je fais de mieux et le réhabiliter.

Il fléchit ses doigts et une énergie se propagea dans la salle, tandis que la source hurlait le martyre dans ma tête.

Je plongeai pour voir ce qui se passait, et fus frappé par un éclair d'énergie qui me renversa de ma chaise.

– Que le spectacle commence ! annonça Constantine.

Quelques minutes plus tôt

Si Emelyn Jyn avait été capable de cracher du feu, c'était sûrement ce qu'elle aurait fait à ce moment-là. Depuis son arrivée, elle avait refusé de me regarder, sa colère était palpable et franchement épuisante.

Je n'avais aucune patience pour ça.

Si elle déclenchait un nouveau Feu de Guerre sur moi, je lui rendrais la pareille sous la forme d'un brasier. Je n'avais pas plus envie qu'elle de me retrouver là. Et durant toute la semaine, j'avais tenté de convaincre mon père de nous laisser venir séparément. Hélas, il avait refusé.

Je le cherchai, me demandant si ce que j'avais ressenti plus tôt n'avait pas été un coup du sort. Mais il était introuvable.

Encore une bizarrerie.

Mon père n'était jamais en retard. Et ma mère non plus.

– Tray, tu as vu maman aujourd'hui ? lui demandai-je doucement en observant la pièce au décor moderne.

C'était notre mère qui s'était chargée de toute la décoration de cette salle de réunion, dont notre famille se servait rarement. Elle était destinée aux affaires du Conseil qui ne pouvaient se tenir dans l'enceinte principale. Et une fois par an, avant le Gala du Sang, nous nous y réunissions en attendant le signal pour entrer dans la grande salle de bal.

Des flûtes de champagne intactes, infusées de sang, étaient disposées sur un comptoir au fond de la pièce. Il y en avait aussi quelques-unes sur la table en chêne, mais les seize chaises étaient libres, tout le monde préférant rester debout.

Mon frère secoua la tête.

– Je n'ai pas eu de nouvelles de maman de toute la journée. Et je trouve un peu étrange qu'elle ne soit pas encore là.

– En effet, acquiesçai-je en caressant ma cravate. Nous devrions peut-être aller…

Je ne terminai pas ma phrase, interrompu par l'arrivée de Shade dans la pièce, vêtu d'un costume approprié. Je haussai brusquement les sourcils.

– Eh bien, que je sois damné.

Il n'avait jamais assisté à un Gala du Sang auparavant. Et comme par hasard, il avait choisi d'être ici ce soir. Parfait. Il fallait que nous discutions.

Je croisai son regard et m'avançai vers lui, bien déterminé à lui parler, mais son père s'interposa entre nous.

– Puis-je vous aider en quoi que ce soit, Prince Kolstov ?

– Vous m'aideriez en vous écartant de mon chemin, pour que je puisse parler à Shadow.

– C'est bon, père, répondit Shade. Cette conversation a toujours été inévitable.

Son père soupira.

– Très bien. Je serai là si tu as besoin de moi.

– D'accord, répondit-il.

Je fronçai les sourcils, perplexe devant leur échange bizarre. En général, ils n'étaient jamais d'accord l'un avec l'autre, et ne travaillaient jamais en équipe.

Je me demandai si l'information concernant Zenaida était vraie.

– Tu as vraiment donné l'emplacement de ta grand-mère ? lui demandai-je, sans me soucier de baisser le ton.

– Cela fait des années que le Conseil sait où se trouve ma grand-mère, m'informa-t-il. Alors oui, je l'ai fait, mais pas récemment.

D'accord. J'avais… raté quelque chose. Quelque chose de vital.

Je balayai la pièce du regard, et cette fois je ressentis la tension qui y régnait. Ainsi que la présence accrue des Guerriers : j'avais pensé que c'était une question de protection, mais je soupçonnais désormais qu'elle servait un tout autre objectif.

– Oh, qu'as-tu fait, Shade ? lui demandai-je en notant les expressions de mes collègues du Conseil.

Même Lima avait l'air sombre.

Mais la confusion d'Emelyn, qui se tenait à côté de lui, rivalisait avec celles de Tray et Ella.

– Ils sont au courant de tout, commença Shade. (Il glissa les mains dans ses poches avant de s'adosser au mur, illustration parfaite de la nonchalance.) Ils savent que tu t'es accouplé à Aflora. Tout comme ils savent que tout ce temps, elle était avec Zakkai. Et en ce moment même, ton grand-père se sert de ton Gardien pour les retrouver dans la fête. Parce qu'ils sont également au courant de leur présence ici.

– Ils sont ici ? m'étonnai-je, haussant les sourcils.

Tout le reste était déjà catastrophique, mais l'idée qu'Aflora soit *ici*… *Oh, putain.*

Shade hocha la tête, confirmant la pire de mes peurs.

– Tu vois, je leur fais des rapports depuis le début. Parce que c'est ce qu'ils m'ont chargé de faire. Et il est de mon devoir en tant que futur roi de ma lignée de faire ce qui est juste pour ma faction. Tout comme il était de ton devoir de faire ce qui était juste pour l'espèce des Faë de Minuit. Mais tu as échoué. Et pour être honnête, de manière épique.

Je plissai les yeux en le regardant. Ce n'était pas le Shade que je connaissais. Cela me rappelait cette impression que j'avais eue avec mon père plus tôt, sauf que Shade ne semblait pas consumé de la même manière.

– Quoi qu'il en soit, j'ai essayé, Kolstov. Mais tu as continué à faire les mauvais choix. Je n'avais vraiment pas d'autres options. Peut-être qu'un jour tu comprendras. En admettant que tu survives à la descension.

– La descension ?

Je comprenais le mot, du moins en principe. Mais pour autant que je le sache, ça n'avait jamais été fait.

– Tu n'es pas sérieux.

– Oh, il est très sérieux, dit mon père en entrant dans la pièce, toujours enveloppé de cette étrange énergie. Tu t'es accouplé à une abomination. Tu nous as dissimulé des informations importantes au sujet de ses pouvoirs grandissants. Tu m'as menti à moi, et au Conseil, au sujet de ses allées et venues. Tu l'as choisie, elle, plutôt que nous et ta propre espèce.

Il secoua la tête, et son regard doré exprimait plus de réprobation que de tristesse.

Ce n'est pas mon père, songeai-je, cherchant l'homme sous la coquille, celui qui n'aurait *jamais* consenti à une telle embuscade.

Oui, j'avais merdé.

Mais il m'avait donné la vie. Il m'avait créé. M'avait *aimé.*

– Papa, je…

– Silence, dit-il d'un ton sec, faisant taire Tray d'un geste de la main.

De l'énergie jaillit du bout de ses doigts, frappant mon frère en pleine poitrine, le projetant au sol avec un gémissement que je ressentis au plus profond de mon âme.

– *C'est quoi ce bordel ?*

J'avançai d'un pas, prêt à abattre cet imposteur. Jamais notre père ne se serait comporté d'une telle manière.

Et pourtant, personne ne semblait le remarquer.

Tous affichaient une attitude indifférente, comme s'ils regardaient un film dans le royaume des humains, et pas un père en train d'agresser son fils.

– Tu as été jugé et reconnu coupable de conspiration avec les Dilemmes, d'abus de ta position d'héritier du trône des Élites, et de parjure à l'encontre du Conseil, énonça mon père. Le châtiment qui en découle est une descension immédiate, et la destruction de tes liens avec les Élites.

Je haussai les sourcils.

– Quand a eu lieu le procès ?

– Aujourd'hui.

Je réfrénai un rire.

– Et je n'ai pas eu la moindre chance de m'exprimer en personne ? Devant mon propre Conseil ?

– J'ai parlé en ton nom, annonça Shade. En tant que ton compagnon.

Je restai bouche bée quand la prise de conscience me frappa en pleine poitrine.

– Espèce de salopard. C'est pour ça que tu m'as mordu !

Cette ordure eut l'audace de hausser les épaules. *De hausser les épaules.* Comme si cela ne signifiait rien qu'il m'ait privé de tous mes droits par le biais d'une seule morsure !

Et non, l'ironie de la situation ne m'échappait pas.

Parce qu'il venait juste de m'infliger la même chose qu'il avait faite à Aflora au départ.

– Putain, c'est tellement tordu, dis-je en secouant la tête.

– Ce qui est *tordu*, c'est que mon propre fils, mon *sang*, ait choisi une abomination plutôt que son devoir envers la couronne. (Mon père, ou qui que soit cet enfoiré, secoua la tête.) La descension commence maintenant.

– Qui êtes-vous ? voulus-je savoir.

– *Ton roi*, répondit-il, et la puissance qui soulignait ces deux mots s'enroula autour de ma gorge comme un nœud coulant. À présent, *à genoux.*

– Va te faire voir, m'étranglai-je, tandis que mes dons s'éveillaient, se préparant au combat.

Hors de question que je me plie et accepte toute cette merde. La source m'avait choisi pour une bonne raison. C'était *moi* le futur roi. Et je le leur fis ressentir en déployant toute ma puissance dans une onde de feu fulgurante qui engloutit la pièce sous des charbons ardents.

– Kols ! cria Ella, dont la petite silhouette s'écroula sur Tray, son bouclier défensif fondant rapidement sous ma fureur.

Des flammes de phénix ! Je rappelai mon essence,

l'épargnant elle et mon frère, et sentis l'énergie de mon père se propager. Je fus frappé en pleine poitrine.

Mes genoux cédèrent sous l'impact, l'air s'échappa de mes poumons. *Non !* Je reculai, créant un bouclier pour me protéger de son assaut, mais il était trop tard.

Une sombre énergie se répandit le long de mes bras, tandis que la source en appelait à mon esprit pour qu'il renonce au pouvoir. Elle me frappa de l'intérieur, propageant sa virulente revendication à travers mes veines, aspirant la vie hors de mon âme.

Je hurlai, le supplice déchiquetant le noyau même de mon être. J'avais l'impression qu'on me déchirait en deux, alors que ma raison d'être mourait sous mes yeux.

Ne faites pas ça ! Je vous en prie, ne faites pas ça ! suppliai-je tandis que la source obscure reniait toutes ses promesses.

Le Conseil ne me vint pas en aide.

Mon père continuait de tirer… tirer… *tirer.*

– Vous êtes en train de le tuer ! cria Ella.

Des larmes ruisselaient de mes yeux, et ma vue se brouillait tandis que j'essayais de récupérer un peu d'énergie dans mes veines. Mon âme hurlait d'angoisse à voir mon essence arrachée sans mon accord.

Ça ne peut pas arriver, songeai-je, déboussolé et étourdi. *Comment cela peut-il arriver ?*

Je n'avais pas eu droit à un procès.

Je n'avais pas eu la moindre chance de m'expliquer.

– *Assez !* exigea Emelyn, pendant que Tray râlait :

– *Papa…*

Une brise s'engouffra dans la pièce, les réduisant tous au silence et ciblant directement ma poitrine, alors qu'un autre sort pénétrait mon cœur.

La dénonciation.

Il était en train d'*éviscérer* mon essence. *Une exsanguination.* J'avais déjà vu faire ça. J'avais conscience que les chances de survie étaient minces. Et après qu'on m'ait arraché la source ? Jamais je ne pourrais m'en remettre.

J'allais mourir.

De la main de mon propre père.

Pour être tombé amoureux d'une abomination.

Pour avoir choisi le bien plutôt que le mal.

Pour ne pas avoir voulu condamner une innocente à mort au prétexte que nos lois archaïques l'exigeaient.

Je me roulai en boule, mon âme en pleurs tandis que le sang quittait mon corps, extrayant chaque parcelle de vie qui subsistait dans mes veines.

Je suis désolé, pensai-je à l'attention d'Aflora. *Je suis tellement désolé de t'avoir laissée tomber.*

Et Zeph.

Oh, putain, *Zeph*

Il allait mourir lui aussi. Pas à cause de ma mort, mais parce que le Conseil l'exigerait.

Tous allaient payer le prix ultime.

Parce que je m'étais révélé incapable de les protéger. Parce que je les avais laissés tomber. Parce que je n'avais pas su voir ce qui était juste sous mes yeux durant tout ce temps.

Tray, murmurai-je, mon jumeau, mon autre moitié, qui pleurait au loin. Il était inconsolable. Ses cris de douleur sonores envahirent mes oreilles.

Je le cherchai, mon esprit se languissait de sa familiarité. *Il a disparu. Ils sont tous partis.*

Le Conseil était vil et dépravé. Atrocement corrompu. Terriblement en retard sur son époque.

Je ne peux pas mourir comme ça ! me dis-je en puisant dans mes dernières réserves, parce qu'il fallait que je fasse quelque chose, *n'importe quoi* pour m'accrocher.

Mais je n'avais plus rien à quoi m'accrocher.

Tout était devenu sombre. *Tellement. Sombre.*

Plus de source.

Plus d'essence de Faë de Minuit.

Plus de magie.

Je n'étais plus que l'ombre d'un faë. Condamné à dépérir et mourir seul. Parce que je n'avais jamais achevé le lien d'accouplement. Je n'avais personne. En dehors de *Nuit.*

Un croassement lointain répondit à mon appel, et des plumes noires touchèrent ma joue tandis que mon familier se blottissait contre moi ; le cri horrible de la mort s'échappait de son bec. Cela finit de briser mes dernières réserves, sachant que lui aussi, je l'avais laissé tomber. Mon doux et loyal corbeau. Si beau. Si plein de vie. Tellement… tellement… immobile…

Non, pleurai-je, le serrant contre moi, les larmes ruisselant sur mon visage. *Pas toi aussi.*

L'injustice de toute cette situation forma une boule au creux de mon ventre, et mon monde disparut dans un nuage de souffrance.

– Nooon !

Un cri me transperça l'oreille. *Aflora.* Je tentai de la voir avec l'énergie du désespoir, pour lui dire de s'enfuir. Mais j'étais incapable de bouger.

Aflora, pensai-je, essayant de visualiser son magnifique visage, en vain. Pourquoi ne parvenais-je pas à la voir ? Parce que nous n'étions pas accouplés. Pas totalement. Elle n'avait jamais été mienne. Et malgré tous mes efforts, j'étais incapable de me rappeler pourquoi. Quel terrible coup du sort !

Il n'y aurait pas de retour possible.

Fuis, murmurai-je. *Cours, ma chérie. Cours.*

Le silence retomba, et mes regrets menacèrent de me submerger.

Jamais nous n'avions eu la moindre chance. Pendant

trop longtemps, j'avais privilégié mon devoir. Mon arrogance m'avait consumé. Une vie éternelle, immortelle. Mais parfois le destin nous joue des tours.

Aflora…

Mon histoire était comme la chute d'une blague cruelle. J'avais considéré tout ça comme acquis. J'aurais dû le savoir.

Il y a tellement… J'aurais dû faire… Ça ne peut pas être la fin…

Je m'étranglai sur mon dernier souffle. Je m'en servis pour souffler son nom, murmurer mes excuses et mes regrets dans le vent.

Me laissant seul avec une âme flétrie et un corbeau à l'agonie.

À contempler l'abîme d'une éternelle nuit sans étoiles.

Je n'arrivais pas à respirer.

J'avais *entendu* Kols dans ma tête, me suppliant de lui pardonner, hurlant qu'on lui donne une seconde chance. Et me disant de m'enfuir. Mais je restais figée sous l'assaut de sa souffrance.

Tellement de douleur.

Tellement de regrets.

Tellement de *solitude.*

J'avais les joues trempées de larmes et les genoux remontés sur la poitrine, alors que je luttais pour reprendre le contrôle de mes poumons. Mais je restai figée devant l'interruption de sa vie.

Il est parti. Je sentis son dernier souffle quitter son corps. *Il est parti et je ne peux même pas le voir !*

Je hurlai, sans me soucier de qui m'entendait,

renonçant à ce qui m'entourait, à la vie, au monde. Quelle injustice ! Cette incroyable et *atroce* décision. Et pourquoi ? À cause d'un lien ? Un lien que nous avions créé ?

Les Faë Terrestres se consacraient à la vie.

Nous accordions de la valeur à la vitalité, au soleil et aux créatures magnifiques. Je me languissais de mes feuilles. De mes racines. De mes belles et adorables fleurs.

Ce royaume n'était fait que de mort et de malheur.

Ils ont tué Kols.

Pourquoi ?! avais-je envie de crier, le cœur brisé. *Nous n'en avions pas terminé !*

Il était mon compagnon. Mon roc. La moitié que j'avais choisie.

La source terrestre hurla sous le choc de la perte, et son cri s'échappa par mes propres poumons. Mon âme était en lambeaux. *Comment avez-vous pu ?* voulais-je demander. *Qu'est-ce qui ne va pas chez vous ?*

Ce n'était qu'un homme.

Un royal.

Un faë généreux.

Au grand cœur.

Mon Kols. Mon prince. Mon compagnon élémentaire.

J'avais l'impression qu'ils avaient tranché l'une de mes racines, et que mon arbre intérieur se flétrissait et mourait de cette perte. Ça me brûlait. Oh, Éléments, ça me brûlait tellement !

J'oubliai de respirer de l'air.

Refusai à mon cœur le droit de battre.

Tout était terminé.

Il est parti.

Mon Kolstov…

– Comment avez-vous pu ? soufflai-je. (Ma voix n'était plus qu'un murmure étouffé, rauque d'avoir tant hurlé.) *Comment avez-vous pu ?*

L'énergie jaillit hors de moi, se déversant sur le sol tandis que je libérai ma fureur, ma douleur, mon angoisse. J'en avais terminé. *C'était fini !*

Je les détestais tous.

Ils allaient *brûler.*

Des flammes jaillirent du bout de mes doigts, brûlant le sol.

Des hurlements s'ensuivirent.

Mon énergie se propageait.

Et je me déchaînai encore, furieuse après ceux qui m'avaient fait du mal, à moi et aux miens. *Mon compagnon.*

Ils me l'avaient pris. Ils avaient tout détruit. Je les haïssais ! Ils allaient *payer* pour ce qu'ils avaient fait. Des voix m'appelèrent. Je les ignorai ; ma souffrance était trop forte, mes larmes trop violentes, mon feu trop *chaud.*

Les Faë de la Terre créent.

Les Faë de Minuit détruisent.

Ils pensaient de moi que j'étais une abomination, une combinaison des deux.

Parfait.

Je l'accepterais. Et maintenant ? Maintenant, ils allaient voir ce qui arrivait quand je me servais de mes *deux* pouvoirs.

La source terrestre s'éclaira quand j'arrachai le collier de mon cou et lâchai les rênes. Créer et détruire. Créer. Et. Détruire.

Tout illuminer.

Avant de le brûler.

La vie et la mort.

Bienvenue dans mon monde. Préparez-vous à vous incliner.

Superbe.

Aflora avait l'allure d'une déesse, dont le pouvoir se déversait à un rythme effarant, renversant les tables et arrachant des cris dans son glorieux sillage.

Des cogneurs brûlants surgirent un peu partout dans la salle de bal, leurs branches calcinées s'élançant vers le plafond en crachant des flammes aux dimensions monstrueuses.

Elle poussa un autre hurlement et projeta leurs branches au loin, qui transperçaient tout sur leur passage.

– Aflora ! s'écria Zephyrus, dont les yeux verts étaient fous d'inquiétude.

Dès qu'il avait compris de quelle manière on s'était servi de lui, il avait arraché son badge, au comble de l'irritation. À présent, on aurait dit un garde débraillé, avec ses cheveux bruns en bataille et ses yeux embués de larmes.

Si quelqu'un était capable de comprendre la réaction d'Aflora, c'était lui.

Et pourtant, il semblait déterminé à lui faire cesser sa démonstration de puissance.

– Laisse-la faire, lui dis-je, admiratif devant sa colère passionnée.

C'était un pur rêve de la regarder se lâcher, se servir de toute cette énergie maîtrisée pour se venger.

Mmmh, sauf que ceux qui méritaient de subir son explosion n'étaient pas là. Tous les Conseillers et les Anciens étaient dans une autre pièce. À l'exception de Constantine.

Il ferait l'affaire pour l'instant. Il méritait ce sort plus que quiconque.

Mais la lueur d'approbation que je vis briller dans ses yeux quand il croisa mon regard, ainsi que son sourire victorieux, me firent hésiter. Puis, comme mû par un interrupteur, son regard se fondit en un masque d'horreur tandis qu'il s'écartait de la table en hurlant :

– *Abomination !*

Il me fallut deux longues secondes pour comprendre son stratagème, et je me maudis de ne pas l'avoir deviné plus tôt.

– Tout le monde, fuyez ! hurla-t-il, déclenchant son pouvoir tandis qu'il prenait une posture défensive et que les Guerriers se rangeaient derrière lui. *Fuyez !*

Merde.

Il faisait un exemple d'Aflora. Il utilisait la démonstration de puissance ainsi provoquée comme tremplin dans sa guerre contre les Dilemmes et les abominations.

Une réalité alarmante qui se concrétisa par des

chuchotements en cascade à travers la salle de bal, la terreur croissante alimentant sa prestation.

C'était ça, le vrai spectacle.

Et Aflora remplissait son rôle à la perfection alors que les flammes dévoraient toutes les sorties ; elle était guidée par ses émotions et non par la logique.

Il y avait trop d'innocents dans cette pièce.

Si elle explosait maintenant, elle ne serait jamais apte à diriger, même sous un nouveau régime. Tout le monde la craindrait, et prendrait conscience que Constantine avait raison d'anéantir ceux qui avaient trop de pouvoir ; nous souffririons un nouveau millénaire, voire plus, de ségrégation imposée.

J'avais toujours voulu détruire Constantine et le Conseil, et dans son état, Aflora en était parfaitement capable.

Mais ce n'était pas la bonne façon de faire.

Ce n'était pas le bon moment.

Cela ne se ferait pas selon les conditions de Constantine Nacht, mais selon les nôtres. Je ne pouvais pas me permettre qu'il se serve d'elle comme d'un pion, pas après tout ce qu'il avait fait.

Il ne gagnerait pas. Pas cette fois. Ni plus jamais.

Je retirai ma montre et me connectai à ma compagne. *Aflora. Il faut que tu te calmes. C'est exactement ce que veut Constantine. Il va se servir de cet incident comme d'un tremplin pour anéantir notre espèce.*

Elle ne répondit rien, concentrée sur la destruction qui grandissait en elle, cette magnifique boule d'énergie céruléenne mêlée de vert, de violet et de sa terre.

La vie et la mort. Elle ne cessait de répéter ces mots dans son esprit, avec une autre phrase : *Créer et détruire.*

Non, Aflora, lui dis-je en rampant vers elle sur le sol.

Elle était tombée de sa chaise quelques instants après

que le chaos ait éclaté à la source, et moi-même, je ne m'étais pas relevé après avoir été frappé par un sort lancé par Constantine. J'avais été trop étourdi et perturbé par la descension de pouvoir pour tenter de me battre. Mon père m'avait inculqué des notions de stratégie dès mon plus jeune âge, et c'était un don dont j'étais très heureux à cet instant.

Je lui saisis le poignet. *Aflora.*

Des flammes s'élevèrent entre nous quand elle tenta de me repousser avec son Feu de Guerre céruléen. Dans mon esprit, j'inhalai le sort, afin de pouvoir le démanteler avant qu'elle ne me brûle. Puis je nous entourai d'une bulle impénétrable. Zephyrus chuta dedans, car mon enchantement était lié à tous ceux qui ne voulaient que le bien d'Aflora : apparemment, c'était son cas.

Parfait.

Il pouvait rester.

– Aide-moi, croassai-je, en croisant son regard. Nous devons la ramener sur terre.

Je tressaillis quand Constantine attaqua mon bouclier avec un sortilège censé ronger le tissu de mon enveloppe extérieure. L'énergie de la source m'accorda un bref instant, le temps que mon regard croise le sien à travers la barrière invisible.

Puis je vis les lignes noires ramper sur sa peau, la source sombre grandissant en lui chaque seconde, confirmant sa réascension. Seulement, ce n'était pas la manière traditionnelle. Pas d'épreuves. Pas de rituels. Rien d'autre qu'un appel à la source obscure pour qu'elle lui accorde un accès, qu'elle le nomme roi légitime.

Et une autre pièce du puzzle se mit en place.

Il se servait de cet incident comme d'un prétexte pour reprendre le trône. Il prétendrait que Malik n'avait pas la puissance nécessaire pour arrêter Aflora, donc il prendrait alors le relais pour protéger son peuple.

Quel fantastique tremplin pour un dictateur.

Avec Aflora au centre de tout. Ensuite, il se servirait de cette nouvelle ascension pour déclencher de nouvelles exterminations de masse, et cette fois, il aurait le soutien de tout son peuple.

La peur était une source de motivation.

Et Constantine était un expert en manipulation.

En esprit, je vis toute l'histoire se jouer : sa stratégie était magistrale.

– Zakkai ! cria Zephyrus.

Aflora déclenchait de nouveaux Feux de Guerre, qui filaient droit vers mon bouclier. Je les repoussai avec mon esprit, avant de les diluer et la jeter à terre.

– Stop ! lui ordonnai-je, les mains sur ses épaules, mes jambes à cheval sur les siennes. C'est ce qu'il veut !

– Nous devons la mordre, dit Zephyrus. Ça nous a déjà aidés.

– Ses autres implosions n'étaient pas intentionnelles, marmonnai-je entre mes dents serrées.

Elle entreprit de bâtir un mur bien à elle dans son esprit, pour nous garder tous à l'écart. Si elle y parvenait, ma barrière se dissoudrait face à son pouvoir, et elle détruirait toute cette maudite pièce.

Je me penchai pour l'embrasser, faisant étalage de toute ma puissance tandis que je reprenais le contrôle sur elle, en tant qu'Architecte de la source. Je mêlai mon énergie à la sienne, détruisant son mur pierre par pierre. Elle grogna, en construisit un autre, de plus en plus vite, mais à chaque fois, je contrais ses sorts et l'embrassais plus intensément.

Allez, Aflora. Écoute-moi.

Non ! cria-t-elle, et sa douleur me fit l'effet d'un coup de poignard dans l'âme. *Ils l'ont tué ! Ils ont tué Kolstov !*

Je sais, murmurai-je.

Tu voulais le voir mort, me dit-elle d'un ton accusateur. *Toi. Tout ça, c'est ta faute.*

Je soupirai en entendant la douleur contenue dans ses mots, prenant conscience qu'elle m'aurait haï si j'avais finalement réalisé mon plan d'anéantir toute la lignée des Nacht. À présent, il était trop tard, le mal était fait, et aucune excuse ne pourrait réparer ce tort à ses yeux.

Je tentai une autre voie. *Aflora, il y a bien trop de vies innocentes dans cette pièce. Ceux qui méritent notre vengeance ne sont pas là. Observe leurs âmes, petite fleur. Découvre qui ils sont.*

Il est là, gronda-t-elle. *Il est juste ici !*

Et il s'est entouré d'innocents, lui fis-je remarquer une nouvelle fois. *Ce n'est pas comme ça que nous devons procéder.*

C'est ce que tu voulais.

Je sais, acquiesçai-je. *Mais pas comme ça.*

Un autre cri franchit ses lèvres. Un sursaut d'énergie jaillit hors d'elle dans une terrible furie. Ses sentiments me transpercèrent le cœur, et étouffèrent brièvement mes sens.

– *Aflora,* soupira Zephyrus en s'écroulant près de nous, les mains agrippées à sa poitrine, les yeux écarquillés par une énergie féroce qui l'enveloppait d'une couverture mortelle.

Ses défenses s'animèrent tandis qu'il tendait de la combattre, mais le pouvoir d'Aflora les détruisit en un éclair, atteignant sa peau, lui arrachant un hurlement torturé.

– Tu vas le tuer ! lui criai-je, portant les mains sur sa gorge avant de serrer. Concentre-toi, Aflora. Regarde ce que tu fais !

Elle me grogna dessus, alors je pris son visage dans mes mains et l'obligeai à tourner la tête vers Zephyrus. Il était totalement englouti par les flammes, et je n'avais pas l'énergie nécessaire pour démanteler le sort et maintenir notre protection – que Constantine avait presque réussi à traverser avec sa magie grandissante.

Aflora hoqueta et son énergie mourut d'un seul coup tandis qu'elle essayait de ramper vers lui. Je m'écartai pour la laisser atteindre son corps à présent immobile.

Constantine nous jeta un nouveau sort mortel, que j'interceptai cette fois, avant de le lui renvoyer. Pendant ce temps, la dangereuse énergie d'Aflora se transformait en une autre, faite de vie et de vitalité.

Elle posa les mains sur la poitrine de Zephyrus. Ce nouveau sort était chaud et réconfortant, et elle retira son enchantement néfaste de son esprit.

En réponse, il haleta brusquement, puis marmonna un juron avant d'agripper sa poitrine. Aflora, les joues maculées de larmes, répétait des excuses en boucle. Mais nous n'avions pas le temps pour ça. Nous avions sur le dos un Élite en colère qui martelait ma bulle protectrice avec bien trop de puissance.

Il y avait une raison pour laquelle les ascensions prenaient du temps. Tout était une question d'équilibre et de contrôle, et pour l'instant, il ne semblait avoir ni l'un ni l'autre.

Et il était entouré de Guerriers et de Maléfiques, dont les énergies combinées pouvaient devenir une arme mortelle qui nous détruirait tous si nous ne trouvions pas d'échappatoire.

– Aflora, murmurai-je. Il faut que tu nous fasses disparaître.

Nous n'étions pas prêts pour cette bataille.

Et il y avait encore beaucoup trop d'innocents, car les flammes d'Aflora avaient bloqué les sorties.

– Aflora, il faut que tu nous fasses disparaître, répétai-je, grimaçant lorsque la dernière couche protectrice commença à s'écrouler. *Putain, maintenant !*

Elle m'agrippa le poignet, l'autre main toujours posée sur Zephyrus, et ouvrit sa connexion vers Shade. C'était quelque chose de viscéral et de réel, et mon esprit était tellement lié au sien que je *sentis* grandir son énergie.

Elle trouva ce dont elle avait besoin chez lui, sans devoir y réfléchir ; son pouvoir fonctionnait à l'instinct pur. Ensuite, elle nous fit tournoyer dans un nuage de magie noire, et nous amena dans une chambre que je ne connaissais pas.

Je m'effondrai sur le sol, vidé de toute mon énergie. Mes réserves avaient grand besoin d'être restaurées.

Aflora tomba à côté de moi, les épaules tremblantes, secouée de sanglots. Zephyrus l'attira contre lui, l'étreignant avec une férocité qui me rendit jaloux. J'avais envie de faire la même chose. Je voulais la réconforter. Mais j'étais totalement incapable de bouger.

Et je savais qu'à cet instant, elle ne voulait pas de moi.

Tu voulais le voir mort, m'avait-elle accusée, et cette phrase pesait lourd dans mes pensées.

Si j'avais su ce que ça lui ferait… Je… je n'étais pas certain que j'aurais été capable d'aller jusqu'au bout. Depuis le départ, ç'avait été mon but. Mais à la voir maintenant, à entendre ses pleurs, à la regarder s'effondrer… je pris conscience que jamais je ne voudrais être responsable d'une telle souffrance.

Elle était ma partenaire.

Mon autre moitié.

Ma Flora.

Jamais je ne lui infligerais une telle chose. Putain, elle avait déjà tellement subi. Elle ne méritait pas tout ça.

Je me demandai ce qui serait arrivé si j'avais refusé de me plier à l'ordre de mon père. Pas de lien. Pas de moyen de la ramener dans ce monde de guerre et de destruction. Est-ce qu'à cet instant elle serait étendue sur un lit de fleurs ? À jouer avec sa magie terrestre ? À sourire à un garçon, un *bon* compagnon, qui lui créerait des arbres et d'autres formes de vies florissantes ?

Je sentais mon cœur battre à tout rompre contre mes côtes, et mon esprit visualisait parfaitement la scène.

Ma douce Aflora, grandissant avec son statut de reine des Faë Terrestres.

Heureuse.

En train de tournoyer.

Des fleurs dans ses cheveux.

Et tellement belle.

Mais j'entendis ses pleurs à ma gauche et me rappelai quelle était sa réalité. Ses cheveux noirs étaient étalés sur le tapis, tout son corps était secoué de violents sanglots.

L'enchantement s'était dissipé. Elle était à nouveau elle-même. Sauf que ses iris céruléens étaient embués de larmes, ses joues étaient rougies, ses épaules voûtées.

Elle n'était pas censée être comme ça. Elle me faisait penser à une fleur fanée, dont les derniers pétales tombaient par terre à mesure que la vie quittait ses traits.

Je suis désolé, murmurai-je dans son esprit. J'avais le cœur brisé pour elle, pour *nous. Putain, je suis tellement désolé, Aflora.*

Je tendis la main vers elle, parce qu'il fallait que je fasse quelque chose. Puis des pieds apparurent à ma droite, et l'essence de Shade imprégna mes sens, m'obligeant à lever les yeux sur lui, et au corps qu'il tenait dans les bras.

– J'ai besoin que vous écoutiez tous et fassiez exactement ce que je dis, exigea-t-il. Faute de quoi nous perdrons Kolstov pour toujours.

Quelques minutes plus tôt

– *Tu devras porter le fardeau de sa mort*, m'avait prévenu ma grand-mère des semaines auparavant.

– *Je crois que j'ai merdé*, lui avais-je répondu cette nuit-là.

– *Viens*, avait-elle dit. *Nous allons en discuter autour de gâteaux.*

J'avais compris alors qu'elle avait de mauvaises nouvelles pour moi. Mais ça… Je ne m'étais pas attendu à ce que son avertissement porte sur *ça*.

Elle m'avait dit que le prix à payer pour toutes mes conneries avec le temps serait la vie de Kols.

Eh bien je ne l'accepte pas, songeai-je, répétant les mots que je lui avais dits ce soir-là.

Il était impossible de revenir d'entre les morts. Une fois qu'une ligne de vie s'était éteinte, aucune magie ni aucune manipulation du temps ne pouvait y remédier.

C'était pourquoi je ne pouvais pas permettre que le brin de vie de Kolstov s'éteigne de manière permanente.

Allez, Emelyn, pensai-je. *Fais ton truc.*

Elle était ma diversion. La bombe à retardement. Celle dont je savais qu'elle allait exploser si on la poussait assez. Et il fallait qu'elle le fasse maintenant.

Il ne me faut que quelques secondes. Je serrai les dents à cette idée, mais arrangeai rapidement mon expression une fois encore, et dissimulai le tout sous un bâillement. Personne ne pouvait deviner mes intentions. Et je n'avais qu'une seule chance de faire les choses bien.

Allez. Allez. Allez.

Mon pouls accéléra un peu.

Rien qu'une petite crise de nerfs. Je sais que tu en es capable. Je l'ai vu.

– Vous êtes en train de le tuer ! cria Ella.

Elle s'élança mais fut projetée en arrière par l'un des sortilèges de Malik. Lima grimaça en la voyant heurter le mur.

Quelques autres Conseillers échangèrent des regards.

Je regardai Tadmir. Il inclina légèrement le menton, comme pour dire *Pas encore.*

Il savait ce que je prévoyais de faire.

Il m'avait aidé à planifier tout cet événement.

Il savait aussi ce qu'il adviendrait si je me plantais.

– *Tu n'as droit qu'à un essai, Shade. Et tu risques de tout perdre dans cette histoire*, m'avait-il prévenu.

– *Kolstov ne mérite pas de mourir à cause des choix que j'ai faits*, lui avais-je répondu.

– *S'il connaissait le futur alternatif, il pourrait refuser.*

– *Nous n'aurons pas cette discussion*, lui avais-je dit d'un ton sec. *Soit tu m'aides à réparer ça, soit tu vas te faire voir.*

Je perdais très rarement mon sang-froid, mais j'étais à bout de nerfs à cause de toutes ces conneries. Sous ma surveillance, Aflora avait explosé à sept reprises. Elle avait failli détruire d'innombrables vies. Et elle avait failli mettre fin à ses jours après avoir réalisé l'étendue de la souffrance qu'elle avait causée à d'autres.

Plus jamais.

Ce soir, nous pouvions faire les choses bien.

Dès que j'aurai réglé ce problème.

Malilk rassembla son énergie dans sa main pour préparer la prochaine phase du châtiment de Kolstov. Quelques Conseillers restaient bouche bée devant sa décision d'obliger son propre fils à subir les deux condamnations à la suite. Ça allait le tuer, tous en étaient conscients.

Pourtant, personne ne dit rien.

Mon père sourit, même.

Personne n'était donc capable de voir la vérité qui s'étalait sous leurs yeux ? Que ce n'était pas vraiment l'œuvre de Malik, mais la volonté de Constantine ?

– Stop ! cria Emelyn en voyant augmenter la puissance.

– *Papa,* murmura Tray, les yeux agrandis d'horreur.

Emelyn s'élança en avant, un Feu de Guerre au bout des doigts.

C'était le moment que j'attendais.

Cinq secondes, me dis-je, concentré sur l'âme de Kolstov, tandis que je murmurais un enchantement en pensée : *Alqiama Fi Al Mawt.* Je sentis l'énergie subtile bourdonner sous ma peau, dissimulée par l'explosion d'Emelyn qui ciblait Malik.

Après plusieurs soubresauts, l'Élite frappa Emelyn d'un

enchantement de paralysie qui la réduisit instantanément au silence. Lima jura, et rattrapa sa fille dans sa chute.

– C'est pour cette raison que les femmes ne sont pas autorisées à siéger au Conseil, s'emporta Malilk. (J'avais déjà entendu ces paroles dans la bouche de Constantine, quasiment au mot près.) Elles sont trop émotives. Évacuez-là d'ici.

Lima ne demanda pas son reste et porta précipitamment sa fille hors de la pièce.

Tray serra Ella contre lui, faisant rempart de son corps, les yeux écarquillés d'horreur en voyant son père frapper Kolstov d'un sort d'exsanguination.

Une secousse me frappa la poitrine quand j'absorbai le choc en même temps que Kolstov. Les liens que j'avais noués avec son âme m'obligeaient à endurer la douleur avec lui.

Mon fardeau, pensai-je en serrant les dents. *J'accepte. Ce. Fardeau.*

La brûlure était atroce, pompant la vie hors de mes poumons, et mes genoux faillirent céder sous moi. Aux yeux des autres, notre lien était en train de se rompre et ils attribueraient ma réaction à la douleur de la perte d'un compagnon.

J'avais planifié cet événement à la perfection.

Mes expériences antérieures m'avaient préparé à l'éventualité d'une manipulation, dans laquelle j'informais Constantin de tout ce qui se passait. Y compris les liens d'accouplement.

Parce qu'il était déjà au courant de tout grâce à Dakota.

Depuis le départ, elle était son atout, car elle avait séduit Zephyrus et Kolstov et avait donné une bonne leçon au futur roi. Ensuite, elle avait infiltré les Dilemmes sous le prétexte d'avoir été bannie de notre société, car le prince avait ruiné sa réputation.

Alors plutôt que de me cacher, j'avais décidé de me présenter sous un jour avenant et digne de confiance. Mais je n'avais donné que mes propres informations à Constantine, et lui m'avait dit quoi raconter aux autres.

Il pensait que j'étais sa marionnette, que je croyais ses mensonges quand il parlait de me préparer à mon rôle de futur roi.

J'avais joué le jeu, résolu toutes les énigmes, et m'étais porté volontaire pour toutes les tâches qu'il désirait, tout en sachant en quoi elles me seraient profitables au final.

Constantine se servait de la disparition d'Aflora pour discréditer Kolstov, affirmant qu'il avait échoué à ses épreuves. Puis il m'avait dit de laisser Chern sentir les autres liens, et de le laisser les révéler au Conseil.

J'avais clamé mon innocence.

– *Leurs bracelets me cachent leurs liens*, avais-je dit. *Mais Chern les a repérés lorsqu'il cherchait Aflora. Son essence mène à Zeph et Kols.*

Plusieurs membres du Conseil avaient souhaité faire venir Kolstov pour l'interroger.

Constantine les avait réduits au silence, et avait ordonné de le surveiller ; j'avais suggéré que l'on me charge de cette tâche.

Et c'était à ce moment que j'avais recommandé la morsure.

– *Ça me permettra de vraiment le surveiller au plus près, tout comme Aflora.*

J'avais été déconcerté par l'approbation que j'avais lue dans les yeux de Constantine.

Puis Malik avait manifesté son désaccord.

Tous deux s'étaient alors retirés pour avoir une conversation en privé, au cours de laquelle Constantine avait jeté un sort que personne ne semblait remarquer, à part moi. Peut-être parce que j'avais été témoin de ses nombreuses variations dans d'autres lignes temporelles.

Quoi qu'il en soit, ils m'avaient donné la permission.

Le lien avait été noué.

Et tout le monde était persuadé que je l'avais fait par devoir.

Mes genoux se dérobaient alors que les derniers instants de vie de Kolstov commençaient à s'écouler. Son corbeau apparut de nulle part et croassa de désespoir contre la poitrine de son maître.

Ella fondit en larmes.

Tray resta assis, abasourdi.

Et je me concentrai sur ce fil… La dernière étincelle de vie qui subsistait… pour pouvoir ramener Kolstov.

Ne t'avise pas de me lâcher, pensai-je à son attention, conscient qu'il ne pouvait pas m'entendre alors qu'il expirait son dernier souffle. *Reste avec moi, Kolstov. N'abandonne pas.*

Mais je le sentis s'éloigner, son rythme cardiaque ralentit alors que les dernières gouttes de sang s'évaporaient.

Il était totalement asséché.

Vidé de son essence.

Mort selon toutes les définitions de ce mot.

Je baissai la tête, le cœur en lambeaux. Si c'était cela que l'on ressentait à la perte d'un compagnon de premier niveau, alors je n'osais imaginer ce que j'aurais à endurer s'il arrivait malheur à Aflora.

La mort me consuma, et je sentis mon énergie se flétrir sous l'assaut du deuil. Mais il restait cette étincelle de vie qui tirait sur mon essence, aspirant le pouvoir nécessaire à sa survie.

Ne me laisse pas tomber, murmurai-je. *Je m'occupe de toi.*

Des larmes me brouillaient la vue. L'impact d'une telle perte était écrasant et terrifiant.

Putain, Kols. Tiens… Tiens bon.

Car l'idée de le perdre vraiment m'était insupportable. Et pourtant je ne l'appréciais pas vraiment. Aflora devait être détruite.

Comme si elle m'avait entendu, un rugissement de puissance traversa le sol, tandis que son énergie s'animait.

Mes yeux s'écarquillèrent sous l'impact. Puis mes lèvres s'entrouvrirent lorsqu'un cogneur brûlant jaillit du sol, dévastant la table.

Oh, merde.

Les Conseillers réagirent, Malik se rua vers la porte sans se retourner, laissant le cadavre de son fils derrière lui.

Tray rampa vers son jumeau, et jamais plus je ne voudrais revoir l'expression que je lus sur son visage. *La dévastation. Le deuil. Une terreur abjecte.*

– Tray, chuchota Ella d'une voix étranglée.

Mais il ne l'entendit pas, il s'effondra sur son frère avec un cri d'angoisse.

Je déglutis tandis que mon cœur en miettes martelait mes côtes.

Soudain Tadmir fut à mes côtés et s'agenouilla en posant la main sur mon dos.

– Maintenant, Shade. Il faut que tu l'emmènes maintenant.

Ses paroles n'étaient qu'un murmure dans mon oreille ; personne d'autre ne l'entendit, occupés qu'ils étaient à fuir la pièce, à courir en direction de la destruction orchestrée par Aflora.

– Il s'en sortira, annonça Tadmir un peu plus fort, un sourire dans la voix. Mais je ne peux pas dire que je n'apprécie pas de le voir souffrir.

– Oh, ferme-la, dit mon père d'un son sec.

– Allez, Aswad. Il a bien besoin de grandir un peu, le taquina Tadmir.

Je savais ce qu'il était en train de faire : il distrayait mon père pour me donner le temps d'agir.

Une fois que je l'aurais fait, tout le monde serait au courant de ma véritable allégeance.

La partie serait terminée.

Une dernière décision. Parce qu'ensuite, il n'y aurait plus de retour en arrière possible. Nous ne pourrions plus jouer avec le temps, pas avec la résurrection de Kolstov en suspens.

Je suis là, lui répétai-je, stimulant son esprit qui déclinait. Sa vie me glissait littéralement entre les doigts à chaque seconde. *On peut le faire, Kols. On. Peut. Le. Faire.*

Je me relevai, les membres tremblants sous l'effort. Mais l'adrénaline me propulsa vers l'avant.

Tray me grogna dessus quand je m'approchai, sa fureur me fouetta les sens. Il poussa un nouveau cri de souffrance, et Ella s'effondra à côté de lui :

– Je vais arranger ça, leur murmurai-je d'une voix à peine audible.

Je n'étais même pas certain qu'ils m'avaient entendu, et je n'avais pas le temps de répéter.

L'essence de Kolstov avait presque disparu.

Maintenant, me dis-je, et j'envoyai un souffle d'énergie pour écarter Tray de son frère. Puis je me penchai pour ramasser Kolstov.

– Shadow ?

Je sentis à son ton que mon père était confus.

Je l'ignorai, me concentrant sur Aflora qui ouvrait notre lien. *Disparition*, entendis-je son instinct murmurer. Je poussai mon don vers elle, et lui dis sans un mot où elle devait aller.

Et je l'y suivis avec Kolstov.

J'atterris en vacillant sur mes pieds à côté de Zakkai.

Ses iris bleu argenté scintillèrent quand il leva les yeux vers moi.

– J'ai besoin que vous écoutiez tous et fassiez exactement ce que je dis, leur dis-je. Faute de quoi nous perdrons Kolstov pour toujours.

Puis je m'effondrai à ses côtés. Ma connexion avec Kolstov se rompit comme un élastique au creux de mon âme.

Son essence flottait… flottait… Elle avait disparu.

Dans mon esprit, j'interceptai le sort de Shade et le ranimai, prenant conscience avec une lucidité accrue de ce qu'il avait fait.

Kolstov.

Il avait lancé un sort de nécromancie Mortelle, censé aider à s'accrocher à la vie le plus longtemps possible après la mort, et que l'on employait en général pour interroger un esprit dans l'au-delà.

Bon sang, c'était une astuce très maligne.

Qui pourrait fonctionner.

– Aflora, appelai-je.

J'avais besoin d'elle pour intensifier le sort, car ma propre énergie s'évanouissait rapidement. *Aide-moi*, demandai-je en pensée, lui renvoyant le sort pour l'obliger à réveiller sa magie noire.

Elle haleta, et sa confusion vira au choc de la compréhension.

– *Kols*, souffla-t-elle en se jetant sur le corps étendu.

Son essence, sifflai-je, attirant de nouveau son attention sur moi et le sort que j'arrivais à peine à maintenir sous mon emprise mentale.

– Qu'est-ce qu'on fait ? demandai-je, dents serrées. *Shade, bon sang, dis-moi ce que je dois faire.*

J'étais sur le point de péter les plombs.

Aflora se joignit à moi, et son esprit façonna une branche qui servit de base au sortilège, son âme faisant office de racine.

La puissance la fit trembler, alors que l'au-delà réclamait son dû.

C'était le cœur de la vraie magie noire.

Et elle se servait de son affinité pour la vie pour garder l'âme de Kolstov dans notre réalité.

Shade se mit à psalmodier, la voix rauque.

– Qu'est-ce qui se passe, bordel ? demanda Zephyrus.

– Ancre-la, gronda Shade. Mords-la. Donne-lui *tout.*

Zephyrus ne lança qu'un seul regard au mortel avant de planter les dents dans l'épaule d'Aflora. Elle poussa un cri lorsque son essence l'enveloppa d'un manteau d'énergie défensive. Elle soupira aussitôt, visiblement soulagée, tandis que sa branche grandissait, s'enroulant autour du fil magique, centimètre par centimètre, avant de disparaître dans l'éther.

Je n'avais jamais rien vu de tel.

La combinaison de plusieurs magies était fascinante à voir.

– Toi aussi, dit Shade entre ses dents. *Maintenant, Zakkai.*

Aflora trembla de nouveau, ses lèvres s'ouvrirent sous le coup de la souffrance.

J'imitai la position de Zephyrus, à genoux de l'autre côté d'elle avec Kolstov à terre devant nous, et lui mordit le cou. Son sang était un véritable aphrodisiaque sur ma langue qui me fit gémir. *Putain, ça faisait trop longtemps.* Je me nourrissais rarement directement à la veine. Et ces derniers temps, je m'étais contenté de nourriture infusée au sang.

Mais Aflora…

Bon sang, *Aflora…*

Elle cria, et ma magie réagit instinctivement à sa douleur, l'enveloppant de mon énergie pour lui donner accès à tout ce qu'elle voulait.

Des questions se formaient dans son esprit tandis qu'elle triait la cacophonie d'informations que mon essence lui procurait.

Puis elle insuffla toutes ces informations dans sa branche, dont elle se servit pour renforcer son emprise sur la vie de Kolstov. Elle lui insufflait de nouveau de la magie noire.

Shade nous rejoignit, s'installa en face de Kolstov, enfonça ses doigts dans les cheveux d'Aflora et attira sa bouche vers la sienne. Au lieu de lui prendre son sang, il lui en procura, la nourrissant de son essence avec sa langue, avant de la guider jusqu'à son cou et la pousser à le mordre.

Sans hésitation, elle absorba son pouvoir directement à la veine, et suscita mon côté Dilemme pour apprendre tous les sorts Mortels dont elle avait besoin pour obliger l'âme de Kols à répondre à son appel.

Ensuite elle se tourna vers Zephyrus, lui fit lâcher son épaule pour planter ses crocs dans son cou. Grâce à son lien de Gardien avec Kolstov, elle retrouva les restes de l'âme du prince Faë de Minuit dans la source, et les guida pour les ramener dans son corps, le reconstruisant morceau par morceau.

Shade s'inclina vers Kolstov et lui chuchota des mots, les mains posées sur son torse.

Tout se mit à tourner autour de nous, quand la source répondit à cet appel à une *reconstruction*.

Je fermai les yeux, plongeai dans mon sombre foyer et m'accordai la nécessaire permission de *créer*. Les pouvoirs m'accueillirent chaleureusement quand ils reconnurent leur architecte, et autorisèrent l'enchantement d'Aflora à s'épanouir.

Mes cheveux s'écartèrent de mon visage, et je retirai mes dents de la gorge d'Aflora. Elle m'attira à elle pour un baiser exigeant, au cours duquel ses incisives me transpercèrent la langue.

Je la laissai faire, gémissant quand elle aspira mon essence dans sa bouche avant de l'avaler goulûment. Après quoi je la guidai vers mon pouls dans mon cou, et fermai les yeux quand elle mordit.

L'euphorie m'envahit, et mes réserves se reconstituèrent comme si elle venait de m'offrir une morsure de vie. Je la sentis extraire tout ce qu'elle pouvait de mon âme et le faire passer dans son lien avec Kolstov.

Je tressaillis, mal à l'aise avec ce transfert de pouvoir.

Mais je sentis qu'elle faisait la même chose avec ses autres liens.

Et ensuite avec elle-même.

Elle repoussa le mélange dans sa branche, infusant le fil d'une intense vitalité.

Shade saisit la corde mentale, et son bourdonnement de magie noire me hérissa les poils des bras quand il ferma les yeux et déversa le tout dans le torse de Kolstov.

Le silence s'installa.

Personne n'osait plus respirer.

Aflora frémit, ses yeux céruléens rivés sur Kolstov, mordillant sa lèvre ensanglantée.

Je déglutis.

Elle avait tout fait d'instinct, avait pris les choses en main, nous offrant une magnifique démonstration de ce pour quoi le destin l'avait choisie.

Mais avait-elle réussi ?

Shade gardait les mains sur la poitrine de Kolstov, concentré sur le visage du prince. Il plissa les yeux, puis amena son poignet à sa bouche et le mordit.

– Du sang, dit-il. Il lui faut du sang.

Il abaissa son offrande vers Kolstov, mais Aflora lui saisit le bras.

– Il a besoin du mien.

Elle mordit son poignet à son tour puis le posa contre les lèvres de Kolstov.

L'énergie se concentra autour d'elle pendant qu'elle fusionnait toutes nos essences en elle et les déversait à travers sa lignée directement dans la bouche de l'homme.

Les secondes défilèrent.

Il ne se passait rien.

Je croisai le regard de Shade, méfiant.

Zephyrus arborait la même expression inquiète quand je le regardai.

Puis un petit coup sourd me parvint.

Suivi d'un deuxième.

Et d'un troisième.

Puis d'un hoquet provenant de l'homme allongé, dont les yeux s'ouvrirent, ses yeux autrefois dorés prenant une teinte bronze. Il se concentra totalement sur Aflora, et nous vîmes remuer sa gorge tandis qu'il avalait son sang.

La magie nous entourait, couvrant notre peau d'une essence unique au parfum de fleurs.

Aflora.

Elle nous revendiquait tous avec son âme élémentaire.

Elle sécurisait nos liens.

Nous renforçait grâce à la terre.

Sa source nous accueillit, admirant nos différents pouvoirs, m'identifiant comme un architecte connu.

Je sentis la chaleur dans mon esprit, le pouvoir qui s'enflammait, fusionnait, créait de la vie tout autour de nous.

Des plantes grimpèrent le long des murs, avec des fleurs bourgeonnant aux extrémités, ajoutant une touche de couleur dans cette pièce au décor moderne.

Un lit d'herbe recouvrit le tapis sous nos pieds, créant notre propre petite oasis.

Aflora remua, ramenant mon attention sur elle et Kolstov. Elle s'était penchée pour glisser ses doigts dans ses cheveux, dont les mèches auburn avaient pris une teinte cendrée à leurs extrémités.

Le baiser de la mort, réalisai-je, en revoyant ses iris brûlés.

Il ne portait plus la marque de la source obscure, mais celle de l'au-delà.

Avec ma magie, je scrutai la sienne et remarquai la manière dont tout s'était manifesté en lui.

Une partie Terrestre.

Une partie Mortelle.

Une partie Dilemme.

Une partie Guerrière.

Et un tout petit reste d'Élite.

Une véritable abomination. Une œuvre d'art complète. Un miracle.

J'observai Aflora, totalement fasciné par sa puissance et sa gentillesse. Je compris enfin pourquoi le destin nous avait poussés à prendre ce chemin ensemble.

Elle possédait toutes les qualités royales imaginables.

Une véritable monarque.

Ma reine.

Le genre de femme qui valait la peine que j'abandonne

tous mes plans, ce que j'avais fait en l'aidant à ressusciter le prince que j'étais destiné à éliminer.

Ou peut-être qu'il ne s'était jamais agi de lui.

Mais du roi qui lui avait volé son ascension.

Constantine Nacht. L'Élite à l'origine de tout.

– Il lui faut encore du sang, murmura Aflora, caressant toujours les cheveux de Kolstov.

Zephyrus se mordit le poignet et le tendit à l'autre homme, fermant les yeux quand son amant et ami se jeta dessus pour s'abreuver.

Aflora retira son propre bras : la plaie était encore fraîche. Je lui pris la main, portai son poignet à ma bouche et léchait la blessure avant d'embrasser tendrement sa peau.

Elle se pencha vers moi : elle cherchait de la force, et je fus ravi de lui en transmettre.

Puis ce fut Shade qui donna du sang à Kolstov, qui rechigna jusqu'à ce qu'Aflora lui murmure :

– Bois.

J'étais le dernier.

Ce qui me laissait le choix : soit je lui donnais l'essence qui lui manquait pour achever le processus de guérison, soit je m'en allais.

Une semaine auparavant – bon sang, même *une heure auparavant* –, j'aurais ri et l'aurais abandonné à son sort. Mais je comprenais désormais le destin gravé devant nous, le chemin que nous étions destinés à emprunter depuis toujours, et pourquoi Shade s'était donné tant de mal pour nous amener dans cette voie.

J'offris mon poignet à la bouche d'Aflora, lui laissant les honneurs de ses crocs émoussés, puis abaissai mon offrande vers l'homme désorienté à terre.

Il sursauta lorsque mon sang toucha sa langue, le pouvoir en moi se tordant en réponse à l'essence de l'ancien héritier, le baignant de magie noire et reconstituant ses dernières réserves.

Un lien se tissa entre nous, attachant nos âmes pour l'éternité, annihilant officiellement toute possibilité pour moi de le tuer.

Car nos vies étaient liées à présent, et à en juger par ses narines dilatées, il le ressentait aussi.

Je ressentais son lien définitif avec Zephyrus et celui, naissant, avec Shade.

Et celui, presque complet, avec Aflora.

Merci, murmura-t-elle dans mon esprit, consciente de ce que je venais de sacrifier en lui permettant de s'imbiber de mon essence. Il faudrait que je revoie mes représailles.

Mais je le savais déjà.

Ça m'était apparu comme une évidence à la seconde où j'avais ressenti sa douleur. Jamais plus je ne la laisserai éprouver un tel supplice.

Je me penchai pour l'embrasser et laissai ma bouche parler sans un mot.

Un bras passé autour d'elle, l'autre main sur la bouche de Kolstov, nous formions un trio plutôt étrange. Une impression renforcée par les deux autres hommes dans le cercle, dont la présence apportait une sensation de confort inattendu dans ce genre de situation.

Je me permis de la dévorer proprement, sans avoir à rester sur mes gardes pour la protéger.

Parce que je savais que Zephyrus et Shade s'occupaient de cette partie.

Kolstov lâcha mon poignet, et son énergie réchauffa l'atmosphère. Aflora s'écarta lentement de mon baiser et son regard céruléen se posa sur l'ancien royal à terre.

Ils se fixèrent durant un long moment intense. Puis il jeta un œil à Shade et plissa les yeux.

Un bourdonnement emplit l'air quand le Mortel

entama une conversation télépathique avec Kolstov, que nous ressentions tous sans pouvoir l'entendre.

Ils n'étaient qu'accouplés au premier stade, mais Shade n'était pas un faë ordinaire. Je n'étais pas surpris qu'il soit capable d'avoir des conversations mentales au stade initial d'un accouplement. Il avait probablement pu faire la même chose avec Aflora.

– À haute voix, ordonna Zephyrus.

– Je lui raconte comment nous l'avons sauvé, répondit Shade d'une voix douce et respectueuse. Comment *Aflora* l'a sauvé.

– Nous, corrigea-t-elle. Tu as raison de dire *nous*.

– Que s'est-il passé ? lui demanda Zeph. Comment… ? Pourquoi… ?

– Constantine était au courant pour l'accouplement, l'informa Shade en soutenant le regard de Kolstov. Il le sait depuis le début. Et pas par moi.

– Dakota, murmurai-je.

– Oui, me confirma-t-il. Mais je savais par expérience qu'elle lui donnait des informations. Alors j'ai fait de même pour gagner ses faveurs.

– C'est arrivé combien de fois ? demandai-je.

Mais je connaissais déjà la réponse.

Avec la mort, il n'y avait pas de retour en arrière possible.

Nous étions dans la version finale des événements, Kolstov pour toujours dans cet état. Si nous faisions marche arrière, nous risquions de le laisser derrière nous.

– Tout arrive toujours à un point critique au Gala du Sang, répondit Shade d'une voix rauque. Aflora explose. Des gens meurent. Mais c'est la première fois que Kolstov se voit arracher sa source.

– Et ta grand-mère ? lui demanda ce dernier. Ils allaient la chercher ?

Shade ricana.

– C'était un stratagème pour te faire réagir. Mais il est vrai que Constantine sait où se trouve ma grand-mère depuis des années. Dakota le lui a dit, tout comme moi – pour gagner ses faveurs une fois de plus. Néanmoins, il ne peut exploiter ces renseignements à cause de l'endroit où elle a créé le paradigme.

Je souris.

– Oui, le royaume des Faë de l'Enfer n'attire guère les visiteurs. Je me suis toujours demandé comment Zen les avait convaincus de la laisser se cacher là-bas. Elle a dû passer un accord avec Lucifer. D'après ce que j'ai compris de l'ancien Faë, c'était le genre de choses dont il raffolait.

Kolstov et Zephyrus m'observèrent un moment, puis ce dernier secoua la tête.

– OK, alors qu'est-ce qui a changé ? s'enquit Zephyrus. Pourquoi Constantine décide-t-il d'agir maintenant et pas avant ?

– Les liens, murmura Shade. Ils n'existaient pas avant. Pas pour toi. Pas pour Kolstov. Pas comme ça.

– Elle les défaisait toujours, répondit Kolstov d'un ton bourru. Dans ma suite.

– Oui, confirma doucement Shade, posant son regard sur une Aflora abasourdie. Tu as mis ta menace à exécution de différentes manières, parfois le jour même, parfois quelques jours ou semaines plus tard. Mais ça se terminait toujours de la même façon. Et il m'a fallu sept événements catastrophiques pour réaliser ce dont tu avais besoin. Ce dont *nous* avions besoin. Et c'est enfin fait. Nous voilà enfin… ici.

Le silence s'installa entre nous tandis que chacun évaluait l'information à sa façon.

Je m'en doutais déjà, j'avais rêvé de nombreux

scénarios différents qui semblaient trop réels pour être imaginaires. L'explosion d'Aflora… puis plus rien.

– Tu ne l'as jamais laissée finir, compris-je à haute voix. C'est pour ça qu'il n'y a pas de fin.

– Pas tout à fait. Je… Je l'ai regardée perdre le contrôle… Et j'ai *vu* ce que ça finirait par lui faire. Toutes ces vies qu'elle aurait prises, détruites de sa main…

– Après quoi elle se détruisait elle-même, dis-je avec une boule dans la gorge. C'est ça que tu as auguré.

Ou ce n'était peut-être pas lui, mais Zen.

Il inclina une seule fois le menton pour confirmer.

– À chaque fois.

– Je je voudrais jamais… Je ne pourrais jamais… (Aflora secoua la tête tandis que son regard passait de l'un à l'autre.) Ne me laissez jamais faire une chose pareille.

– On t'en a empêchée ce soir, lui rappelai-je. Ce qui n'est jamais arrivé avant, je suppose.

– Le catalyseur de son éruption a changé, dit Shade. Constantine a toujours trouvé le moyen de la déclencher, mais il ne s'était jamais servi de Kols.

– Parce que Kolstov s'était toujours rangé du côté de Constantine, compris-je.

– Exact, répondit Shade.

Kolstov secoua catégoriquement la tête.

– *Jamais* je ne me rangerais à ses côtés.

– C'est pourtant ce que tu as fait, lui assura Shade. À plusieurs reprises. Zeph, aussi.

– Ce sont des conneries, répliqua Zephyrus.

Shade soupira.

– Elle a rompu les liens. Ce qui lui a demandé une grande quantité de pouvoir. Et cette expérience nous a tous affectés de manière différente.

– Parce que couper des liens demande des sacrifices, complétai-je. (Mon père devait le savoir, pourtant il ne me l'avait jamais dit. Cela faisait sens à mes yeux à présent.) C'est de la magie de l'âme. Quand on la défait, ça…

– Fait mal, compléta Shade à ma place. Ça fait mal. *Énormément.* Mais tu le sais déjà.

– Je n'ai jamais défait notre lien.

– Mais tu as construit une cage autour d'elle, et tu vous as empêché de le ressentir, répondit-il. Tu sais ce que ça coûte, et ce que ça peut faire.

Je le regardai fixement un long moment, réalisant lentement ce qu'il voulait dire.

– Ça te change, répétai-je ce qu'il avait déjà dit. Et tu ne te reconnais plus.

Durant toutes ces années, j'avais cru que c'était la formation prodiguée par mon père qui m'avait altéré en profondeur. Mais ça n'avait rien à voir.

Fermer notre lien, ignorer la moitié de mon esprit, c'était ça qui avait fait de moi une personne plus sombre, assoiffée de vengeance. L'expérience n'y était pas étrangère non plus, mais c'était bien plus profond que ça.

– Ça revient à tuer la moitié de son âme, soufflai-je.

– Exactement, me répondit Shade. Et il m'a fallu bien trop de temps pour le comprendre. Mais quand tu modifies le destin d'une manière aussi radicale, tu dois en porter le fardeau.

– Kolstov, dis-je.

– Kolstov, dit-il en baissant les yeux sur lui. Pourtant, je n'étais pas prêt à payer ce prix. Alors je t'ai mordu, et j'ai fait équipe avec Tadmir pour élaborer un plan pour te sauver la vie. Et ça a marché.

– Ce qui signifie que c'est un autre brin du destin que nous avons altéré, murmurai-je en plissant les yeux. Sur quel chemin sommes-nous maintenant ?

– Un qui n'a jamais été exploré, répondit Shade d'un

ton plein d'émotion. C'est une histoire sur laquelle nous ne pourrons jamais faire de retour en arrière.

Parce que cela compromettrait tout ce que nous venions de sacrifier pour sauver Kolstov.

Le silence retomba une fois encore, et nous restâmes tous les quatre agenouillés par terre, autour de la silhouette étendue de l'ancien prince. Je pressai le flanc d'Aflora, entourant toujours sa taille de mon bras.

Elle leva les yeux sur moi, puis sur chacun de ses compagnons ; son regard céruléen brillait d'une énergie renouvelée.

– Et maintenant ? s'enquit-elle.

– Nous allons éliminer Constantine, répondis-je aussitôt.

– Nous allons éliminer Constantine, répétèrent Zephyrus et Shade à l'unisson.

Nous regardâmes tous l'ancien prince Faë de Minuit, attendant son verdict.

– Il va nous falloir un plan, dit-il enfin. Et un bon. (Puis il balaya la chambre du regard, fronçant les sourcils.) Mais où sommes-nous, au fait ?

Sacrée bonne question, songeai-je, suivant son regard sur toutes les décorations terrestres d'Aflora.

– Un paradigme, murmura-t-elle. C'est Shade qui l'a créé.

Le Mortel sourit.

– Exact, petite rose.

– Je sens ton énergie partout, avoua-t-elle, fermant les yeux de contentement. Je sens toute notre énergie ici.

Elle sourit tandis que la vie jaillissait de la terre autour de nous, et son pouvoir bourdonnait dans l'air avec une force nouvelle.

Et ce renouvellement était teinté de *désir.*

Elle avait libéré énormément d'énergie.

Avait échangé énormément de sang.

Et à présent la Faë Terrestre en elle se languissait d'une autre sorte de régénération.

Je souris. *Oh, petite étoile. Aurais-tu besoin de quelque chose de la part de tes compagnons ?*

Elle serra les cuisses sous la robe et les muscles de son dos se tendirent. Son pouls était semblable à une balise ne demandant qu'à être mordue. Zéphyrus le perçut aussi, ses yeux verts la contemplant avec l'appréciation d'un homme rompu à l'observation de l'anatomie féminine.

Je regardai Shade, notant son sourire en coin.

Tous, nous le sentions. Même Kolstov y réagissait, bien qu'un peu plus lentement que les autres.

C'était un endroit sûr. Je le devinais dans la structure même du paradigme. Mais juste au cas où, j'y ajoutai une touche de ma magie, épaississant les murs, posant quelques alarmes.

Parce que j'avais bien l'impression que nous allions être occupés pendant un moment.

Du moins, Aflora le serait. J'avais juste envie de rester là à la regarder œuvrer. Je ne voulais pas que notre première fois se déroule avec un public.

Ceci dit, si elle continuait d'irradier une telle énergie sexuelle, je pourrais être incité à changer d'avis.

Qu'est-ce qui ne va pas, Aflora ? lui demandai-je en pensée, bien conscient de ce qui la chagrinait. Elle n'avait pas répondu à ma première question, qui ressemblait plutôt à une proposition.

Si elle avait envie de jouer, nous serions tous partants.

La journée avait été intense. Nous avions tous besoin d'un soulagement, et le sexe nous le fournirait.

Je… Je me sens… Elle s'interrompit et se mordit la lèvre inférieure.

En manque ? lui suggérai-je en me penchant pour lui mordiller le cou. *Excitée ?*

Oui, gémit-elle dans ma tête. *Mais je ne… Je…*

Je souris. Pour quelqu'un d'aussi incroyablement féroce, je trouvais plutôt amusant qu'elle puisse revenir aussi facilement au côté timide et délicat de sa personnalité. Ou peut-être qu'elle n'avait pas encore compris que son corps avait besoin d'être nourri pour reconstituer ses réserves. Elle avait utilisé tant d'énergie aujourd'hui, plus qu'elle ne l'avait sûrement jamais fait avant. Et à présent, son esprit réclamait des nutriments supplémentaires de la part de ses partenaires.

Techniquement, un peu de sang pourrait l'aider.

Mais je préférai ce que suggérait son corps à la place.

– Aflora ? soupira Kolstov, dont les pupilles se dilatèrent quand il perçut son énergie sensuelle.

Lui aussi avait soif de vivre après être passé si près de la mort.

Nous en étions tous au même point.

Un bourdonnement monta parmi nous, frémissant d'un désir ardent – désir que seul notre cœur pourrait apaiser. Notre *Aflora.*

Kolstov souffla son nom à nouveau, puis tendit la main vers elle quand elle ouvrit les yeux.

– Kols, gémit-elle.

Ses instincts prirent le dessus et elle s'effondra quasiment sur lui. Son corps se fondit contre le sien, et sa bouche revendiqua celle de l'homme.

Mon sang se mit à bouillir en réponse, car son pouvoir était si attirant que j'étais impuissant à l'arrêter.

Inclinez-vous devant la reine, murmura son essence.

Et je m'inclinai donc, lui offrant mon âme.

J'étais enveloppée de vitalité, mon essence terrestre bourdonnait tout autour de nous.

Nous avions créé la vie.

Renouvelé une âme en ruines.

Insufflé de l'énergie à un être qui méritait tellement plus encore.

Je sentais le feu s'épanouir dans mes veines, mes pouvoirs qui se mêlaient les uns aux autres dans un moment culminant de justesse. Kols était au cœur de tout ça.

Je l'embrassai comme si ma vie en dépendait, parce que c'était le cas. Je nous avais tous liés ensemble, j'avais ancré mon âme dans chacun de mes compagnons, pour faire en sorte que nous soyons éternellement connectés.

C'était un cercle de vie dans sa forme la plus pure.

Peut-être que nous n'avions pas prévu une telle chose. Peut-être même que nous ne nous appréciions pas tant que ça. Mais ça n'avait pas d'importance. Nous nous appartenions mutuellement, et pour l'éternité.

– Mords-moi encore, murmurai-je, suppliant Kols d'achever notre connexion.

J'avais senti son lien d'accouplement se mettre en place avec Zeph, et je voulais ressentir la même chose. J'avais *besoin* d'appartenir à Kols, tout comme lui m'appartenait.

– Je t'en prie, Kols. Je t'en prie, mords-moi encore.

Il plongea les doigts dans mes cheveux, assura sa prise. Puis il attira ma gorge à sa bouche, planta ses incisives dans mon cou, et je ressentis une délicieuse vague d'extase jusqu'au bout des orteils.

J'ignorais pourquoi nous étions encore tous habillés.

C'était miraculeux, vu le brasier qui chauffait ma peau.

J'avais envie d'être nue.

De m'accoupler à mes hommes.

De faire l'expérience de la luxure dans sa forme primaire.

Déshabille-moi, suppliai-je Zeph. *Dézippe ma robe. Je t'en prie.*

Je sentis son amusement dans mon esprit. *J'adore quand tu me supplies, jolie fée.*

Mais plutôt que de m'obliger à me répéter, il posa ses doigts sur ma colonne vertébrale et abaissa le tissu pour exposer mon dos nu.

La robe était beaucoup trop moulante pour porter confortablement des sous-vêtements, ce qui me plaisait beaucoup à présent. Parce que je n'avais plus rien d'autre à enlever.

Mais la fermeture éclair s'arrêtait au bas de mon dos, me laissant bien trop habillée à mon goût : *Enlève ça. Retire-la-moi. Je t'en prie, Zeph.*

Je le choisis lui car je savais qu'il avait besoin de prendre le contrôle.

Les autres se plieraient à tous mes désirs.

Mais Zeph ferait ce qu'il préférait.

Heureusement, il accepta que je sois nue : il déchira la robe jusqu'en bas, puis tira sur les bretelles qu'il brisa facilement.

Je poussai un soupir de soulagement, la fraîcheur de l'air étant une sensation bienvenue pour mes sens.

Puis Zeph remonta une main derrière ma cuisse. Je sus que c'était lui grâce à la chaleur et à la mesure de ses mouvements. Sa main était à la fois une caresse et une marque sur ma peau surchauffée.

Kols gémit en lâchant ma gorge.

– *Putain*, c'est étrange de t'avoir dans ma tête.

Zeph gloussa et se pencha pour embrasser mon épaule, sa main se glissa vers l'humidité croissante entre mes cuisses. J'enfourchai les hanches de Kols, alignant mon intimité juste au-dessus de son érection croissante, que Zeph sentait aussi, car il avait glissé sa main entre nous. Il s'agenouilla derrière moi, m'enveloppant de sa chaleur comme d'une couverture.

– Embrasse-le encore, jolie fée, murmura-t-il. Je ne crois pas qu'il soit rassasié de ta jolie bouche.

Je frissonnai sous la domination de son ton, et mes tétons se dressèrent contre la chemise de Kols alors que je l'embrassai sous les ordres de Zeph.

Je couvris sa langue de mon essence, nous liant par mon sang, franchissant ce dernier palier qui mariait nos âmes.

Quatre compagnons, songeai-je, soupirant alors que leurs esprits se mélangeaient au mien.

J'étais liée avec chacun d'eux au troisième niveau en tant que Faë Élémentaire aussi ; il ne me manquait qu'un acte culminant. Pour cela, il me fallait un autre Faë Élémentaire.

Plus tard.

Ce serait pour plus tard.

Pour l'instant, j'avais besoin d'eux pour satisfaire un autre besoin. Un besoin qui égalait celui qu'ils ressentaient tous. Même Zakkai. Pourtant, il avait décidé de s'éloigner de quelques pas, ravi d'observer Zeph opérer.

Ne t'en va pas, lui dis-je.

Je ne le ferais pas même si j'en avais envie, répondit-il dans ma tête. *En plus, tu auras besoin de moi après ton expérience « satisfaisante » avec eux.*

Je souris contre la bouche de Kols, amusée des taquineries de Zakkai. *Ils sont plus que satisfaisants.*

Mmmh, c'est ce que nous verrons.

– Y a-t-il du lubrifiant dans ce paradigme ? s'enquit Zeph en glissant de mon intimité humide à mon postérieur, ce qui m'envoya un frisson dans le dos.

Je ne savais pas s'il avait l'intention de l'utiliser avec Kols… ou avec moi. C'était une chose que nous n'avions encore jamais faite. Quelque chose que je n'avais *jamais* expérimenté.

– Oui, répondit Shade. Table de nuit.

– Prends-le, exigea Zeph.

Si ton Guerrier essaie de me commander, il va vite comprendre que la seule personne devant laquelle j'envisagerai de m'agenouiller, c'est toi, murmura Zakkai dans mon esprit. *Espérons qu'il ne croie pas que je me soumettrai aussi facilement que les autres.*

Il aime prendre le contrôle, lui répondis-je.

Je me cambrai quand Zeph introduisit un doigt dans mon fondement.

– Oh, soufflai-je, écartant mes lèvres de celles de Kols.

– Et si on la mettait sur le lit ? suggéra Shade. Il était

debout juste à côté, le tube à la main, comme Zeph l'avait demandé.

Ou plutôt, *exigé.*

J'aime le contrôle, moi aussi, m'informa Zakkai d'une voix douce. *Tu crois que tu peux gérer deux mâles alphas dans ta vie, douce étoile ?*

Je suis quasi sûre d'être entourée de quatre, répondis-je alors que Zeph me soulevait dans ses bras pour m'emporter sur le lit.

– Kols, déshabille-toi, intima-t-il en me déposant sur le matelas.

– Oblige-moi, répondit Kols d'un ton de défi qui me fit serrer les cuisses.

Il s'était levé, et sa posture royale était spectaculaire après avoir frôlé la mort. Or il semblait encore plus royal que jamais avec ses pointes couleur de cendre et ses iris bronze.

Il ressemblait à un conquérant. *Le conquérant de la mort,* me dis-je, savourant ce nouveau titre.

– Tu veux que je t'y oblige ? (Zeph arqua un sourcil sombre et se tourna vers Kols tout en retirant sa propre veste qu'il déposa sur le lit près de moi.) Ouais, je vais t'y obliger, annonça-t-il d'un ton décidé.

Il marcha jusqu'à lui, l'empoigna par la gorge et s'empara de sa bouche en un baiser fait pour meurtrir. Allongée sur le lit, je gémis devant cette vision érotique.

J'adorais les voir ensemble. C'était tellement *sexy.* Cette lutte de virilité et de domination. J'avais envie d'être au centre de tout ça, et je sentais que c'était le but.

Cependant, il y avait aussi une émotion sous-jacente dans les gestes de Zeph. Sa main était dure, mais gentille. Exigeante, mais respectueuse.

Il est vivant, me murmura Zeph.

Je sais.

Tu l'as ramené.

Nous *l'avons ramené*, le corrigeai-je. *Maintenant, déshabille-le pour moi. J'ai envie de m'envoyer en l'air.*

Zeph éclata de rire en s'écartant de Kols, et jeta un œil par-dessus son épaule.

– Oh, redis ça à haute voix, Aflora. Tu sais à quel point j'aime quand tu parles comme ça.

– Déshabille-le pour moi, qu'on puisse s'envoyer en l'air, répétai-je.

Les iris brûlés de Kols se posèrent sur moi, les pupilles brûlantes.

– Je vais te mordre à nouveau.

– Bien, répondis-je. Je vais te mordre à nouveau moi aussi.

Absorber leur sang avait été bizarrement revigorant, ce à quoi je n'aurais jamais pu m'attendre.

– Je la goûte en premier, dit Shade en s'agenouillant sur le lit. (Il avait retiré sa veste et sa cravate, ne gardant que sa chemise et son pantalon. Ses yeux bleus glacés étaient intenses.) Écarte les jambes, petite rose.

Je frissonnai, mais m'exécutai.

Il posa un baiser sur mes lèvres avant de descendre et s'allonger sur le lit entre mes cuisses. Sa langue glissa le long de mon intimité, jusqu'à mon clitoris dont elle fit le tour.

Je gémis en réponse : cette simple caresse avait embrasé mon corps.

Putain, tu es magnifique, murmura Zakkai dans ma tête.

Je tournai la tête et le vis adossé au montant du pied du lit, admirant la vue bras croisés. Il portait toujours sa veste de costume, mais il avait abandonné la cravate, et son regard bleu argent débordait de désir. J'avais envie de l'attraper, l'attirer à moi en empoignant ses longs cheveux blancs, mais la bouche de Kols s'empara soudain de la mienne et sa main se posa sur mon sein.

J'ai cru t'avoir perdu, lui dis-je à travers notre lien, parlant dans sa tête pour la première fois. *J'étais brisée sans toi, Kols.*

Je suis là, me répondit-il. *Je suis ici grâce à toi. Grâce à Shade. Zeph. Et même Zakkai. Et jamais je ne me suis senti aussi vivant.* Il intensifia notre baiser, tandis que sa langue murmurait une bénédiction contre la mienne.

Shade effleura mon clitoris avec ses incisives, me ramenant vers lui, me faisant crier en réponse. *Il va te falloir apprendre à faire attention à nous tous, petite rose. Nous sommes des compagnons très exigeants.*

Je le sais, gémis-je. Je tendis la main et agrippai sa tête, tout en plaquant l'autre main sur la nuque de Kols. *Vous me tuez.*

Puis j'entendis s'ouvrir le bouchon du lubrifiant.

– Tiens, dit Zeph en le tendant à Shade. Prépare-la.

Tu aimes par-derrière, douce étoile ? me demanda Zakkai. *Ou c'est seulement Zeph qui l'apprécie ?*

Je… J'aime être au milieu, admis-je, me cambrant sur le lit tandis que Shade glissait deux doigts dans mon canal moite. *Mais je n'ai pas… Nous n'avons pas… En général, l'un d'entre eux est dans ma bouche, et l'autre, oooh…*

Les lèvres de Shade emprisonnèrent mon bourgeon sensible, le suçant fort tandis qu'il amenait mon humidité vers mon trou plus étroit. Il ajouta du lubrifiant, me travaillant de ses mains et sa bouche tandis que Kols dévorait mes lèvres, pinçait mes mamelons puis les massait.

Il traça un chemin de baisers de mon cou à mes seins, puis prit un pic érigé dans sa bouche tout en soutenant mon regard.

C'était terriblement érotique, surtout que je voyais Shade derrière lui, sa tête sombre entre mes cuisses.

Zeph se dressa soudain devant moi, ses lèvres

murmurant contre les miennes, avec l'ombre d'un sourire. Il avait retiré sa chemise, révélant des muscles noueux que j'adorais suivre du bout de ma langue. Mais il avait d'autres plans pour ma bouche.

Je me laissai aller à son baiser, sa domination totale, qui exigeait que je me soumette à chaque caresse sensuelle de sa langue sur la mienne.

Tu m'as manqué, jolie fée, murmura-t-il dans ma tête. *Jamais plus je ne laisserai quiconque t'enlever à moi.*

Tu m'as manqué aussi, répondis-je en relâchant Kols pour poser la main sur la joue de Zeph, et lui rendre la férocité de son baiser. *Je veux que tu me sautes.*

J'en ai bien l'intention, me promit-il. *Mais Kols passe en premier.*

Je… Je croyais que tu voulais mes fesses? Zeph aimait que je parle de sexe, j'essayais toujours d'y faire référence quand je parlais avec lui. Et j'avais aussi très envie de tenter l'expérience de les avoir tous les deux en moi. Genre, devant et derrière. Pas seulement la bouche et par-devant.

Je sentis son approbation rayonner dans notre lien.

– Tu veux que je te prenne les fesses, Aflora ?

– Oui. Je veux que tu me sautes avec Kols, dis-je à voix haute, et l'homme qui s'occupait de mes seins gémit. Double pénétration, ajoutai-je, au cas où je n'aurais pas été assez claire.

– Et Shadow ? demanda Zeph. Il se débrouille si bien pour dévorer ton sexe. Je pense qu'il mérite quelque chose en retour.

– Je veux sa bouche, répondit Shade, faisant vibrer ses mots contre mon bourgeon sensible.

Je resserrai ma prise dans ses cheveux, et mon corps se contracta sous le coup de ses caresses et de ses paroles.

Parce que, tous les trois ensemble ?

Oh, oui... Ce fantasme me traversa l'esprit, et mon corps se tendit.

– Je suis serrée, gémis-je, parce qu'il fallait que Zeph le sache.

Il aimait que je lui demande la permission, et j'étais sur le point de le faire, mais ce fut Zakkai qui prit la parole :

– On le sait, mon étoile. (Il était toujours au pied du lit, bras croisés.) Tu pourras gérer les trois à la fois ?

C'était le genre de chose que Zeph aurait demandé ; preuve en était, la lueur sombre dans le regard qu'il porta sur Zakkai.

– Je peux les gérer, répondis-je, le ventre tordu d'impatience. *Oui. Oui, s'il te plaît.*

C'étaient mes compagnons.

Je leur faisais confiance pour prendre soin de moi et assurer ma sécurité. Leurs essences me protégeaient, leur respect et leur adoration se voyaient clairement dans nos liens.

Mes muscles se tendirent, et mon esprit s'anima à l'idée de les prendre tous les trois en même temps, sous le regard de Zakkai.

Oh, Faë...

– J'en ai envie, murmurai-je, croisant le regard de Zeph. J'en ai *besoin.*

Il sourit, m'embrassa tendrement, et cette caresse contrastait totalement avec le brasier qui montait en moi.

– Mmmh, tu veux jouir, jolie fée ?

– Oui, chuchotai-je, le sang en ébullition. S'il te plaît.

Il promena son nez le long de ma joue, mordilla le lobe de mon oreille et murmura :

– J'aime quand tu supplies, jolie fleur. (Il embrassa ce point sensible sous mon oreille, avant de frôler ma gorge de ses dents.) Mordez-la, ordonna-t-il.

Ses incisives s'enfoncèrent dans mon cou tandis que Kols faisait de même sur mes seins.

Je hurlai en réponse, car leurs morsures jointes attisaient le brasier en moi jusqu'à une intensité dangereuse.

Puis Shade me donna le coup de grâce en plantant les dents dans mon clitoris.

Des mots m'échappèrent en une vague de sensations que je n'avais jamais connue. Je fus engloutie par un nuage d'incohérence qui me fit tournoyer dans un orgasme ahurissant, qui me secoua jusqu'au tréfonds de l'âme.

J'oubliai comment respirer, parler, *bouger.*

Je me noyai dans un océan de masculinité et de virilité, j'étais l'esclave de leurs bouches qui avalaient mon essence, me laissant complètement molle sur le lit. Shade me libéra en premier, et les caresses de sa langue me procurèrent un soulagement temporaire contre la douce blessure. Kols prit la suite et embrassa mon mamelon avant de saisir l'autre dans sa bouche en une tendre caresse.

Enfin, Zeph s'écarta de mon cou, les pupilles dilatées, emplies d'une faim insatiable. Il me donna un baiser, laissant son propre sang pénétrer ma langue tandis qu'il me nourrissait de son essence, reconstituant la mienne.

Alors Kols rampa le long de mon corps et reproduisit le même geste avec sa bouche. Son sang était un mélange enivrant de pouvoirs qui me fit gémir lorsqu'il mit fin à notre baiser.

Shade termina, sa bouche une prière contre la mienne alors que l'énergie du Mortel m'emplissait la gorge.

J'avalai la moindre goutte, l'esprit vibrant d'électricité quand ils eurent terminé. Qui fut court-circuité quand je les vis nus tous les trois. Y compris Zeph.

Cependant, Zakkai restait appuyé contre le montant

du lit, ses yeux se baladant sur moi, très intéressés. *Toujours satisfaisant ?* demanda-t-il doucement.

C'est mieux que satisfaisant, lui répondis-je en léchant mes lèvres soudain sèches.

Zeph s'empara de mon menton pour ramener mon regard sur lui. Durant un long moment, il étudia mes traits, puis sourit.

– Elle est prête.

Les yeux de Kols brillaient, ses iris arboraient une teinte bronze séduisante. Je préférais cette couleur à l'or. Elle me faisait penser à la terre, et le consolidait en quelque sorte.

Cela me faisait penser à notre compagne, comme si elle l'avait marqué au cours de sa transition.

Je fis glisser mon doigt le long de son sternum, jusqu'au délicieux apex entre ses cuisses. *Est-ce que tu veux son sexe, Kols ?* lui demandai-je en ouvrant notre lien, ce dont j'avais bien l'intention d'abuser.

Je la désire, me dit-il. *Elle toute entière.*

Mmmh, fredonnai-je en signe d'approbation. *Elle veut qu'on la saute, et Shade a envie de sa bouche. Alors, que choisis-tu, petit prince ? Derrière ou devant ?*

Je n'ai absolument rien de petit, rétorqua-t-il, et j'en fus grandement amusé. *Et je ne suis plus un prince non plus.*

Je lui fis face, pris sa mâchoire en coupe.

– Tu es toujours un prince à mes yeux, lui répondis-je à voix haute, avant de lui donner un baiser qui fit gémir Aflora sur le lit.

Elle aimait nous regarder ensemble, et j'aimais lui faire plaisir. J'aimais aussi embrasser Kols. Tout le monde était gagnant dans cette situation.

Il me mordit la lèvre inférieure jusqu'au sang.

– J'ai envie de m'envoyer en l'air, dit-il. Tout de suite.

– La résurrection te va bien, répondis-je, amusé de son impatience. Va t'allonger sur le lit.

Je vis la lueur dans ses yeux, mais plutôt que me défier encore, il choisit d'obéir.

– Enfourche-le, Aflora. Fais-le entrer en toi. Lentement.

Enfoiré, murmura Kols dans mon esprit.

Allonge-toi, et prends-la, répondis-je.

Dans sa tête, il me fit ce qui ressemblait à un doigt d'honneur, puis gémit quand Aflora se conforma à mes ordres, et le prit dans son vagin trempé jusqu'à la garde.

– C'est tellement beau, complimentai-je en admirant leur position. Ne bouge pas.

Je vais te tuer, menaça Kols.

– C'est valable pour toi aussi, *petit prince*, ajoutai-je à voix haute. Shade ?

Le Mortel me jeta un regard avant d'aller s'agenouiller près de Kols et Aflora, dont il enveloppa la nuque de sa main.

– Je vais gérer cette partie maintenant, dit-il.

Il la guida d'abord vers sa bouche pour lui donner un baiser intense.

Elle frémit en réponse, et la chair de poule recouvrir sa

chair tandis qu'elle goûtait sans doute sa propre excitation sur la langue de Shade. J'attrapai le lubrifiant et en déposai dans ma main avant de pomper mon membre, tout en observant les deux hommes jouer avec notre compagne.

Kols lui avait empoigné les seins, et Shade avait raffermi sa poigne sur sa nuque, satisfait de l'embrasser pour le moment. Je respectais qu'il ne veuille pas la brusquer, et décidai de faire de même en grimpant sur le lit derrière elle.

Nous n'avions encore jamais fait ça ensemble, et je me doutais que c'était une nouveauté pour elle aussi. *Est-ce qu'on t'a déjà prise par-derrière, jolie fée ?* chuchotai-je dans son esprit.

Elle gémit, et ses muscles se contractèrent. *Non.*

Alors tu dois me dire si c'est trop pour toi, lui intimai-je. *Tu sais à quel point la communication est importante à mes yeux. Parle avec des mots.*

D'accord, me promit-elle.

Je te fais confiance, Aflora. Je glissai deux doigts dans son fondement, pour m'assurer qu'elle était prête. *Est-ce que c'est trop ?*

Non, répondit-elle. *Ce n'est pas assez.*

J'ajoutai un troisième doigt qui la fit gémir. *C'est mieux ?*

Oui, fredonna-t-elle, irradiant son approbation.

Tu peux en supporter plus ?

Elle hocha la tête, et sa tête retomba en arrière contre mon épaule quand Shade la libéra. Il promena sa bouche sur ses seins tandis que Kols posait les mains sur ses hanches.

Ce serait d'abord nous deux, et ensuite, en fonction des réactions d'Aflora, Shade pourrait essayer sa bouche. Il semblait déjà en avoir conscience : le Mortel était plus en phase avec nous que je l'aurais imaginé. Peut-être grâce à son lien avec Kols.

Quoi qu'il en soit, ça marchait.

Je me fichais même que Zakkai nous observe, conscient qu'il nous protégeait pendant que nous nous amusions.

Il avait fait ses preuves… en grande partie. Je n'étais pas sûr de pouvoir vraiment lui faire confiance un jour, mais pour ce soir, c'était le cas.

Aflora gémit quand je commençai à remuer mes doigts en elle, et Kols jura dans ma tête. *Il faut que je bouge, Zeph.*

Pas encore.

Putain, je te hais.

Non, absolument pas, répondis-je tendrement. *Tu sais que je vais rendre ça encore meilleur pour toi aussi.*

Il ne me contredit pas, parfaitement conscient que cette promesse, j'allais la tenir. Mais son désir augmenta quand Aflora se mit à se tortiller, perdant le contrôle de son corps sous les sensations qui l'emplissaient des deux côtés.

J'embrassai son épaule, l'autorisant à s'écarter de mes ordres, et me retirait lentement de son derrière. Elle protesta, mais poussa un cri d'approbation quand elle sentit le bout de mon membre pousser contre son ouverture. *Le premier coup de reins, c'est le plus dur à encaisser*, la prévins-je, la pénétrant doucement.

Shade lui suçait le mamelon pendant que Kols pressait son pouce contre son clitoris : tous deux faisaient de leur mieux pour la distraire de cette douleur initiale.

Le gémissement de départ se transforma en un bourdonnement affamé. Son corps tremblait entre nous tandis que je glissai entièrement en elle.

– Oh, gémit-elle, rejetant encore une fois la tête contre mon épaule. *Oh, Faë.*

– *Putain*, corrigeai-je contre son oreille. C'est le mot que tu cherches.

– Hmm, murmura-t-elle, tandis que ses hanches entamaient un mouvement de balancier sensuel qui m'obligea à plaquer la main sur son ventre pour la maintenir en place.

– Pas encore, dis-je, parce que je voulais qu'elle s'habitue.

– Ses deux mots préférés, murmura Kols.

– Saute-moi, exigea Aflora. Saute-moi tout de suite.

Zakkai gloussa, amusé, et se déplaça à la tête de lit pour avoir une meilleure vue.

– Oui, Zephyrus. Saute-la.

Je l'ignorai et me concentrai sur Aflora. Frôlant son pouls affolé de mes lèvres, je me retirai avant de la pénétrer d'un nouveau coup de reins. Un petit halètement dévergondé s'échappa de sa jolie bouche, suivi d'un cri de plaisir quand je recommençai.

Maintenant, tu peux bouger, annonçai-je à Kols.

Putain, merci, me répondit-il en poussant vers le haut en rythme avec mes propres mouvements.

Aflora fondait littéralement entre nous, et sa douce excitation emplissait l'air tandis que nous la pénétrions en tandem, la guidant vers une extase qu'elle n'oublierait jamais.

Puis Shade glissa les doigts dans ses cheveux et guida sa bouche vers son entrejambe. Elle posa les paumes sur le lit pour stabiliser le haut de son corps, tandis que Shade berçait tendrement sa tête, dans un geste bien plus doux que le rythme que Kols et moi imprimions entre ses jambes.

Je fis glisser mon doigt le long de sa colonne, surveillant les réactions de son corps pour être sûr de ne pas lui faire mal. J'étais un peu inquiet de la position de contorsionniste qu'elle avait adoptée pour sucer Shade. Mais sa manière de faire pivoter ses hanches suggérait qu'elle était excitée; son corps ronronnait presque de ce plaisir qui allait la submerger.

Continue de lui caresser le clitoris, exigeai-je.

Je sais, me dit Kols, la voix rauque de plaisir. *Agrippe ses mamelons.*

Je souris à cet ordre, mais je couvris ses seins de mes paumes parce que j'aimais l'idée. Le gémissement qu'elle laissa échapper autour de la queue de Kols valait le coup que j'accède à sa demande fort peu subtile.

Elle est tout près, dit-il. *Elle est en train de se contracter autour de mon membre.*

Je ressentis la même chose autour du mien quand son derrière se contracta. *Saute-la plus fort.*

Il poussa les hanches vers le haut alors que je poussai les miennes vers le bas, et Aflora cria autour de la queue de Shade. Il referma les doigts dans ses cheveux, la tenant sur lui alors que les muscles de son ventre se contractaient à l'approche de son orgasme.

– Putain, Aflora, gémit-il. Ces bruits… Dans ta gorge… ils font vibrer… mon… *putain…*

Il rejeta la tête en arrière, jura encore alors qu'elle l'avalait plus profondément, l'amenant à l'orgasme grâce à sa bouche experte.

Furie, soufflai-je dans sa tête. *Tu l'as fait jouir plus tôt.*

Je ne fais que ce qu'on m'a appris, répondit-elle d'un ton timide et pourtant satisfait, alors qu'elle avalait son essence à petites goulées gourmandes.

On dirait que tu avais soif, murmurai-je en la pilonnant. *Tu es prête pour moi ?*

Oui, siffla-t-elle, se cambrant entre nous, libérant Shade avec un petit *pop*.

– Oh !

– Oui. Oh.

J'empoignai ses cheveux, la ramenant vers moi tout en la pénétrant totalement, afin qu'elle me sente entièrement, tout comme Kols en dessous. Puis je plantai mes dents dans son épaule et la maintins contre moi tout en la sautant jusqu'à l'extase.

Ma morsure ajoutée à notre rythme l'expédia tête la première dans un orgasme, et j'eus envie d'enregistrer son cri de plaisir pour me le repasser en boucle pendant des années.

Ou peut-être me contenterais-je de lui faire répéter ce cri encore et encore pour l'éternité.

Ouais, ce plan était meilleur. *Putain, tu es tellement sexy*, lui dis-je. *Tu es parfaite, Aflora.*

Elle gémit, et ses hanches ondulèrent entre nous alors que son orgasme se prolongeait sous le coup de nos pénétrations répétées. Puis Kols jouit à sa suite, ses lèvres laissant échapper un bruit extatique, empli de vie et d'extase, exigeant que je les rejoigne dans cette euphorie délirante.

Je gémis contre son cou, la libérant de ma morsure, avant de tirer sa tête en arrière pour l'embrasser pendant que je me vidais en elle, la revendiquant de la plus intime des manières connues des faë.

Elle était mienne.

Non. Elle était à *nous.*

Nous allions la chérir et l'adorer.

La protéger et la vénérer.

L'admirer et l'aimer.

Je tremblai sous le coup de ces puissantes émotions, mon esprit incapable de comprendre ce que cela signifiait pour moi. Pour *nous.* Pas encore.

Mais je savais qu'elle nous appartenait, tout comme nous lui appartenions.

Pour toujours et pour l'éternité.

Notre puissante compagne.

Notre Aflora.

Notre reine.

Épilogue

Mes compagnons me lavèrent, puis me nourrirent. Et me mirent finalement au lit entre eux.

Au départ, Zakkai avait aidé, mais il avait gardé son costume tout du long.

Quand j'avais essayé de l'attirer entre les draps pour jouer après mes deux orgasmes, il s'était contenté de prendre mon visage entre ses mains et de m'embrasser. Puis il avait suggéré un bain chaud pour détendre mes muscles contractés.

Tu n'as pas besoin de… ? avais-je demandé dans sa tête, incapable de terminer la phrase sans rougir.

Notre première fois n'aura pas lieu en groupe, me répondit-il.

Et non, les rêves ne comptent pas. Il m'embrassa de nouveau, en un geste tendrement intime.

Mais il avait disparu après notre repas.

J'étais en train de le chercher à présent, son esprit en éveil alors qu'il arpentait le paradigme dont il renforçait les frontières. Zeph, Kols et Shade étaient tous endormis autour de moi.

Tu viens te coucher ? demandai-je à Zakkai.

Pas aujourd'hui, petite étoile. Mais peut-être que je ferai une sieste quand vous serez tous réveillés plus tard.

Je fronçai les sourcils. *Tu es sur la réserve.*

Effectivement.

Pourquoi ?

Parce que la guerre vient de commencer, me répondit-il. *Et même si ce paradigme est parfaitement conçu, je ne peux réfréner un sentiment de terreur imminente. Quelque chose se prépare.*

Je réfléchis à ses mots, puis étirai mes sens à travers le paradigme et au-delà, cherchant de quoi il parlait, et trouvait une perturbation similaire dans la source. *Constantine.*

Oui, répondit Zakkai. *Son aura est présente partout. Mais je n'ai pas encore découvert ce qu'il a fait. Je ne suis pas sûr qu'il ait terminé.*

Je frissonnai. *Tu crois qu'il sait qu'on a ramené Kols ?*

Sûrement, oui. Il va s'en servir pour alimenter l'urgence de nous pourchasser.

Ils nous traqueraient dans tous les cas, soulignai-je.

Exact, approuva-t-il. *Mais à présent, mon peuple aussi va nous chasser. J'ai sauvé un Nacht. Ils ne vont pas bien le prendre.*

Ce n'est pas Constantine.

Je le comprends aujourd'hui, admit doucement Zakkai. *Mais mon père… Je pense qu'il ne comprendra jamais.*

Et Zenaida ? lui demandai-je.

Zakkai ne répondit pas, soucieux. *Je crois qu'il faudra*

qu'on pose la question à Shade. Mais attends la nuit tombée. Vous avez tous besoin de repos.

Toi aussi, tu as besoin de repos.

J'en prendrai. Mais un peu plus tard, me promit-il, sa voix proche d'un baiser dans mon esprit. *Dors, Aflora.*

D'accord, acceptai-je en me blottissant davantage contre la poitrine de Kols. J'avais drapé ma jambe sur la sienne. Shade était en chien de fusil derrière moi, tandis que Zeph était allongé de l'autre côté de Kols, un bras étendu pour poser la main sur ma cuisse.

On aurait dit un bretzel, mais ça me réchauffait le cœur.

Fais te beaux rêves, mon étoile chérie, murmura Zakkai.

Je marmonnai quelques paroles incohérentes, puis fronçai les sourcils. *Pourquoi tu m'appelles comme ça ?* lui demandai-je. *Étoile, je veux dire.* Ce surnom m'avait toujours fait sourire, mais jamais je n'avais compris la raison de ce mot doux.

Tu ne te rappelles pas à quel point tu aimais les étoiles étant petite ? s'enquit-il. *Tu voulais toujours aller dehors la nuit, t'allonger par terre et admirer le ciel.*

Je souris. *Je m'en souviens.*

Eh bien, c'est pour ça que tu es mon étoile.

Mon cœur se réchauffa. *Ça me plaît.*

Je sais, répondit-il. *Maintenant, va dormir. Rêve de moi.*

Il me semblait t'avoir entendu dire que les rêves ne comptaient pas.

Pas pour notre première fois, mais je n'ai pas dit qu'on ne pouvait pas jouer. J'entendais le sourire dans sa voix, et sa taquinerie était palpable. *J'ai plutôt apprécié d'être le fruit de ton imagination.*

Je souris. *Très bien. Tanoomeen Ma Ana.*

Son rire me suivit jusque dans mes rêves.

Seulement, ce qui m'attendait quand j'ouvris les yeux n'avait plus rien d'un rêve, mais tout d'un cauchemar.

Couvert de sang.

De *mon* sang, et celui de mes compagnons.

– Bonjour, Aflora, me salua Constantine avec un sourire cruel. Je pense qu'il est temps que toi et moi ayons une petite conversation.

La série de *La Reine des Faë de Minuit* se conclut dans *La Reine des Faë de Minuit : Livre Quatre*

Chère lectrice, cher lecteur,

Merci beaucoup d'avoir lu *La Reine des Faë de Minuit* ! Lorsque je me suis lancée dans ce voyage avec Aflora, je pensais écrire une trilogie. Mais ensuite, Zakkai a complètement chamboulé mes plans. Il voulait plus d'un livre pour raconter son histoire, et j'ai réalisé que le final de nécessitait beaucoup plus pour lui rendre justice.

Ce qui nous amène à *La Reine des Faë de Minuit : Livre Quatre.*

Cette série recèle une partie de mon cœur. J'aime vraiment les voix et la magie de cet univers. Tout a commencé lorsque j'ai rencontré Aflora à l'Académie des Faë élémentaires. C'était une adorable petite Faë Terrestre, avec une histoire épique à raconter, et je suis ravie qu'elle m'ait choisie comme son proverbial conduit.

Merci encore de m'avoir lue. <3

Je vous embrasse,
Lexi

La Reine des Faë de Minuit : Livre Quatre

Bienvenue dans le monde des Faë de Minuit.
Il est sanglant.
Sombre.
Et dirigé par un vampire ancien qui doit mourir.

J'en ai terminé de jouer les pions dans cette guerre. Je vais prendre le relais en tant que reine dans ce Conseil, et dans ma version du jeu, tout le monde s'incline devant la reine. Même Constantine Nacht.

Il se croit malin en m'entraînant dans ces épreuves d'ascension, toutes destinées à nous tuer, mes compagnons et moi.
Mais je lui prouverai qu'il a tort.
Nous sommes plus forts qu'il ne le pense.
Et nous allons le faire saigner.

Les Faë Terrestres se consacrent à la vie.
Les Faë de Minuit préfèrent la mort.
Je suis un mélange des deux.
Alors, voyons ce qui se passe quand la vie épouse la mort, d'accord ?

Donne-moi ma couronne, Constantine.
Il est temps pour toi de t'agenouiller devant ta reine.

La Reine des Éléments: Livre Un

Mon conseil : N'embrassez jamais un inconnu.

Donc, sur un pari, j'ai plus ou moins embrassé un mec canon dans un bar… qui s'est avéré être un Faë Royal destiné à être mon compagnon. Et voilà que je me retrouve entraînée à l'Académie des Faë Élémentaires pour apprendre à maîtriser les pouvoirs que j'ai débloqués cette nuit-là.

Alors, embrasser des mecs comme ça ? On ne m'y reprendra pas. C'est bon.

J'ai compris la leçon.

Sauf que… j'ai aussi plus ou moins embrassé Titus. Et maintenant, je suis dans le pétrin jusqu'au cou. Je n'arrête pas de mettre le feu à un tas de trucs, j'inonde les dortoirs du campus et je me suis mis la brigade des pimbêches sur le dos.

Ce Monde des Faë est un cauchemar éveillé. Vraiment.

Mais… il y règne aussi des rêves.

Des rêves sexy.

Qui se présentent sous la forme de mes cinq mentors Faë. Ils sont censés m'aider à contrôler mes pouvoirs, mais qui empêchera les éléments de me contrôler moi ?

Remarque : Il s'agit d'une romance paranormale « pourquoi choisir » medium-burn et du livre un de la trilogie Reine des Éléments.

L'auteure à succès d'*USA Today* Lexi C. Foss est une écrivaine perdue dans le monde de l'informatique. Elle vit à North Carolina, avec son mari et leurs enfants à fourrure. Quand elle n'écrit pas, elle est occupée à cocher des cases sur sa liste de voyages à faire. On peut retrouver beaucoup des endroits qu'elle a visités dans ses écrits, notamment le monde mythique d'Hydria, inspiré d'Hydra, dans les îles grecques. Elle est excentrique, boit beaucoup trop de café et adore nager. Tchao !

https://www.lexicfoss.com/Français

Pour être au courant des dernières nouvelles et connaître les dates de publication, abonnez-vous à ma newsletter: https://www.lexicfoss.com/la-newsletter-de-lexi

DE LA MÊME AUTEURE

La Reine des Faë de Minuit

Livre Un

Livre Deux

Livre Trois

Livre Quatre

La Reine des Éléments

Livre Un

Livre Deux

Livre Trois

Les Loups du X-Clan

La Promise de l'Alpha

La Compagne de l'Alpha

Le Trône de l'Alpha

La Revanche de l'Alpha

Les Loups du V-Clan

Le Secteur Sanglant

Alliance de Sang

L'Esclave du Vampire

Le Vampire Royal

La Triade de l'Alpha

Le Vampire Rebelle

www.ingramcontent.com/pod-product-compliance
Lightning Source LLC
LaVergne TN
LVHW050925080826
845145LV00001B/218

* 9 7 8 1 6 8 5 3 0 0 1 1 1 *